늦게 핀
미로 美路 에서

늦게 핀 미로에서

초판 1쇄 발행 2017년 03월 15일

지 은 이	김미정
발 행 인	권선복
편 집	권보송
디 자 인	서보미
전 자 책	천훈민
발 행 처	도서출판 행복에너지
출판등록	제315-2011-000035호
주 소	(07679) 서울특별시 강서구 화곡로 232
전 화	0505-613-6133
팩 스	0303-0799-1560
홈페이지	www.happybook.or.kr
이 메 일	ksbdata@daum.net

값 15,000원
ISBN 979-11-5602-482-8 03810

Copyright ⓒ 김미정, 2017

도서출판 행복에너지는 독자 여러분의 아이디어와 원고 투고를 기다립니다. 책으로 만들기를 원하는 콘텐츠가 있으신 분은 이메일이나 홈페이지를 통해 간단한 기획서와 기획의도, 연락처 등을 보내주십시오. 행복에너지의 문은 언제나 활짝 열려 있습니다.

하모니코치 음악치료사 김미정이 들려주는 마음듣기 소리읽기

늦게 핀
미로 美路 에서

김미정 지음

도서
출판 행복에너지

"어, 음악 전공을 안 하셨네요!"

"네."

"어, 석·박사 학위가 없으시네요!"

"네."

"어, 나이도 좀 있으시네요!"

"네."

어느 병원 음악치료사 면접에서 있었던 일이다. 신문지가 구겨지는 듯한 서글픔으로 두 시간을 걸어서 울먹거리며 집에 왔다. 언젠가 음악치료사 과정을 개설한다고 프로그램을 요청해서 며칠 동안 심혈을 기울여서 만들어서 보냈는데 또 전공자가 아니라면서 취소되었다. 현실임을 알았지만 누구에게도 말 못 하고 혼자서 감내하느라 많이 아팠다.

그러나 아랑곳 안 하고 나를 필요로 하는 곳에 가서 음악으로
소통하며 인생 이막을 음악치료사로 시작했다. 아침에 기타를
메고 종 두 개를 백 속에 넣고 걸어 나올 때 땡그랑거리는 종소
리는 나를 미소 짓게 했다. 나를 기다리는 장애 아동들을 위해서
"오늘은 어떻게 수업을 할까?" 하며 지하철 안에서도 끊임없이
무언가를 상상했다.

　　혼자서 걷지 못하는 5살의 어린 혜연이를 위해 대한민국의 모
든 동요를 불러주고 때론 업은 채로 끝없이 자장가를 불러주었
다.　잠시 악기를 정리하는 사이에 내가 마시던 커피 잔에 오줌
을 누고 있는 10살 창석이 녀석을 말리다가 온몸에 오줌 세례
를 받은 적도 있다. 나보고 꽃님이라며 덥석 안아주신 치매 할머
님, 음악을 듣다가 내 어깨에 얼굴을 묻고 흐느낀 베트남 엄마를
기억한다.

　　'인생은 미완성'을 당신의 농장에서 다시 부르고 싶다는 지리
산 농장의 영농 대표님, 'Yesterday'를 부르며 눈물 섞인 미소를
짓던 은퇴하신 분께 감사드린다. 굳은 표정의 공무원들도 기업
인들도 하모니로 마음 문을 열었다. 호스피스 병동에서 눈물범
벅이 된 채로 Amazing grace를 불렀다. 손잡아 주어서 감사하
다며 내 손을 감싸고 눈물 흘린 한센인들의 상처로 얼룩진 손을
어찌 잊을까? 음악을 통해서 마음을 듣고 소리를 읽을 수 있었다.

지난 10년 동안의 늦은 마음공부 여정에서 누군가의 상처를 보듬는 음악치료사로서 인생 이막을 시작할 수 있었기에 행복했고 나 정도면 감사할 것이 많았다. 많은 아픔과 갈등을 보며 그들의 회복과 소통에 기여하고픈 신념이 생겼다. 그리고 음악으로 다가갔을 때 그들도 나도 회복었되고 임파워링 되었다.

　평범한 주부에서 51세를 터닝포인트로 새로운 가치를 느끼며 성장과 성찰을 반복했고 앞으로도 성숙해 갈 것을 기대한다. 이제 60을 맞이하며 지난 흔적을 돌아보고 내 안의 울림에 귀 기울이고 싶었다. 음악치료를 통해서 나의 끼를 발견했다면 코칭을 통해서는 나의 잠재력을 발견했고 아픔을 통해서는 단단해졌다. 그렇게 조금씩 성장하며 철이 들어갔다.

　이 책에는 대단한 논리도 철학자들의 명언도 없다. 그럴싸한 스펙도 없는 내가 성공을 위한 자기계발서를 쓸 수도 없다. 전문 뮤지션이 이 책을 읽고 '끼 많고 못 말리는 아줌마가 쓴 저 잘난 책'이라고 하면 어떻게 하나 하는 염려가 살짝 된다. 그럼에도 불구하고 늦은 시작에서 울고 웃으며 경험한 것들을 함께 나누고 싶었다.

음악은 나에게 매일 마시는 산소와도 같았다. 하지만 음악 전공자가 아닌 내가 어떻게 기여할까 하고 끝없이 상상하며 스스로에게 물었다. 특별한 경력도 없는 나에게 호기심은 동력이었고 아무도 없는 작은 거실은 때론 강의장, 때론 무대였다. 아무도 없었지만 박수 소리가 들렸고 누군가와 함께 눈물도 흘렸다. 그렇게 수많은 '生show'의 향연 덕택에 작은 폭발이 끝없이 일어났고 지금도 일어나고 있다.

'生show'의 파워를 믿는다. I love '生show' eternally!

나는 이 책에서 음악치료사에서 하모니 코치에 이르기까지의 성장과정을 5장으로 요약했다.

첫째 – 어린 시절부터 음악과 함께 추억할 수 있는 감동의 경험들

둘째 – 인생 이막 음악치료사의 길에서 만난 아픔들과 함께했던 임상 사례

셋째 – 하모니 코치로 성장하고 대중 강의로 이어지면서 기억에 남는 강의 후기

넷째 – 못다 한 이야기들

다섯째 – 누구나 즐길 수 있도록 직접 만든 창작 뮤직 플레이와 자작곡, 자작시 몇 편

책을 쓰면서 많이 버렸고 많이 채웠음에 감사합니다. 때로는 귀로, 때로는 마음으로 들을 수 있는 음악이 있어 감사합니다. 격려와 지지를 보내준 가족과 친지에게 감사와 사랑을 전하며 또 다른 기쁨으로 다가가기를 기대합니다. 부족한 나의 흔적들이 음악치료와 코칭 발전에 조금이나마 도움이 되기를 기대하며 늦은 마음공부 여정에서 가장 많은 치유의 행운을 누리게 된 대상은 바로 '나'였음을 고백합니다!

둥기둥기 둥기 둥 둥기둥기 둥기 둥 살 만한 세상이라네
둥기둥기 둥기 둥 둥기둥기 둥기 둥 살 만한 세상일세

The effect of a good hearted person is incalculable.
선한 의도를 가진 한 사람의 영향력은 엄청나다.

미국 어느 대학교 서점의 카드에 쓰여 있던 문장! 노트에 옮겨 적으면서 가슴에 새겼습니다.

2017년 2월 20일 하모니 코치 김미정

늦게 핀
미로 美路 에서

추천사

| 이성언

한국능력개발원 회장.
한국창조경영협회 회장, 대한민국 인적자원개발 대상 특별 공로상 수상

'창의적 교수법'을 연구하는 모임 Aha Society^{회장 이성언}의 강의에서 참석자 100명의 마음과 행동을 하나로 모으고, 앙코르 초청 특강에서도 찐한 감동과 긴 여운을 남겨준 김미정 하모니 코치가 그동안 국내외를 넘나들며 경험했던 생생한 활동들을 세련된 필치로 그려놓았다. "나이 제한은 없나요? 전공이 아닌데요?"로 시작한 음악치료사로서 2모작 인생은 56세에 사회복지 석사 학위로 한층 심화했다.

새로운 날개를 단 감성코치의 길과 함께 인생 이막 10년째 가는 길목에서 또 환갑을 기념하면서 지난 삶 속에서의 울림들을 떠올리며 성찰하는 내공 깊은 글이다. 바야흐로 오늘날 사회를 향해 새 출발하는, "인생은 60부터"의 '골든 에이지'들의 새 인생에 희망의 증거가 되고 있는 젊은 기수 김미정은 그 누구와도 비교할 수 없는 독특한 스타일의 인기스타 강사이고 시대를 여는 새로운 카운슬러요 최고의 코치이다. 나는 그를 확실히 추천한다.

| 박창규
한국 최초의 국제마스터 코치(MCC)

 김미정 코치를 보면 몇 가지가 떠오른다. 첫째는 처음 코칭을 배우기 시작할 때 멈칫거림 속에서도 악기만 들면 잠재된 끼를 마음껏 발휘하는 당당한 모습이다. 이제는 코칭 속에 음악이, 음악 속에 코칭이 녹아든 하모니 코치가 된 것을 축하한다. 그 어떤 상황에서도 그녀만의 독특한 음악세계로 소통할 수 있게 하는 탁월한 끼가 놀라울 뿐이다.

 둘째는 피아노, 기타를 치면서 노래하고 세계를 돌아다니며 활동하는 모습이다. 자기 성장을 스스로 축복하는 과정에서 김미정 코치만의 고유하고 유일한 모습을 만천하에 선언하는 당당한 모습이 너무나 아름답다. 그런 재주가 없는 나로서는 참 부러운 모습이다. 정말 스스로 축복할 자격이 있는 코치다.

 셋째로는 씨앗이 생각난다. 코칭은 내면의 파워를 스스로 끌어내어 생명력을 키우는 임파워링의 과정이다. 김미정 코치는 셀프 임파워링 하는 대가인 것 같다. 앞으로 얼마나 더 성장하고 성숙해질지 아무도 모른다. 그러나 그녀 안의 무한 창조 공간Space에 숨어 있는 '우레와 같은 침묵'의 씨앗이 어떤 모습으로 피어날지 기다려 본다.

| 황현호
한국부부행복코칭센터 소장

코칭을 시작하고 한 모임에서 처음 김미정 코치의 노래를 들었을 때의 감동을 어찌 잊을까? 몸과 마음, 눈빛과 목소리 모두가 악기 같은 그녀! 어린 시절부터 온몸에 자연스럽게 스며든 하모니! 자폐아동에서부터 기업 임원에 이르기까지 함께했던 그녀의 삶의 흔적들에서 향기와 내공을 느낀다. 책 속의 수많은 사람들이 그녀를 만나서 어떤 감동과 에너지를 느꼈을까!

중학교때부터 혼자 터득한 기타를 치며 그녀 자신의 삶을 노래하고 시로 낭송할 때는 한폭의 수채화를 보는듯 모두 감성에 젖었다. 어떤 주제의 강의에서도 음악을 첨가하며 치유와 즐거움을 선사하는 탁월함과, 늦은 시작에서도 풀어내는 창조력에 이미 많은 사람들이 감탄을 자아냈다. 장르를 넘어서는 음악세계와 그녀의 깊은 내공에서 나오는 신비로움을 많은 사람들이 경험하기를 바란다. 하모니 감성코치로서 소통과 치유에 끊임없는 기여를 하리라 믿는다. 아직도 호기심 가득한 맑은 눈이 아름다운 김 미 정 코치님!

| 안병재
이화여대 글로벌미래평생교육원, 최고지도자명강사과정 주임교수

감성을 일깨우는 Harmony Coaching 김미정 명강사.

힘들고 지친 분들에게 작은 악기를 들고 다가가는 모습을 보고 있노라면 정말 부럽다. 중년을 넘긴 경력단절 여성이 전문 강사가 되는 길은 가방 끈이 긴 분들만의 이야기로 생각했다는 김미정 명강사! 처음 만났을 때 악기연주를 할 수 있다고 수줍으면서도 당당하게 말했다. 그런데 남 앞에서 말하는 것이 두렵다고 했다. 그래서 "앞으로 무엇을 하고 싶은가요?" 라고 질문했더니 악기와 함께 음악치료 강의를 하고 싶다고 하기에 "대한민국 음악치료 전문 강사가 되어보라!"고 조심스럽게 말했다.

그리고 2년 후 (사)한국강사협회의 대한민국 명강사로 선정된 그녀는 청중들의 감성을 끌어내면서도 강력한 메시지를 외치는 하모니 감성코치로 성장했다. 이화여대 최고명강사과정을 거쳤고 한국멘토교육협회 멘토, 한국코치협회 전문코치로서 해외 강의도 하는 등 활발한 활동을 하고 있다. 작은 악기로 시작해서 꿈을 놓지 않고 본인만의 탁월한 영역을 개척한 그녀에게 박수를 보내며 치유와 코칭과 감동의 메시지로 멋진 멘토 역할을 하기 바란다.

♪ CONTENTS

제 2 장.
음악치료사로의 비상

제 3 장.
하모니 감성 코치로 성장

제 4 장.
그래도 못다 한 이야기

제5장.
창작 MUSIC PLAY

오늘도

오늘도 하늘은 내게
사랑하라 하네. 노래하라 하네. 행복하라 하네.

오늘도 바람은 내게
춤을 추라 하네. 감동하라 하네. 창조하라 하네.

오늘도 구름은 내게
바라보라 하네, 기다리라 하네, 다가오라 하네

- 김미정 -

제 1 장.

뼛속 깊이 흐르는
추억의 하모니

음악 안에서 음악으로
행복한 시간들이 있었습니다.

춤추는
흑백 가족사진

　중1 때 가족 6명이 유일하게 함께 찍은 빛바랜 흑백사진! 그
소리와 동작은 추억의 동영상으로 항상 진행 중이다. 아버지께
서는 가끔 식구들을 불러서 음악을 틀어주시고는 춤을 추라고
하셨다. 그 음악은 모든 장르를 넘나들었다.

　사진 속의 아버지는 흑싸리 무늬의 사각팬티와 러닝셔츠를 입
고 막내를 안은 채 춤추고 계신다. 어머니는 부엌에서 일하다
가, 두 남동생은 흙장난을 하다가, 나는 방에서 숙제하다가 아버
지가 불러서 모두 안방에 모여 춤을 추며 소통하는 시간이었다.
부모님께서 음악을 전공하신 분들은 아니지만 후에 생각하니 음
악적 끼가 넘치는 분들이셨다. 뒤늦은 강의 활동을 시작한 이후
빛바랜 이 사진을 확대해 피아노 옆에 두고 매일 보면서 가족의
에너지를 느꼈다.

돌아가신 아버지께서 나의 활동을 응원해 주시는 소리도 들린다. 지금은 불편해지셨지만 엄마의 노랫소리도 들린다. 동생들은 "역시 우리 누나야.", 나는 동생들에게 "너야말로 잘할 수 있어!" 하고 서로 격려하는 소리도 들린다. 그리고 딸로서, 언니이자 누나로서 못다 한 미안함도 전한다. 빛바랜 이 사진은 가족의 역동과 사랑을 느끼게 하며 인생 2막을 재단하고 있는 나에게 더 없이 소중하며 큰 에너지를 주고 있다.

사직동
작은 한옥에서의 하모니

종로구 사직동의 자그마한 한옥에서 살았을 때 어찌나 식구들이 많았는지 지금 생각하면 마치 공동주택 같았다. 9남매의 장남이셨던 아버지는 항상 바쁘셨고 9남매의 맏며느리였던 어머니는 항상 일에 묻혀 있는 모습이었다. 출근하는 고모의 구두를 닦아주던 어머니의 모습에서 어린 나는 '결혼을 하면 남편의 여동생 구두를 닦아줘야 하는구나.' 하고 생각했다. 그런 속에서도 노래를 흥얼거리시고 허밍을 즐기던 어머니셨다. 우리 집 피아노 뚜껑은 항상 열려 있었다. 이후 멋쟁이 고모님께서 결혼하면서 큰조카인 나에게 피아노를 물려주셨다. 1960년대 이야기인데 나는 그때부터 어머니께서 피아노를 치는 모습을 많이 보게 되었다. 처녀 시절 초등학교 선생님을 하신 어머니는 피아노를 조금 칠 줄 아셨다. '즐거운 나의 집', '내 고향으로 날 보내주', '대니 보이', '산들바람', '메기의 추억', '떠나가는 배' 같은 곡을 피아노 치며 노래 부르셨다. 피아노로 치면서 노래 부르는 어머니가 천사처럼 보였고 흉내 내고 싶었다. 나는 지금도 '즐거운 나의 집'을 허밍Humming 하는 습관이 있는데 아마도 무의식에 입력이 된 것 같다.

함께 살았던 막냇삼촌도 피아노를 즐겨 쳤는데 삼촌이 치는 '즐거운 나의 집'이 어머니가 치시는 것보다 더 듣기 좋았다. 삼촌은 공부를 잘했는지 경기 중·고등학교를 다니셨다. 학교에서 돌아와 가방을 던져놓고 땀이 흠뻑 젖은 교복을 벗지도 않은 채 피아노를 치면서 싱긋이 웃기도 했다. 굵은 손가락으로 건반을 오가며 흥얼거리던 삼촌, 어린 나이에도 삼촌이 미남이라는 걸 알았다.

언젠가 삼촌이 뭘 잘못했는지 아버지한테 회초리를 맞고 얼룩진 종아리로 엉엉 울면서 나왔다. 나도 훌쩍거렸다. 삼촌은 아버지한테는 아들 같은 동생9남매 중 8번째이었다.

다음 날 삼촌을 기분좋게 해주려고 '즐거운 나의 집'을 열심히 연습했다. 손도 작고 악보도 잘 볼줄 몰랐지만 삼촌 흉내를 내고 있었다. 집에 온 삼촌은 날 보고 싱긋 웃더니 옆에 앉아서 근사하게 쳐주었다 마당에서 펌프질하며 빨래하던 어머니는 노래를 부르셨다. 그날의 '즐거운 나의 집'의 하모니는 세상 어느 음악보다도 아름다운 하모니였다. 나는 삼촌을 위로하기 위해서 뭔가 한 것처럼 뿌듯했다. 1964년도의 기억이 아직도 너무 선명하다.

총각 때의 사고로 다리에 장애를 갖게 된 아버지의 구두 축은 오른쪽이 왼쪽보다 몇 센티 높았다. 가부좌로 앉을 때 오른쪽 다리는 항상 펴야 했던 불편함을 극복하며 사회 생활을 하시느라 얼마나 힘드셨을까? 점점 커가면서 아버지의 불편함이 피부로 느껴졌었다. 그래서 가끔 그렇게 성격이 급하셨을까?

그런 아버지께서도 오른 손으로만 자주 치신 곡이 있었는데 알고보니 이바노비치의 '도나우 강의 잔물결'이었다. 때론 소파에 묻혀서 큰 헤드폰을 끼고 음악에 푹 빠지셨던 아버지! 아끼시던 스피커는 곱게 손질해서 내가 사용하고 있고 아버지의 체취를 느낄 수 있다. 9남매 장남에서 오는 무게감이 얼마나 컸을까? 고인이 되신 아버지와 삼촌 두 분을 떠올리면 그 곁에 항상 피아노가 있다.

지금은 몸이 불편해지신 어머니는 노래 책 한 권과 글쓰기 노트가 소중한 친구이다. 예전만큼 명필에 달필은 아니지만 아직도 글을 쓰신다. 나는 지금도 '즐거운 나의 집'을 치면서 허밍Humming하곤 한다. 그때는 음악치료라는 말이 없었지만 우리 가족은 자연스럽게 음악치료를 즐겼던 것은 아니었을까? 사직동의 고즈넉한 한옥 마루에서 들리는 '즐거운 나의 집' 피아노 소리와 마당 한가운데서의 어머니의 펌프질 소리의 하모니는 지금도 울리고 있다.

허밍Humming합시다!

내림마장조의
편안함 – '즐거운 나의 집'

나는 E♭ ^{내림마장조}가 좋다. 나의 무의식에는 내림마장조의 편안함이 깊이 자리 잡고 있다. 아마도 어린 시절 어머니와 삼촌이 치셨던 '즐거운 나의 집', '매기의 추억'의 E♭ ^{내림마장조}의 편안함인 것 같다.

나는 피아노 앞에 앉으면 손 가는 대로 치는데 처음은 항상 E♭ ^{내림마장조}로 시작한다. 이 세상에 없는 멜로디들을 자유롭게 만들고 또 허공으로 날려 보낸다. 조를 바꿔서 한참을 치다 보면 어느새 또 E♭ ^{내림마장조}로 치고 있다. 피아노는 어린 시절부터 지금까지 동고동락한 고마운 친구다. 늦은 밤 볼륨을 작게 맞추고 E♭ ^{내림마장조}로 대화하듯이 피아노 칠 때의 행복을 오래오래 누리고 싶다. 어렸을 때 피아노 선생님께서 내 손이 작다고 1년 후에 오라고 했는데 어머니는 1년을 못 기다리고 6개월쯤 후에 다시 데리고 갔다고 한다. 다행히도 나는 피아노를 좋아했고 어른이 되서 어머니처럼 노래하면서 피아노를 치고 싶었다.

[내림마장조]

이론을 전혀 몰랐을 때에도 나름대로의 음의 질서를 깨달아 갔고 악보대로 치는 건 갑갑했다. 피아노에 대한 호기심이 그치지를 않았고 6학년 때까지 피아노를 배웠다. 전공을 안 했기에 클래식을 그렇게 많이 치지는 못했지만 지금까지 한시도 손을 멈추지는 않았다.

결혼을 하고 첫 아이 낳기 전날까지 배가 앞산만 한 데도 이웃의 아이들과 성인들에게 피아노를 가르쳤다. 피아노는 나를 매일 임파워링 시켜 주는 도구였다. 피곤할 때 내림마장조로 메기의 추억을 치면 피로회복이 된다. 고향 같은 '내림마장조' 음계를 사랑한다.

중1 때 만난 기타

세시봉 가수들의 기타 치는 모습이 멋있어서 중학교 1학년 때 기타를 사달라고 어머니에게 졸랐다. 어머니께서는 여느 대한민국 어머니처럼 "시험을 잘 보면 사줄게." 하셨고 열심히 공부한 덕택에 운 좋게도 시험을 잘 봐서 기타를 갖게 되었다.

나는 기타를 특별히 배우지 않고 혼자 코드를 익혔다. 감사하게도 내겐 절대음감이라는 것이 있었다. 노래를 알면 느낌대로 코드를 눌러도 틀리지 않았다. 신기했다. 지금 치는 것도 거의 그때 실력이다.

한복 입은 대학교 사은회의 사진에서도 나는 기타를 치고 있다. 그때 좀 더 끼를 발휘했었다면 지금 어찌 되었을까? 아마도 그 시절의 통기타 가수들과 어울려 라이브 음악회도 하고 기타 메고 다니며 어지간히 바빴을지 모른다. 삶의 모습이 지금과 많이 달랐을 것이다.

하지만 엄격한 집의 분위기도 그렇거니와 스스로도 그럴 용기는 없었다. 그저 학교 친구들과 즐기는 정도였다. 어쨌든 대학 동창들과의 추억은 음악과 통기타를 빼고는 얘기할 수 없을 만큼 앨범 속에 기타 치는 옛날 사진이 많다. 남편이 결혼 전 집에 왔을 때 동생들이 미래의 매형에게 "누나 노래 한번 들어 보실래요?" 하면서 "Yesterday 신청합니다." 하고 나에게 기타를 쑥 내미는 것이 아닌가. 남편 될 사람은 박수를 쳤고 나는 몹시 당황했다. 그러면서도 조금은 뻔뻔스럽게 감정을 최대로 살려서 불렀던 생각이 난다. 생각할수록 낯이 두꺼웠던 것 같다.

기타와 'Yesterday'는 이렇게 우리 부부에게 잊지 못할 추억을 안겨 주었다. 절대음감이라는 큰 축복에 감사하며 앞으로도 기타는 나의 영원한 Best friend일 것이다. 생각해 보면 중학교 1학년 때의 기타 실력으로 지금까지 꽤나 잘난 척을 하고 있는 셈이다.

추억의 애창곡
'해변의 여인'

고3 여름방학 때 갑작스런 사고로 아버지께서 돌아가셨다. 대학입시를 코앞에 둔 나로서, 4남매의 맏이로서, 아빠의 미더운 딸로서 아버지 없이 살아간다는 것은 상상할 수 없었다. 고3나, 고2, 초등학교 6학년, 유치원생 이렇게 4남매를 남겨놓고 한마디 말씀도 없이 어느 날 떠나신 아버지. 오랜 시간 마음을 가다듬지 못하고 힘겨워하는 어머니를 위로하는 것도 나의 몫이었고 동생들을 보듬고 몇 달 후 치러야 할 대학 예비고사 준비도 나의 몫이었다. 아침에 눈뜰 때마다 빙긋이 웃으시는 아빠의 모습이 안 계시는 걸 확인하는 것이 고통이었다. 가끔씩 들렸던 엄마의 피아노 소리는 오랫동안 들을 수 없었다. 엄마는 한 달 만에 8kg이 빠졌다.

기나긴 우울의 시간. 두려움, 외로움, 책임감을 가족들 앞에서 내색할 수 없었다. 예비고사를 보는 날 멀리까지 나와서 손을 흔들어 주시던 엄마의 눈은 충혈되었고 아빠의 모습은 없었다. 시험장으로 가는데 눈물이 주룩주룩 흘렀다.

힘겨웠던 시간이 흐르고 대학에 들어간 후 어느 날 어머니의 피아노 소리가 들렸는데 예전같지 않았다. '해변의 여인'을 부르는 어머니의 눈에 눈물이 맺혔다. 며칠 후 할아버지 생신 때 모처럼 친척들이 모였는데 할아버지께서는 "미정 에미 노래 좀 들고 싶구나."라고 하셨다. 어머니께서는 머뭇거리다가 남편은 잃은 슬픔이 가시지 않았기에 삼촌, 숙모들이 권하시자 '해변의 여인'을 부르셨다. 눈 감고 부르면서 볼에는 눈물이 흘렀고 할아버지, 할머니, 다른 친척들도 눈물을 흘렸다. 우리 엄마만 짝이 없는 모습에 나는 거실 한쪽에서 아파했다.

그날 나는 내 방에서 늦게까지 기타를 치면서 작은 소리로 '해변의 여인'을 부르며 아버지에게 긴긴 마음의 편지를 썼다. 대학교 2학년 여대생에게 '해변의 여인'이라는 노래가 뭐 그리 부르고 싶은 노래였을까? 그럼에도 불구하고 '해변의 여인'은 많은 가족들을 떠오르게 해주는 추억의 애창곡이 되었다.

어머니의 '애정의 조건'

아주 어렸을 적에는 어머니의 노트 속의 빼곡한 글들을 이해를 잘 못했는데 좀 커서 보니 어머니의 일기장이었다. 가끔씩 엄마 몰래 읽었을 때 9남매의 맏며느리로서 삶의 고단함과 외로움을 알 수 있었다. 자식들에 대한 희망과 아버지를 향한 애타는 바람 같은 글들이었다. 펑펑 울었던 자국도 있었다. 나는 정신없이 바쁜 가운데에서도 외로울 수 있구나 하는 것을 알았다.

아버지께서 48세에 갑자기 사고로 돌아가신 후 어머니의 일기장은 아버지에 대한 그리움과 사랑으로 변하고 있었다. 노래 가사와 시, 지난 추억도 있었다. 그리움 한 줄, 원망 한 줄, 힘겨움 한 줄, 희망 한 줄, 다짐 한 줄…. 생각해 보면 우리 가족만 단란하게 있어 본 기억이 별로 없다. 어머니께서 쑥스러워할까 봐 큰딸이면서도 좀 더 살갑지 못했던 것이 죄송하다.

어머니께서는 국문학과를 나오신 국문학도였다. 초등학교 선생님을 하실 때 당신보다 나이 많은 학생들을 씻겨 가면서 공부를 가르쳤다고도 했다. 어버이날에 옛날 제자한테 전화가 와서 눈물겹게 전화 통화하는 것을 본 적도 있다.

아버지 추도식이 있을 때마다 엄마의 긴 기도문은 가족들을 울렸다. 기도문이라기보다 차라리 아버지를 향한 그리움과 스스로에게 하는 독백이었다. 아무도 그 방에 들어오지 말라고 하며 집중해서 쓰셨다. 맏딸인 나는 어머니의 기도문이 길어져서 오신 분들께 누가 될까 봐 추도식 때마다 "짧게 쓰셔요."라고 했지만 아랑곳하지 않고 길어지곤 했다. 지금 생각하니 1~2분 더 편하게 하시도록 그냥 있을 것을 왜 그리 재촉했을까 하는 후회도 생긴다.

중풍으로 고생하시다 몇 년 전 요양원에 가시겠다고 결정한 후 나는 동생과 함께 그 많은 묵은 살림을 과감하게 정리했다. 지금 생각하니 엄마가 얼마나 아끼던 옷들, 물건들이었을까? "이것도 버려, 저것도 버려." 하며 정신없이 버렸다. 요양원에 가지고 갈 옷 몇 벌, 책 몇 권, 성경책과 일기장만 준비했다. 3층 자개농에서 1975년에 돌아가신 아버지 양복이 나왔다. 쓸데없이 아직도 안 버렸냐고 까칠하게 한마디 했었다. 그 양복은 어머니한테 무슨 의미였을까?

인지 기능이 조금 낮아지셨고 말씀도 어눌하시고 거동이 불편하지만 지금도 책을 보신다. 제대로 글을 쓸 수 없지만 일기도 쓰시고 노래 책을 보고 노래도 하신다. 언젠가 '애정의 조건'이라는 노래를 함께 부른 후 어머니는 당신 노래라고, 나는 내 노래라고 서로 우겼다. 오래전 김도향의 '난 참 바보처럼 살았군요.'라는 노래가 나왔을 때도 그랬다.

어머니에게 애정의 조건은 무엇일까?

때로는 그리운 마음에 쓸쓸히 눈물짓지만~ 때로는 추억에 젖어 쓸쓸히 웃음 짓지만~ 사랑은 너무 아파요~ 사랑은 너무 미워요~ 내 작은 몸짓으로 어쩔 수 없는사랑 사랑 사랑의 조건을~

나를 강하게 만든
아버지의 빈자리

아버지께서는 형제간에도 존경받는 형님, 오빠셨고 조카들에게도 존경받는 큰아버지셨다. 학교 선후배 간에도 인간미 넘치고 실력 있는 분으로 통하셨다. 아버지께서 돌아가신 후에 얼마나 많은 분들이 아버지를 존경했는지 알게 되었다. 책임이 컸던 만큼 외로움도 크셨을 아버지께 좀 더 다가가지 못한 것이 죄송하다. 난 어렸을 때부터 부모님의 사랑은 듬뿍 받고 자랐으면서도 대가족 속이라서 그랬는지 부모님께 애교 넘치는 딸은 아니었나 보다.

아버지께서 돌아가신 후 막중한 책임을 느낀 나는 아르바이트를 하며 생활력이 강해졌다. 학생들에게 공부와 피아노와 음악 이론까지 가르쳤다. 맏딸로서 아버지의 빈자리를 크게 느낀 것 같다. 과로로 버스 안에서 코피를 쏟은 적도 있고 눈의 실핏줄이 파열된 적도 있었다. 아르바이트해서 받은 돈을 버스에서 소매치기 당해 가족에게 말도 못 하고 속 태운 적도 있다.

학교 앞에는 여자 대학교라서 화려한 옷집도 많았고 사 입고 싶은 옷도 많았지만 엄청 자제했다. 피아노 레슨과 공부를 가르치며 용돈을 충당했다. 경제적으로 그다지 어렵지 않게 성장했기에 갑자기 달라진 삶에서 오는 혼란을 감내하기가 쉽지 않았다.

그런데 그 혼란 속에서 나는 어떻게 그렇게 강해질 수 있었을까? 아버지께서 들으셨던 곡차이코프스키의 '비창', 요한 스트라우스의 왈츠곡, 베토벤의 '황제', '전원교향곡', 이바노비치의 '도나우 강의 잔물결'들을 들으면 격려해 주시는 목소리가 들리는 듯했다. 아버지께서 남겨주신 긍정과 열정의 에너지는 꿋꿋하게 이겨낼 수 있는 힘과 회복력이 되었다. 시대를 앞서 가시면서도 풍류를 즐기시며 끝없이 공부하셨고 나라를 사랑하셨다. 열정만큼이나 음악도 예술도 문학도 사랑하셨던 아버지! 예쁘게 핀 꽃은 딸보다 '기여'하는 딸이 되면 좋겠다고 하신 아버지의 뜻을 늦게라도 조금씩 이룰 수 있어서 행복하다. 내게 아버지는 지금도 48세의 젊고 활력 넘치는 모습으로 남아 있다.

"오래간만에 불러보는 아버지, 60이 넘은 지금도 한없이 그리운 당신입니다."

딸 같은 막냇동생의
넘치는 끼

막내 여동생이 어릴 때 가끔 없어져서 찾으면 누구 집에 가서 노래하고 있었다. 친척들 모임이 있던 어느 날 식탁 위에 올라가서 남진의 '저 푸른 초원 위에'와 혜은이의 '당신은 모르실 거야'를 기가 막히게 불렀다. 나는 식탁 밑에 숨어서 2부 화음을 은은하게 넣었고 친척들이 배꼽 잡고 웃으며 사랑스런 하모니 자매라고 칭찬했다.

하얀 토끼털 장식의 와인색 우단 원피스를 입고 줄넘기 손잡이를 마이크 삼아 거침없이 노래를 부르던 막내! 성실하고 음악적 끼가 넘쳤던 막내는 대학 시절 교내 그룹사운드에서도 활동하며 학교 대강당에서 공연한 적이 있다. 무대를 오가며 신시사이저와 피아노를 번갈아 쳤다. 동생이 만든 노래는 동생이 다니던 대학교 수첩에 몇 년간 실리기도 했다.

'아버지께서 보신다면 얼마나 좋아하실까?' 하며 신나는 와중에도 나는 눈물이 났다. 막내가 유치원 다닐 때 아버지께서 돌아가셨는데 그 이후에 말이 없어졌다. 삼오제날 산소 갔다 온 나에게 "언니, 아빠 땅에 심은 거야?" 하는 막내를 품에 안고 한참을 있었다. 띠동갑이라 12년 차이 딸 없는 내겐 딸 같은 동생이다. 집에 들어오는 나에게 뛰어와 안기며 노래하고 춤추곤 했다. 아빠한테 그랬던 것처럼.

어린 나이임에도 마음고생을 내색하지 않고 밝고 똑똑하게 커준 막내를 떠올리면 언니로서 마음이 시려온다. 재즈 피아노는 나보다 훨씬 뛰어나다. 가끔 만나면 "언니 이 노래 알아?" 하면서 함께 부른다. 늦깎이 강사를 하는 나의 모니터링도 해주는 동생을 이제는 내가 의지한다. 요즘 바이올린에 빠져 있는 막내의 열정이 부럽다. 딸이 없는 나에게 막내가 없었다면 얼마나 외로울까?

할아버지, 할머니
덕분입니다

아빠 없는 손녀의 빈자리를 채워주시고자 했던 할아버지! 내가 첫 아들을 낳았을 때 입원실에 제일 먼저 들어오셨다. "우리 손녀 정말 애썼구나." 하면서 눈물 흘리셨던 할아버지의 마음을 안다. 결혼 후 집들이를 했을 때에도 멋있는 옷걸이를 사서 들고 오셨다. 그런 할아버지께서 내가 태어났을 땐 딸이라고 사흘간 안 보셨다고 한다. 아버지께서 9남매의 장남이니까 그 당시의 정서로 보면 얼마나 아들을 기다렸는지도 이해는 간다. 어머니께서 아주 죄인 같았다고 했다. 그런데 그렇게 며칠이 지나자 나의 이름을 지어오셨다고 한다.

美玎! 아름다울 미, 옥 소리 정! 옥 소리 같이 고운 목소리로 한평생 살라고 그렇게 지어주신 덕택인지 목소리가 곱다는 소리는 듣고 자랐다. 초등학교 6학년 학예회 때 목소리가 곱다고 김유신 장군의 부인 역을 맡아서 KBS 방송국 어린이극에 나간 적도 있다. 청소년기 때는 목소리가 굵직한 허스키 목소리의 친구들이 멋있어 보이기도 했다. 늦게 일을 시작하고 힐링 강사, 감성 코칭 강사에 어울리는 따뜻한 목소리라는 말을 듣고 감사했다.

어릴 때 할머니께서는 황토색 두툼한 겉장의 야담모음집을 즐겨 읽으셨다. 할머니 무릎을 베고 있으면 책을 읽어주셨는데 솔직히 내용들은 몰랐다. 그러나 돋보기를 끼시고 책을 읽어주시는 할머니 모습과 목소리는 아직도 생생하다. 차분하고 부드러운 목소리를 듣다가 잠이 들곤 했다. 평소에도 말씀이 온화하셨고 "곱게 곱게"라는 말씀을 자주 하셨다. 할머니의 큰 소리를 들어본 적이 없다. 큰아들나의 아버지을 먼저 여의고 홀로 눈물 지으시는 모습을 자주 보았다. 당시 큰며느리나의 어머니를 쳐다보시는 눈빛이 그렇게 애잔할 수가 없었다. 내가 첫아이를 임신해서 배가 불러오자 내 배를 어루만지시며 조용히 기도해 주셨다. 그리고 내가 출산하기 얼마 전에 먼 길을 떠나셨다.

『예기』에 실려 있는 글에서 "옥은 갈지 않으면 그릇이 될 수 없고 사람은 배우지 않으면 길을 알지 못한다."라고 했다. 할아버지께서 이름 지어주신 美玎! 할머니께 받은 고운 에너지! 더 갈고 다듬어서 고운 목소리 못지않게 고운 말씨를 품은 고운 인격의 하모니 코치로 기여하고 싶다.

"할아버지, 할머니 감사합니다! 두 분 덕분입니다!"

육사 화랑제의
군악대와 함께

대학교 3학년 때였다. 태릉의 육군사관학교 화랑제 축제에 갈 기회가 있었다. 파트너보다는 화랑제라는 축제가 궁금했고 멋진 군악대가 보고 싶었다. 화랑제의 모든 여자 파트너는 한복을 입기로 되어 있어서 한복 한 벌을 급하게 빌려서 축제에 참석했다. 선배 언니의 말로는 파티장으로 들어갈 때 입구에 멋진 제복의 생도들이 양쪽에 마주 보고 늘어서서 총열을 서로 맞대면 입장객들이 그 사이로 통과한다고 했다. 그렇게 파트너와 들어가게 된다는 말을 듣고 그 사이의 길을 꼭 통과하고 싶다는 장난기가 발동되었다.

그때 경상도 출신의 모범적인 육사 생도가 파트너였는데 잊을 수 없는 추억이 있다. 행운권 추첨에서 내가 1등을 해서 상품을 받았는데 장성께서 상품을 주시면서 나를 안아주셨고 사모님께서는 파트너를 안아주셨다. 그리고 노래를 신청했는데 흘러간 가요 '청실홍실'이었다. 대학교 3년생인 나는 다행히도 그 노래를 알고 있었고 군악대에 맞춰서 무대를 오가며 2절까지 불렀다. 아니 불러 젖혔다. 무슨 배짱이었는지. 왈츠 리듬에 맞춰서 생도들과 장성 내외분들은 파도가 출렁이듯 움직여 주었다. 난 흥에 나서 파트너가 어디 있는지 관심도 없이 뒤의 군악대를 보면서 노래 부르기에 급급했다. 지금 생각하니 내 파트너 생도는 얼마나 기가 막혔을까 싶다. 앵콜을 받고 'Yesterday'를 불렀는데 그 곡 역시 군악대와 호흡이 척척 맞았다. 상품이 한 보따리! 앨범, 케이크, 스카프, 헤어드라이어, 꽃 한 다발인데 다 들고 갈 수가 없어서 파트너가 집까지 들어다 주었다. 그때는 무거운 앨범이 왜 그렇게 인기 있는 선물이었을까?

며칠 후 육사 생도가 학교로 편지를 보냈다. 그 생도가 서울에 올 때 부모님께서 하셨다는 말이 재미있다. "서울의 여대생들은 깍쟁이고 얌체고 하니 자칫 어수룩하게 보이면 코 베 간데이." 하며 조심하라 하셨다는 것이다. 한참을 웃었다.

파트너 덕택에 본인도 선물을 잔뜩 받았고 다른 생도들의 부러움을 샀다고 했다. 예상치 못한 기분 좋은 일들이 일어났고 서울 여대생들에 대한 경계심이 확 풀리면서 편해졌다(?)고 했다. 잊을 수 없는 추억을 만들었다고 했다. 덤으로 첫 이미지는 얌전하고 깍쟁이 같이 보였던 파트너ᄂ에게 의외의 면을 보았다고 했다. 장성들 앞에서 흘러간 가요를 넉살 좋게 부르고 남은 과자들을 다음 날 친구들과 나누어 먹겠다며 싸달라고까지 했으니 당황할 만했다. 사실은 우리 친구들이 내 파트너가 착해 보인다면서 과자 싸달라고 부탁하라고 해서 망설인 끝에 부탁한 것이다. 짐짓 놀라는 파트너였지만 신문지에 과자를 잔뜩 싸주어서 다음 날 친구들과 얼마나 맛있게 먹었는지 모른다.

그때는 어지간히도 거침이 없었다. 멋진 제복의 군악대, 한복 차림으로 장성들 앞에서 노래 부르는 나, 많은 상품들, 그 환호, 어찌 잊으랴! '청실홍실', 'Yesterday'와 화랑제의 추억은 20대 초의 황홀한 추억이며 뮤직 영상으로 남아 있다. 파트너 생도에게 다시금 감사하고픈 맘이 살짝 생긴다. 태릉 쪽에 가면 끼 많고 당찼던 여대생의 모습이 떠올라 미소 짓곤 한다.

다이얼로그 콘테스트
그랑프리

1981년 종로 YMCA 영어회화 클럽에서 영어 다이얼로그 콘테스트 대회가 열렸다. 2명이 한 조로 모든 걸 영어로 말하는 짧은 단막극인데 영어실력이 탁월한 파트너와 함께 했다.

제목은 '세일즈 걸'이고 북 세일을 하는 세일즈 걸내 역할이 회사 임원파트너에게 『음악으로 스트레스 해소하기』라는 책을 판매하는 스토리였다. 나의 강점을 살려주기 위한 파트너의 배려심이 보였다. 내용 중에 미국의 유명한 가수 패티 페이지의 'I went to your wedding', 'Tennessee waltz', 'Changing partner'를 기타 치면서 불렀다. 그리고 'How much is that Doggy in the window'라는 노래 중 '컥컥'하는 강아지 소리는 친구들이 앞줄에 앉아서 소리를 내주었다. 리듬에 딱딱 들어맞게 해준 친구들이 고마웠다.

책에 관심 없는 회사 임원을 향한 세일즈 걸의 적극성이 재미있게 표현되었다는 피드백과 함께 그랑프리를 받았다. 그때 그 노래들을 몽땅 외워버린 덕택에 지금까지 페티 페이지 노래는 외워서 부를 수 있다. YMCA 강당이 웃음바다가 되었고 푸짐한 그랑프리 상품을 받았다. 녹음한 테이프를 듣고 미국 여자인 줄 알았다고 했던 걸 보면 어지간히도 연습을 한 것 같다.

그때의 열정을 돌아보면 무엇이든지 할 수 있을 것 같다. 언젠가 강의 중에 페티 페이지 노래를 불렀더니 중년의 신사분이 "감성을 끌어내주셔서 감사합니다. 눈물이 납니다."라고 한 적이 있다. 다이얼로그 파트너에게 감사를! 패티 페이지에게도 감사를!

김미정의
강변 카페

30년 전 동서울터미널 자리는 갈대숲이었고 강변역에 내리는 사람은 한두 명이었다. 구의동 한양빌라에서의 10년은 아이들 정서생활에 도움을 주었다. 도시 속의 전원 마을 같은 느낌!

큰 녀석이 유치원 다닐 때 주민들의 요청으로 뜻밖에 노래교실을 하게 되었다. 그때 내 피아노는 S 악기에서 처음 나온 예쁜 뚜껑이 있는 가정용 그랜드 디지털 피아노였다. '김미정의 강변 Cafe'는 월요일 오전 두 시간 동안 구의동 한양빌라 3동 301호에서 주민들을 위한 가요, 팝송교실로 시작되었다. 그때 나는 유명한 개구쟁이 아들 둘을 키우는 씩씩한 엄마로도 통했다. 그런데 어느 날 한 학부모가 노래교실우리 집에 와서 내가 피아노 치는 걸 보고 깜짝 놀라는 것이 아닌가? "세상에, 노래 교실 선생님이 동민이 엄마였다는 거야? 어머머머, 동민 엄마가 세상에!" 하며 팔짝팔짝 뛰면서 웃었다. 두 녀석이 워낙에 유명한 개구쟁이였기 때문에 피아노 치는 나와 연결이 안 된다고 했다. 큰 녀석이 초등학교에 들어갈 때까지 1년 반 동안 구의동 한양빌라에서의 뮤직 스토리를 만들어갔다.

그 당시 한양빌라는 한양주택에서 직원들을 위해서 지은 67세대의 예쁜 빌라단지였다. 평사원에서부터 임원까지 한 단지에서 형님 아우 하며 가족 같은 분위기의 도시 속 전원단지 같았다. 노래하는 날이면 커피와 다과를 준비했고 오가는 삶의 얘기도 즐거웠다. 그런데 엄마들이 정성을 모아서 봉투를 건네주는 게 아닌가! 기분 좋게 받고 기분 좋게 수업했다. 남편은 그런 나에게 관심을 보이며 "오늘은 무슨 노래했어요? 어땠어요?" 하고 물어보곤 했다. 15명~20명의 동네 어머니들과 노래로 소통했던 행복한 추억이다. 이때 부른 노래 중에서 '사랑하는 사람'은 아직도 애창곡이다. 도심 속에서 음악을 통한 이웃과의 화합의 장을 누릴 수 있는 동네가 확산되기를 기대해본다.

글쎄, 알고 보면 내가 노래교실의 선구자였나! 하하하! 내가 쉬지 않고 활동을 했다면 어찌 되었을까? 아마도 구지윤, 문인숙 선생님만큼 유명 노래강사가 되지 않았을까? 결국은 그 끼를 포기 못하고 뒤늦게 행복한 강의를 펼치고 있으니 이 또한 감사하지 않은가!

'김미정과 함께하는 강변 Cafe'를 다시 재현할 수 있을까?

'해후'
– 주부가요대회 수상

구의동 한양빌라에 살 때 성동구민회관에서 주부 가요대회가 있었다. 대상은 목소리가 굵직한 여인이 받았고 다음엔 최성수 씨의 '해후'라는 노래로 내가 1등을 했다. 10년 동안 살던 동네를 떠나기 전에 추억을 남기고 싶은 마음에 대회에 참여했는데 예상 밖의 결과였다.

수상 이후 구청에서 전화가 와서 성동구광진구를 위해 활동을 해달라고 하기도 했고 여기저기서 초청이 들어왔지만 안타깝게도 며칠 후에 이사를 갈 상황이므로 거절할 수밖에 없었다. 당시 동네 어머니들이 안타까워하며 집을 다시 해약하라고까지 했다.

이렇게 '해후'는 나에게 즐거움과 안타까움을 동시에 남겨준 노래였다. 살림하며 틈틈이 연습하던 장면을 생각하면 즐거워진다. 지하철 2호선이 강변역을 지날 때는 마이크 잡고 '해후'를 열창하던 추억에 미소 짓는다. 대회가 있던 날 동네 어머니들이 구청까지 와주었고 노래하는 나를 열렬히 응원하던 소리도 들린다. 구의동에서의 정겹던 시간들, 그 후에도 '해후'는 나를 행복한 장소에 몇 번이나 서게 해 주었다. 이런 시간들이 한 땀씩 모여 지금 나에게 큰 에너지가 되고 있다.

구의동에서의 고운 추억들 속에 떠오르는 어머니들, 이웃의 예쁜 딸내미들과 개구쟁이 녀석들은 마음속 고향의 모습들이다. 해후는 오랫동안 헤어졌다가 뜻밖에 다시 만난다는 뜻이다.

어쩜 '해후'邂逅라는 노래는 10년을 정겹게 살던 마을을 떠나며 남기고 싶은 나의 마음이었는지도 모른다. 어디선가 그들과 행복한 얼굴로 해후邂逅하기를 기도한다.

"예전에 그랬듯이 마주 보며 노래하고파!"

뉴질랜드 '마운틴 쿡'의
즉흥 음악회

1994년 여러 가족과 함께 뉴질랜드 여행을 갔다. 뉴질랜드 남섬 끝에 있는 아름다운 '마운틴 쿡'이라는 곳에 도착을 했고 일행은 저녁 때 호텔 로비에서 맥주를 한 잔씩 하기 시작했다. 그런데 일행 중 한 분이 '만남'을 부르면서 계획에 없던 즉흥 음악회가 시작되었다.

로비 한쪽에 마치 베토벤이 연주했을 것 같은 파스텔 톤의 빛바랜 피아노가 있었다. 남편이 나한테 노래 반주를 하라고 해서 당황했는데 허락을 받았다면서 피아노 뚜껑을 열어주었다. 튀는 행동이 부담스러웠으나 일행들도 재촉하고 조금은 호기심도 있었기에 피아노 앞에 앉았다. 그리고 각본에 없던 즉흥 음악회의 시작!

악보도 없지만 아는 대로, 느낌대로 반주를 했다. 동요, 가곡, 가요, 외국 가곡, 팝송까지 아우르며 때로는 독창, 때로는 합창 반주가 되기도 했다. 나의 끼와 절대음감이 맘껏 발휘된 마운틴 쿡의 밤, 밖에는 눈부신 빙산과 설경이 함께하는 밤이었다. 잠시 후 외국 분들과 호텔의 종업원들도 함께 즐기기 시작했다. 호텔 로비가 글로벌 즉흥 음악회장이 된 것이다.

공기도 좋고 분위기도 좋아서인지 악보 없이도 반주가 잘 되었다. 남편이 시원한 생맥주 한잔을 피아노 위에 갖다 주면서 쑥스러운 표정으로 "한 모금 마시고 치시지." 하는 것이었다. 평소 무뚝뚝한 남편의 괜찮은 리더십이었다. 사람들이 "무정 오빠 최고!" 하면서 재미있어 했다.

갈증도 났던 터라 한 모금 꿀꺽 들이켰고 그 덕택인지 반주도 척척 할 수 있었다. 남편은 혹여 내가 당황이라도 할까 봐 염려한 것 같았다. 생맥주를 가져다준 남편의 모습은 지금도 가끔 남편이 미워질 때 떠올리면 좋은 보약이 된다. 워낙 쑥스러워하는 남편이기에 잊을 수 없는 감동의 순간으로 남아 있다.

그렇게 두 시간 정도 흥겨운 시간을 가진 후에 모두가 일어나서 손잡고 '고향의 봄'을 불렀다. 외국에서 우리나라 사람끼리 둥그렇게 손잡고 부르는 '고향의 봄'의 느낌은 뭉클하고 벅찼다. 즉흥 음악회가 끝날 무렵 우리가 타는 버스의 기사분이 다가와서 엘비스 프레슬리의 'Love me tender'를 신청했다. 그리고 피아노 치는 내 옆에서 나와 같이 부르기를 원했다. 나는 "OK!" 했고 기사님과 피아노 의자에 함께 앉아서 노래 부르자 로비 전체에서 환호가 터져 나왔다. 끝나고 나서 그 운전기사는 비몽사몽간에 내 볼에 키스를 하고 "Thank you"를 연발했다. 순식간에 일어난 일이었다. 나는 그 순간 저만치 앉아서 찜찜한 표정을 짓는 남편을 보았지만 내심 기분은 괜찮았다. 우리나라에서는 도저히 있을 수 없는 상황을 눈 쌓인 아름다운 마운틴 쿡의 밤에 경험하고 말았다! 사실 그 기사님은 기가 막힌 미남(?)이었기에 일행의 여인들이 부러워했을 것이다.

사방이 하얀 눈과 빙산으로 둘러싸인 아름다운 마운틴 쿡의 밤! 컨트리풍 호텔 로비에서 핑크빛 파스텔 톤의 피아노를 치며 즐겼던 '최고의 즉흥 그룹 뮤직플레이Improvisation group music play!' 그땐 스마트폰 카메라가 없었다는 것이 아쉬울 따름이다. 다음 날 아침 식당에 갔더니 종업원들이 나를 향해서 외쳤다.

"코리안 피아니스트!"

살면서 아주 행복했던 순간을 얘기하라면 꼭 하고 싶은 얘기다. 지금 아무리 불행한 사람도 지난 시간 중에 행복한 순간은 누구에게나 있다. 음악치료 임상과 상담을 통해서 느낀 것 중의 하나는 행복한 추억이 많은 사람은 행복한 정서로 살아간다는 것이다. 부정적인 기억보다는 긍정의 추억이 많은 사람들이 행복하다는 것이다. 행복한 정서의 추억을 쌓아갑시다!

'동행'하면
떠오르는 눈물

2001년도 가을! 배달 요청한 적이 없는 주스가 몇 번 놓여 있었기에 주스를 배달하는 아주머니를 직접 만나서 상황을 알아보았다. 아주머니께선 우리 맞은편 집에 배달하러 왔다가 우리 집에서 피아노 소리가 들려서 계단에 앉아서 귀를 기울이게 되었다고 했다.

아주머니는 불의의 사고로 남편을 잃고 갑자기 생활 전선에 뛰어들어 일을 시작하며 힘겨움을 극복하고 있었다. 어느 날 주스 배달을 하는데 아파트 현관 밖으로 흘러나오는 '동행'의 라이브 피아노 선율에 발걸음이 멈추어졌다고 했다. 남편과 함께 자주 불렀던 곡이라면서. 나는 당시 최성수 씨의 '동행'을 틈틈이 피아노로 치곤 했다. 바깥 활동 없이 두 녀석을 키우며 집에서 혼자 보내는 시간에 피아노를 많이 쳤었기에 가끔씩 복도를 타고 소리가 흘러나갔다.

아주머니는 그렇게 자기도 모르게 계단에 앉아서 음악 감상을 했고 남편과의 지난 시간을 떠올리며 지친 몸을 잠시 쉬었다고 했다. 그렇게 음악을 들은 후 고마움을 표시할 수 있는 것이 주스밖에 없기에 몇 번 두고 갔다고 했다.

수줍어하면서 말씀하시는 아주머니의 눈은 빨갛게 충혈되었다. 얘기를 듣고 있던 나도 눈물이 났고 아주머니의 손을 잡고 감사와 격려의 말을 했다. 아주머니께서 슬픔을 이겨내고 행복한 모습으로 살아가기를 기도했다.

우리 '동행'할까요?

남편 고등학교 교가의
추억

　남편 고등학교 졸업 30주년 동창회가 부부동반으로 열렸다. 그날 교가와 마지막 애국가 제창 피아노 반주 요청을 받았다. 좀 떨리긴 했지만 영광스러운 일이기에 하기로 하고 인터넷으로 S 고등학교의 교가를 찾아서 가사를 크게 프린트했다. 연습을 위해서 남편에게 피아노 반주에 맞춰서 불러보라고 했더니 웬걸, 그럴듯하게 부르는 게 아닌가! 웃음이 나오는 걸 참느라고 얼마나 애썼는지 모른다. 좀 어색하긴 했어도 고등학교 교가를 마누라 반주에 맞춰 불러보는 감회가 아마도 괜찮았을 것이다. 쑥스러운지 본인도 한참을 웃었다.

　그렇게 동창회 날 G호텔의 하얀 그랜드 피아노로 남편의 모교 교가와 애국가를 힘차게 쳤다. 내가 언제 그렇게 멋진 장소에서 하얀 그랜드 피아노를 칠 기회가 있겠는가? 치느라고 몰랐는데 피아노 치는 동안 양쪽 슬라이드 화면으로 피아노 치는 내 모습과 건반을 오가는 손놀림이 그대로 나왔다고 했다. '아, 그럴 줄 알았더라면 좀 더 예쁜 반지를 낄 걸. 매니큐어도 좀 할 걸.' 하는 아쉬움이 있었다. 나는 그런 면엔 재주가 없었다.

　동창회가 끝나자 생각지도 않았는데 동창회에서 수고했다면서 상품권 두 장을 주는 게 아닌가! 오히려 내가 영광이었기에 송구하고 감사한 마음으로 받았다. 그리고 한 장은 남편 덕택에 이런 기회를 갖게 해주신 시어머님께, 한 장은 어렸을 때부터 피아노를 칠 수 있게 해 주신 친정어머님께 감사의 마음을 담아 드렸다.

쑥스러워하면서도 진지하게 노래하던 남편의 모습이 떠오른다. G호텔의 하얀 그랜드 피아노와 함께한, 가끔 떠올리면 부부 사이에 보약으로 작용하는 깜찍한 추억이다.

'카나시이 사케'
悲しい酒

　부부동반으로 간 일본 여행에서의 경험이다. 저녁 때 모두가 사카바^{일본식} 선술집에서 한잔씩 마시면서 분위기도 좋았다. 사카바 사장님께서 우리 쪽을 향해서 '카나시이 사케悲しい酒'라는 노래를 같이 부를 한국 사람이 있는지 물었다. 모두가 어리둥절해 서 있는데 마침 내가 그 노래를 알고 있었다. 나도 좀 취기가 돌았는지 서슴지 않고 나가서 사장님과 감정을 몰입해서 열창을 했다. 그 당시 나는 일본어 공부를 하면서 일본 노래에도 관심이 많을 때였다.

　'카나시이 사케悲しい酒'는 내가 가장 좋아하는 일본 가수 미소라 히바리의 노래인데 인터넷을 보면서 화면 속 미소라 히바리와 함께 수도 없이 불렀다. 일본인 어머니와 한국인 아버지 사이에서 태어난 미소라 히바리는 이미 고인이 되었으나 일본 국민의 사랑을 받았던 국민가수였다. 지금도 그 명성과 여운은 그대로 남아 있고 주옥같은 노래들은 일본 국민의 깊은 정서에 자리잡고 있다. '카나시이 사케悲しい酒'는 일본의 대표 엔카演歌이며 나의 18번 엔카이기도 하다. 사장님께서는 소중한 손님들에게 기념으로 주는 선물이라며 고급 양말을 우리 일행 모두에게 한 켤레씩 주시는 게 아닌가! 사장님의 오픈 마인드가 멋졌다. 후에 '일본어 교실' 강의를 하면서 부를 때 이렇게 번역도 했다.

홀로 선술집에서 마시는 술은
왠지 이별주의 맛이 나는구나.
한잔 들이켜 버리고 싶은 그 모습이건만
한잔 들이켜니 또 떠오르는구나. 어쩌란 말인가!

술아 너에게도 마음이란 것이 있다면 말이다,
내 맘의 번민을 씻겨줄 수 있겠니.
마시면 취하는 걸 뻔히 알면서도
마시고 원망하니 날이 밝는구나. 어쩌란 말인가!

빨간 블라우스 입은
지휘자

재수를 하고 수능을 치른 큰아들의 수능 결과가 좋지 않아 아무도 만나기 싫었다. 그러던 어느 날 성당 반장님께서 연말 성탄 기념 합창 발표회가 있는데 우리 구역 지휘를 부탁하셔서 당황했다. 사람들 앞에 나설 상황이 아니었기에 정중히 거절했다. 며칠 후 반장님이 또 급히 오셔서 "지휘자가 집에 일이 생겨서 못 온다는데 오늘만 도와줘요. 요안나 씨 상황은 알지만 지금 우리 집 거실에 20명이 모여 있는데 한 번 모이는 것도 어려운 일이고 해서…." 연세가 지긋하신 반장님께서 애타게 말씀하시는 것이었다.

난감한 상황 그 자체! 결국 반장님 댁에 가서 인사를 하고 하루만 봉사했다. 그때 교우님들이 정했던 자유곡이 설운도 씨의 '누이'라는 노래라고 해서 놀랐다. 가사 중에 '누이'가 들어가는 부분을 '주님'으로 바꿔서 불렀다. 재미있는 발상이라고 생각했고 그날은 곡의 흐름과 파트별 연습을 한 후 내 역할을 끝냈다. 그런데 그 후로도 지휘자가 못 온다면서 내 발목을 붙잡았다. 외면할 때마다 나쁜 교우가 된 것 같은 불편함에 괴로웠다.

빼도 박도 못하는 상황! 결국 세상에 태어나서 처음으로 지휘라는 걸 했다. 어려웠던 점은 재건축으로 인해서 구역 분위기가 어수선했고 주민들이 이사를 시작했기에 인원도 적었다. 모든 여건이 안 좋았다. 하지만 한 가지 의미라면 '10년 동안 살던 정든 동네를 떠나면서 잊을 수 없는 추억 한 가지를 남기는구나.' 하는 마음이었다. 무거운 마음을 잠시 잊을 수 있었고 적은 인원이었지만 이 부족한 아마추어 지휘자를 응시하며 연습했던 교우님들께 감사했다. 화려한 넥타이를 맨 연세 지긋하신 남자 교우님들, 나도 빨간 블라우스를 입고 미소를 띠며 난생 처음 지휘를 했으니 어찌 기억에 안 남을까? 당시 내가 지휘하는 모습이 너무 신이 나 보였던지 신부님이 "저 빨간 블라우스 입은 지휘자 정말 신나게 지휘하네."라고 하셨다고 한다. 내 상황을 알고 모두들 고마워하셨다. 맘 고생했던 만큼 성실한 모습으로 장성한 큰아들이 고맙다. '누이'라는 노래는 또 하나의 추억이 되었다.
"다 지나가리라!"

코드 몇 개만으로도
행복해요

언젠가 우면산에 혼자 잠시 산책을 갔는데 숲 속 어디선가 기타 소리와 함께 '산타 루치아' 노랫소리가 들렸다. 그냥 지나칠 수가 없어서 두리번거리는데 저편에서 모자를 쓴 한 남자분이 등을 돌린 채 숲 속에서 기타 치면서 노래를 부르고 있었다. 잠시 앉아서 그분의 노래를 들었다. 노래가 끝난 후 그분이 돌아서며 모자를 벗었는데 깜짝 놀랐다. 백발 노인이셨다.

"어머, 어쩜 그렇게 노래도 잘하시고, 기타도 잘 치시고."

함께 노래를 들은 사람들은 모두 박수를 쳤고 이후 잠시 의자에 앉아서 담소를 나누었다. 그분은 대학에서 오래 강의를 했다고 하셨다.

"점잔 빼고 사느라고 재미있게 사는 걸 너무 모르고 살았어요. 지나간 세월이 아까워요. 왜 그렇게 재미없게 살았는지 몰라요. 한 번뿐인 삶인데."
"이렇게 멋지게 즐기시는데 무슨 말씀이신가요?"
"모든 것 정리하고 나니 남은 삶을 정말 하고 싶은 것 하면서 살고 싶고 특히 기타를 배우고 싶었어요. 친구들이 뭐 그렇게 힘들게 사냐면서 핀잔도 줬어요. 손가락도 아파서 포기할까도 했지만 계속한 덕택에 지금 몇 곡 칠 줄 알게 되었지요. 그래봤자 코드 몇 개로 노래하지만 그래도 행복합니다, 하하!"

나는 "아주 잘 하셨어요. 기타 소리도 목소리도 너무 듣기 좋았어요. 무엇보다 그 열정이 대단하십니다." 하고 격려해 드렸다.

"코드 몇 개로만 높으면 높은 대로, 낮으면 낮은 대로 해요. 친구들 만나서 술 마시며 신세 한탄하고 무의미한 시간 보내는 것보다는 훨씬 나아요. 노인들도 조금만 부지런하면 자식들에게 외롭다고 말하지 않고 재미있게 살 수 있어요. 하루가 소중하고 화낼 일이 없어졌어요."

노인분들을 위해 음악봉사까지 하고 싶다고 했다. 옆에 계신 분들과 '오빠생각', '따오기'로 즉흥 음악회를 즐겼고 "어르신, 파이팅" 하고 인사하며 일어났다. 수줍어하면서도 행복해하시던 어르신의 기타 실력이 지금은 많이 늘었을 것이다.

우리 세대를 포함해서 윗세대는 여가를 즐기는 방법도 필요성도 모르고 살아온 분들이 많다. 제대로 즐길 줄 알면 갈등도 줄어들고 좀 더 행복한 소통을 하지 않을까? 악기를 즐기는 건 또 다른 즐거움과 삶의 윤활유가 될 것이다. 프랑스에서는 중산층의 정의에 악기 한 개를 다룰 수 있는 능력도 포함되어 있다. 집집마다 소고 한 개씩이라도 두고 타악을 즐긴다면 어떨까? 사실은 나도 기타 코드 몇 개만으로도 충분히 행복하다.

드디어 시작된
변화의 몸짓

"예쁜 핀을 꽂은 딸보다 기여하는 딸이 되라."고 하신 돌아가신 아버지의 말씀이 언제부턴가 자꾸 떠올랐다. 음악 속에서 음악으로 소통할 때 행복했기에 음악을 통해서 뭔가 기여하고 싶었다. 40대 후반이 되면서 그런 욕구가 더욱 커졌고 인터넷으로 많은 정보를 접했다. 주변에 누구 한 사람도 물어볼 데가 없었기에 모든 것을 나 혼자 찾아보고 확인했다.

마음의 동요가 있을 때는 장문의 글을 썼다. 어떤 날은 용기도 스펙도 없고 부끄럼 많은, 그저 기타와 피아노를 조금 칠 줄 아는 보통 아줌마였다. 어떤 날은 무지개 넘어 달려가고 있는 멋진 여인이었다. 비가 오면 외로운 척 창문을 바라보며 끝없이 노랫말을 만들었다. 햇살 좋은 날은 세상에서 가장 행복한 아줌마처럼 노래했다. 피아노를 치며 이 세상에 없는 곡들을 마음껏 만들고 날려 보냈다. 우리 집 거실은 때론 강연장이, 때론 콘서트홀이 되었다. 주제도 모른다고 할까 봐 나의 꿈을 누구한테 말한 적도 없었다. 놓쳐버린 시간들에 대한 안타까움을 밤늦게까지 와인으로 달랬다. 혼자서도 참 많이 한 것이 상상과 질문이었다. 그 당시 일기장을 보면 혼자서 얼마나 묻고 대답했는지 알 수 있다. 사랑하지 않으면 질문할 수 있을까?

"지금 내 모습이 나의 모든 것일까?"

"무엇으로 내 삶을 더 빛나게 할 수 있을까?"

"어떻게 하면 가족들에게 독립적으로 보일 수 있을까?"

"어떻게 하면 음악적 달란트로 인정받을 수 있을까?"

"언제 어떻게 시작할 수 있을까?"

HOW? WHAT? WHEN?의 반복!

애창 팝송: 'Yesterday', 'Today', 'Over the rainbow', 'You needed me', 'Let me be there', 'Eternally', 'Changing partner', 'Tennessee Waltz', 'Adoro', 'Visions', 'I have a dream', 'Doremi song', 'I can't help falling in love with you', 'Let it be me', 'Try to remember', 'Thank you for the music'

내 노래가 누군가에게 평안을 주는 모습을 상상했다.

쭈뼛거리면서도 끝까지 잘하는 나를 상상했다.

나를 응원해주는 가족을 상상했다.

나의 가족만이 아닌 경계를 넘어서는 나를 상상했다.

나를 필요로 하는 곳이 있을 거라고 무조건 믿었다.

살림만 하던 주부에서 변화하고 싶었다! 비상하고 싶었다!

기여하고 싶었다!

그리고 변화의 몸짓이 시작되었다!
迷路에서 美路를 향해!

Thank you for the music The songs I'm singing
Thanks for all the joy they bringing
Who can live without it I ask in all honestly

음악에 감사하고 내가 부르는 노래에 감사해요.
그것들이 가져다주는 기쁨에 감사해요
그것들 없이 어떻게 살 수 있는 지 진심으로 물어봅니다.

ABBA의 'Thank you for the music'에서

제 2 장.

음악치료사로의
비상

상상했던 것들이 조금씩 이루어졌습니다.

혹시
나이 제한 있나요?

내 삶의 터닝 포인트가 되었던 2007년 1월 초, 나는 아주 조심스럽게 대한음악치료학회의 문을 노크했다.

'이런 곳은 전문 뮤지션들이 올 텐데.'라는 생각으로 잔뜩 주눅이 들었다. 들어가 보니 역시 90% 이상이 음악 전공자^{피아노,} ^{성악, 오르간, 바이올린, 실용음악, 작곡}였다. 석 · 박사님들을 비롯해서 교사, 피아노 학원 원장님, 교감 선생님, 유치원 원장님, 목사님, 성가대 지휘자, 피아니스트, 바이올리니스트, 플루트 강사 등 대단한 분들이 많았다.

어디를 봐도 집에서 살림만 한 사람은 나밖에 없었다. 처음부터 어깨가 움츠러들었고 학회장님이신 김군자 교수님을 쳐다보기가 두려웠다. 김군자 교수님은 지나고 보면 다정하신 분이었는데 넘치는 카리스마로 첫 만남에서 나는 말까지 더듬으며 초긴장을 했다. 그렇게 나는 위축되어 있었지만 감사한 건 그때 함께했던 학생들이 보통 아줌마인 나도 인정해 주어 즐겁게 참여할 수 있었다는 것이다. 그들은 이미 이루어 놓은 게 많은 전문가들이었음에도 말이다.

"혹시 나이 제한 있나요?"

"저는 특별한 경력이 없고 음악 전공을 하지 않은 가정주부인데요. 괜찮은가요?"

쭈뼛거리며 했던 질문, 지금 생각하니 참으로 어이없다. 어렸을 때부터 피아노를 치고 즐겨왔기에 즉흥 리듬을 만들고 다양한 악기를 치는 것이 어렵지는 않았다. 그럼에도 불구하고 비전공자라는 자격지심 때문에 자꾸 움츠러들었다. 그런 나에게 교수님께서는 "도대체 미정 씨가 전공자가 아니라고 해서 뭐가 문제예요? 그대는 기가 막힌 음악치료사야. 지금까지 집에 있었던 게 아까워 죽겠어요." 하면서 등을 토닥거려 주셨다. 그리고 그 야말로 나를 인정해 주시는, 잊을 수 없는 말씀을 하셨다.

"그대는 뮤지컬의 프리마돈나를 했어야 할 여인!"

물론 많이 과장된 표현이지만 나에게는 엑기스 덩어리의 말씀이었다. 이 말씀은 지금까지 나에게 최고의 에너지가 되는 암시이자 상상이고 자기 최면이며 살맛 나게 하는 말씀이었다. 그렇게 1년 반 동안 음악치료사 1급 과정까지 마쳤고 시험에 통과했다. 점점 자신감 있게 음악치료 활동을 하기 시작했고 상담가로서 갖추어야 할 공부도 꾸준히 했다.

많은 트라우마의 치유를 위해 음악으로 소통하면서 나 역시 치유되었고 '그래, 이거야!' 하는 신념이 생겼다. 불면증이 있었

는데 기타 들고 지하철 타고 많이 걸어 다니면서 피곤했는지 잠
도 잘 왔다. 오고 가는 지하철 안에서 즉흥적으로 만든 뮤직 플
레이를 그날 수업에서 활용할 때 행복했다. 늦게 발견한 나의 미
로美路에서 매일매일 다시 살아나는 느낌이었다. 내 나이가 어때
서! 공부하기 딱 좋은 나인데~

기타를 향한
나의 철학

인생 이막의 시작은 기타와 함께였다. 사람들은 나를 보면 기
타도 함께 떠오른다고 했다. 중학교 때 혼자 터득한 기타를 이렇
게 늦은 나이에 쓸 줄 몰랐다. 말을 안 해도 기타 소리와 노래와
눈빛과 보이지 않는 기운으로 소통할 수 있었다. 기타는 늦은 마
음공부 여정을 가는 나에게 살아 있음을 매일 느끼게 해주는 생
명줄 같은 친구였다. 어느 날 '기타는 나에게 무언가?'라는 질문
에 '기타를 향한 철학'을 만들어보았다.

G Gratitude: 늦은 나이에도 기타 칠 수 있음에 감사하며 기쁠
때는 더 기쁘게, 힘들 때는 위로가 되어 준 기타, 삶이 다하는
날까지 Best friend가 되어 줄 기타에게 감사한다.
U Understanding: 기타를 치면서 클라이언트의 눈을 보며 다가
갈 때 어떤 마음인지, 얼마나 말이 하고팠는지, 얼마나 힘겨웠는

지, 얼마나 위로받고 싶은지 이해할 수 있었다.

I^{Interesting}: 기타를 치면 재미있고 즐겁지 않은가. 많은 클라이언트들이 즐거워했고 힐링 되었고 임파워링 되었다. 나는 하루라도 즐겁지 않으면 안 되는 사람이다.

T^{Thoughtful}: 기타의 울림은 누군가를 받아들일 수 있는 공간 Anybody ok, 즉 사려심을 갖게 하고 누구든지 '딩딩딩' 기타의 울림으로 소통할 수 있게 해준다.

A^{Authentic}: 클라이언트의 치유를 위해 진정성 있게 다가가서 클라이언트가 조금이라도 더 치유되기를 바라는 간절한 마음에 집중하며 그 외에 아무 잡념이 없다.

R^{Resilience}: 기타 소리는 클라이언트의 회복에 도움을 주었고 그러면서 나도 많이 회복되었다. 가장 좋아하는 단어는 회복이다.

[GUITAR를 향한 나의 철학]

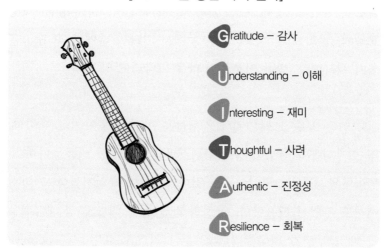

G ratitude – 감사

U nderstanding – 이해

I nteresting – 재미

T houghtful – 사려

A uthentic – 진정성

R esilience – 회복

압축 파일
풀기 시작

컴퓨터의 압축 파일처럼 압축되어 있던 나의 끼는 이렇게 서서히 압축파일 풀기가 진행되었다. '압축 파일 풀기'라는 표현이 정말 멋있다고들 했다. 아이들 대학 입시가 끝난 후 오랜 갑갑함을 던져버리고 가족들에게 새로운 보람을 찾는 나의 모습을 보여주기 시작했다.

그렇게 인생 후반기 리모델링이 시작되었다. 그때 한 친구가 나를 보고 '집구석에 있다가 어느 날 발동 걸려서 50 넘어 기타 들고 집 뛰쳐나온 못 말리는 아줌마'라는 재미있는 표현을 했다. 싫지 않았다. 멜로디, 리듬, 화음으로 날개를 달고 어렸을 때부터 나를 행복하게 했던 그 감동들을 세상을 향해 마음껏 펼치고 싶었다. 심신이 지친 많은 사람들이 나를 만나 행복하다고 할 때 나도 행복했다. 장애 아동, 재활원, 상담소, 복지관, 병원, 평생교육원, 문화센터, 학교, 기관 등에서 기타를 품에 안고 수업을 하기 시작했다. 많은 아픔들이 나를 기다리고 있었다.

"오늘은 무슨 노래를 할까? 오늘은 어떤 감동이 있을까?" 매일 호기심을 키웠고 상상을 했다. 생각지도 않던 리듬들이 툭툭 튀어나왔다. 싱크대 앞에서도 걸어가면서도 흥얼거렸다. 지하철에서도 무언가 떠올랐다. 상점의 간판을 볼 때도 음식 메뉴판을 볼 때도 무언가 떠올랐다. 때로는 느리고 때로는 빠른 beat^{박동}

가 온몸에 흘렀다. 감동의 나날이었고 그런 나를 보는 남편의 모습도 행복해 보였다. 나도 몰랐던 나의 끼와 흥의 분출! 그리고 누군가를 살리는 일이었다. 나도 다시 살아나고 있었다.

내 잠재력의 압축파일에는 어떤 파일들이 남아있을까?

늦은 마음공부는 어떤 울림을 주었는가

한 글자로 말하면 즐길 肯^{긍}이 떠오른다. 육달 월月과 그칠 지止의 조합으로 된 '肯'을 살펴보자. 육달 월月은 우리의 몸을 의미하므로 우리의 몸이 잠시 '멈춘다.', '머무른다.'는 뜻이다. 몸을 잠시 멈추고 기꺼이 바라봐 주는 것이 肯이라는 것이다. 트라우마의 치유를 위해 그들에게 다가갈 때의 바로 그 마음이 아니었나 하는 생각을 해본다.

① 충격완화제 - 50대에 만난 마음공부 여정은 어떤 불편한 상황이 생겨도 한발 뒤로 물러서서 흡수하는 충격완화제의 역할을 충실히 했다.
② 스펀지 - 많은 지혜와 지식들이 스펀지처럼 흡수되었다. 리포트를 쓰고 책을 읽으면서 밤을 새워도 즐거웠고 푸릇한 새벽을 맞이하며 묘한 희열도 느꼈다.

③ 온전 – 많은 트라우마와 장애를 바라볼 때에도 불편한 눈빛이 아닌 온전그 자체로 바라봐주는 것의 마음으로 보려고 했고 서로의 신뢰를 느낄 수 있었다.

④ 잠재력 – 나의 잠재력을 끝없이 발견했고 누군가가 스스로 잠재력을 발굴하도록 동행하면서 행복했다. 우리 모두에게는 이미 엄청난 잠재력이 있었다.

⑤ 임파워링 – 나도 상대방도 함께 임파워링 되었고 점점 확장되어 가는 기쁨을 느꼈다. 자신감이 생기고 매일 행복한 상상을 했다.

⑥ 경계를 넘어 – 생각지도 못한 때에 생각지도 못한 곳에서 경계를 넘어 하모니를 경험했다.

⑦ 아하! – 매일 매일의 삶 속에서 수없이 많은 '아하!'를 외쳤다.

이 모든 것의 근원이 '즐길 긍肯'이 아니었을까?

너의 모습 그대로
사랑한단다 – 재활원에서의 음악치료

음악치료의 구체적 진단 평가는 생략하고 임상과정 일부를 가명으로 소개하겠다. 사실에 준한 내용이지만 다만 몇 군데의 수정을 피할 수 없었음을 양해를 구한다. 장애의 정도와 상황이 모두 달랐고 비슷한 사례도 없었기에 적용시킨 음악치료 방법은 즉흥적, 직관적으로 할 때도 많았다. 또 나의 방법이 가장 좋다고도 말하고 싶지 않다. 돌발 상황도 감당해야 했다. 돌아보면 부족함도 느낀다. 다만 나로서는 순간순간 최선을 다했고 이 사례가 음악치료 선생님들에게 조금이나마 도움이 되기를 바란다.

"선생님 흰머리를 해리(가명)가 뽑아준대요"

"선, 선생님, 우리 집 강, 강아지가 옆집으로 도, 도망갔어요. 그런데 다, 다음 날 찾았어요."라고 작은 목소리로 더듬으면서 말했다. 만날 때마다 같은 얘기를 했다. 19세의 해리는 7세 때 뇌종양 수술을 받은 후 인지 능력은 7세에 머물러 있고 그때와 현실을 자주 혼동했다. 난 공감해 주면서 강아지에게 관심을 보였다. "어머, 또 도망갔는데 찾았구나." 하면서 말을 더듬는 해리를 위해 천천히 반복하며 다시 말하도록 도와주었다. 두 손을 맞잡고 눈을 마주하고 미소 띠고 고개를 끄덕이면서 해리와 소통했다.

앉고 설 때 도움이 필요하며 걸음걸이가 불안정하고 귀에는

보조 장치를 하고 있었다. 불편한 가운데서도 차분하고 배려심
도 많았다. 어렸을 적 뇌수술 하기 전에 피아노를 잠시 배운 적
이 있어서인지 피아노를 좋아했다. 악보를 제대로 읽지 못하고
손가락 움직임도 불편했지만 피아노 책은 반드시 펴놓고 쳤다.
악보와는 관계없이 나름대로 특이한 규칙이 있었다. 음표가 흰
색이면 흰 건반을, 검은색이면 검은 건반을 쳤다. 피아노 앞에
앉으면 "아싸" 하며 두 손으로 손뼉을 크게 한 번 치고 '씨익' 웃으면
서 치기 시작했다.

  언젠가 노래하다가 갑자기 "선생님, 잠깐만요. 흰머리가 보여
요." 하는 것이었다. 그리고 내 머리 쪽으로 몸을 기울이면서 두
손으로 내 흰머리를 뽑기 시작했다. 해리는 뭔가 다른 것이 보이
면 집착을 한다. 흰머리를 전부 뽑으려고 작정을 한 듯 집중했
다. 나는 해리가 흰머리를 뽑을 수 있도록 행동을 멈추어 주었고
해리의 손은 평상시보다 훨씬 섬세하면서도 활발하게 움직였다.
흰머리를 뽑을 때마다 테이블 한쪽에 가지런히 놓게 했다. 나는
머리를 굽히고 흰머리를 뽑히면서도 즉흥 노래를 불러주었다.

  도레/미파/솔파/미레/도
  나는/해리를/사랑/합니/다.
  선생님/흰머리를/해리가/뽑아/요.
  해리/마음은/정말/예뻐/요.
  열 개/뽑으면/사탕을/먹어/요.

스무 개/뽑으면/초콜릿을/먹어/요.

해리의 집중도는 놀라웠다. 만족한 상황이 되었는지 씩 웃으면서 내 머리를 쓰다듬었다. 해리에게 사탕을 주고 초콜릿은 예약을 했다. 잔뜩 뽑은 흰머리를 보고 칭찬해 주었더니 환하게 웃었다. 흰머리를 뽑는 동작은 손가락 움직임에 도움을 주는 동작이었다. 그럼에도 불구하고 사실 나는 그날 밤에 염색을 했다.

콩을 몇 알씩 넣은 요구르트 병을 해리와 함께 양손에 들었다. 마주 보고 앉아서 '우리들 마음에 빛이 있다면'을 부르면서 양손으로 원과 하트를 그렸다. 흔들 때마다 들리는 찰찰찰 소리도 흥겨웠다. 해리와 나는 이렇게 서로를 바라보며 노래를 하며 스트레칭을 즐겼다.

해리는 미소를 띠고 잘 따라주었고 과년한 딸을 위해 항상 손발이 되어주는 엄마의 모습이 선하다. 해리는 나에게 '하얀 천사'였다.

"내가 왜 선생님 사랑하는지 알아요?"

8살 현수가명는 전혀 눈을 마주치지 않는 자폐Autism아동이다. 무표정에 말도 없고 어딘가 한곳을 뚫어지게 바라보곤 했다. 그런데 피아노 소리가 들리면 리듬 따라 원을 돌았다. 천천히 치면 천천히, 빨리 치면 빨리 걸었다. 걷는 동안 시선은 형광등을 바라보았고 한 번도 나와 눈을 마주친 적은 없었지만 우리는 소리로 소통을 했다. 원을 돌다가 피아노 치는 내 무릎 위에 앉아서 내 손을 만지다가 건반을 두들기다가 다시 일어나서 원을 돌았다. 내가 피아노를 잠시 멈추면 현수도 걸음을 멈추고 형광등만 바라보았다. 그러다 다시 치면 다시 걸었다.

현수는 형광등을 보면서 원을 돌 때도 손가락을 계속 젖히고 접고를 반복했다. 흉내 낼 수 없을 정도로 손가락 동작이 유연했다. 형광등을 바라보는 현수는 고개를 자주 갸우뚱거리며 눈을 크게 뜨다가 실낱같이 가늘게 뜨다가를 반복했다.

그렇게 말 없는 현수지만 나는 "현수 잘하네.", "이번에는 더 빨리 걸어볼까?", "조금 천천히 걸어볼까?", "불빛이 참 예쁘지?", "좀 쉴까?", "오늘 잘했으니까 안아줘야지." 하고 표현했다. 현수는 나한테 안기는 것을 좋아했고 안겨서 한참을 있었다.

어느 날 수업을 마치고 현수를 안아주자 밖에서 엄마와 함께 기다리고 있던 4살 된 동생 창수가 문을 열고 뛰어들어 와서 나한테 지남철처럼 안겼다. 그리고 안긴 채로 말했다.

"선생님, 내가 왜 선생님 사랑하는 줄 알아요?"

그래서 내가 "선생님을 왜 사랑하는데?"라고 했더니 "선생님이 우리 형을 사랑하니까요. 맞지요?"라고 맑은 눈으로 나를 응시하며 또박또박 말했다. 순간 먹먹했다. 나는 이 순간의 감동을 지금도 강의 시간에 말할 때가 있다. 창수의 가슴은 보통 4살 아동의 가슴이 아니었다.

"이 어린 녀석이 장애를 가진 형을 얼마나 생각하고 있는 걸까?"

창수는 문틈으로 수업을 보다가 수업이 끝나는 걸 알면 뛰어들어 와서 나와 형한테 번갈아서 안기곤 했다. 자기를 바라보지도 않는 장애가 있는 형을 기다려주고 바라봐 주는 어린 창수의 해맑은 얼굴은 나에게는 영원한 순수의 상징이다.

"영대(가명)야, 선생님 아파!"

11세의 자폐Autism아동 영대는 수시로 큰 소리를 외치는 언어장애가 있다. 체격도 크고 행동도 에너지가 넘쳤다. 교실에 들어오면 북채를 들고 북부터 힘차게 치면서 소리를 외쳤고 일단 손에 쥔 물건은 흔들어 보고는 바닥에 던졌다. '아차' 하는 사이에 에그 셰이커를 던져서 알갱이가 교실 바닥에 튀어나와 청소하느라 진땀이 났고 악기도 손상되었다. 영대 엄마가 얼마나 힘든지 알 것 같았다.

나는 영대의 동작을 그대로 따라서 했다. 교실의 벽을 따라 돌며 북채를 들고 함께 벽을 두들기며 소리를 외쳤다. 영대는 이 활동을 아주 좋아했다. 내가 영대의 속도에 맞추기도 하고 또 영대가 나의 속도에 맞추기도 하면서 함께 외치고 뛰었다. 그야말로 전신운동이었다. 마구 뛰면서 북을 한 번씩 두들기고 바닥에 구르기도 했고 나도 같이 구르고.

한번은 내가 일부러 쓰러져서 꼼짝도 안 하고 있는데 조금 뒤에 다가와서 나를 툭 치고는 옆에 같이 드러누웠다. 그리고 누운 상태로 소리를 외쳐서 나도 따라 외쳤다. 내가 소리를 좀 줄여 가면서 외치면 영대도 소리를 줄여 갔고 크게 하면 따라서 크게 했다. 내가 잠시 안 구르고 있으면 구르라는 시늉을 해서 또 굴렀다. 그렇게 우리는 친해졌고 말 한마디 안 하면서 동작과 소리로 소통을 할 수 있었다.

한번은 영대가 테이블 위에 있는 키보드를 마구 흔들어서 키보드가 떨어질 뻔했다. 놀라서 키보드를 갑자기 붙잡았는데 그게 못마땅했는지 갑자기 내 볼을 힘껏 잡아당기며 비틀었다. 나는 비명을 질렀다. 그 흔적은 몇 달이 갔다. 볼살이 떨어져 나가는 줄 알았지만 영대 엄마에게는 말할 수 없었다. 영대와의 수업을 그만해야 하나 하는 생각도 했다. 내가 했던 음악치료 수업 중에서 가장 힘들었다. 그래도 음악에 반응하는 모습이 신통하고 나만 보면 함께 북을 치는 걸 좋아했기에 어느 수업보다도 역동적이었다. 내 등에는 항상 땀이 흥건했다.

"오늘은 참 좋은 날, 기분 좋은 날"

동우는 일반학교에 가기엔 무리지만 특수학교에 가기엔 안타까운 상황의 초등학교 5학년 자폐 아동이었다. 동우는 엄마, 아빠가 지방에서 일을 하기 때문에 어렸을 때부터 엄마, 아빠와 떨어져 지냈다. 외할머니한테 일주일, 친할머니한테 일주일, 또 가끔은 연변 아주머니한테 일주일, 이렇게 오랜 시간 지냈다고 했다. 한군데서 익숙해질 만하면 옮겨가기를 반복, 그런 생활리듬이 정서 발달에 좋지 않은 영향을 준 것 같다고 동우 엄마는 말했다. 얼른 생각하기에도 어린 동우가 환경에 적응하느라 얼마나 혼란이 왔을까? 하는 생각이 들었다.

동우 엄마는 동우를 잠깐씩 만났을 때 부자연스런 면이 보여도 대수롭지 않게 여겼다고 했다. 그런데 다시 함께 살기 시작했을 때부터 어색한 행동을 보였고 일반학교에 다닐 때도 어느 날부턴가 아이들에게 맞고 왕따도 당했다고 했다.

동우는 팔을 앞으로 쭉 뻗는 동작이 어색할 정도로 자신감이 없었다. 팔 뻗는 동작을 내가 보여주어도 동우는 팔을 접은 상태로 힘을 주고 어깨도 움츠리고 있었다. 그래서 생각 끝에 교실 벽면에 붙어있는 큰 거울을 보면서 수업마다 권투하는 동작을 함께 했다. 리듬 타고 팔을 쭉쭉 뻗으면서 땀도 어지간히 흘렸다. 마주 보고 제자리에서 오른쪽 왼쪽 번갈아서 팔을 뻗기도 하고 큰 원을 따라 걸어가면서 뻗기도 했다.

그렇게 우리는 팔을 뻗으며 소통을 했다. 동우의 움츠린 팔을 쭉 뻗게 하기 위해서 나는 이제까지 안 해본 권투 동작을 했으니 몸살이 날 만도 했다. 원을 돌면서 권투 동작을 할 때 동우에게 "잘한다, 잘한다." 하고 칭찬하면 동우도 똑같이 "잘한다, 잘한다." 하며 따라했다.

동우 엄마는 동우가 만 원짜리 한 장으로 가까운 마트에 가서 간단한 물건을 사올 수 있으면 좋겠다고 했다. 그래서 나름대로 구상했다. 테이블 위에 천 원짜리, 오백 원짜리, 백 원짜리를 늘어놓고 몇 개를 합하고 빼고 하면서 리듬 따라 손동작을 했다.

백 원짜리/다섯 개/오백 원짜리/한 개/똑같아/똑같아.
오백 원짜리/두 개/천 원짜리/한 개/똑같아/똑같아.
백 원짜리/열 개/천 원짜리/한 개/똑같아/똑같아.

동우 손을 쥐고 돈을 이리저리 밀고 당기고 하면서 리듬 따라 움직였다. 나중에는 손을 놓고 동우 스스로 리듬 따라 돈을 움직일 수 있게 했다. 잘하면 "동우 참 잘했어요." 하고 칭찬해 주었다. 또 반대로 동우가 나에게 지시하면 내가 돈을 움직였다. 내가 일부러 틀리면 "선생님 못했어요." 하며 다시 하라고 했다. 동우는 리듬을 타느라 고개를 흔들거렸다. 물론 수없이 반복했다. 그렇게 끊임없는 반복과 격려, 칭찬을 해주었다. 즉흥 노래도 불렀다.

도미솔라 /솔미도- /파미레미/도-
오늘은 참/좋은 날-/기분 좋은/날-4박자

원래는 '참'자가 없이 '오늘은 좋은 날 기분 좋은 날'이었는데 동우가 자연스럽게 '참'이라는 글자를 붙이는 게 아닌가? 칭찬해

주었다. 또 같은 리듬, 멜로디에 가사만 계속 바꾸어서.

선생님: 동우 바지/ 색깔이/아주 예뻐/요.
동우: 선생님 바지 /색깔이 /아주 예뻐/요.

동우에게 고마웠다. 동우 엄마는 일주일에 2회를 부탁했으나 다른 계획으로 종료할 수 밖에 없었다. 사춘기로 접어드는 독특한 행동이 보여서 걱정도 되었다. 동우가 지속적인 치료를 받고 보통 학생들처럼 일반 학교에서 지낼 수 있기를 기도했다.

"오늘은 참 좋은 날 기분 좋은 날"

"준희 발가락이 예뻐요."

잘 빚어 놓은 조각처럼 잘생긴 준희! 준희는 ADHD^{주의력 결핍} 과잉행동장애-Atention Deficit Hyper-activity Disorder증세가 있는 학습 부적응 아동인데 가끔 혼자 자기만의 세계로 빠져들었다. 그러면서 뭔가가 맘에 안 들면 던지고 앞뒤가 안 맞는 말을 길게 늘어놓곤 했다. 그림 그리기를 좋아해서 색연필과 종이를 주면 풍부한 상상으로 그림을 그렸다. 악기에는 관심이 없고 그림과 음악 듣기를 좋아했다. 나는 원래 그림 소질이 없었지만 이때 준희와 함께 그린 그림은 학창 시절에 그렸던 그림보다도 훨씬 많을 것이다. 내 눈을 마네킹 눈같이 예쁘게 그려주곤 했다. 그리고 멜로디 없이 리듬만으로 즉흥 노래를 했다.

치료사: 나는 나는 준희 코눈, 이마, 귀가 예뻐요.

준희: 나는 나는 선생님 눈코, 이마, 귀이 예뻐요.

사실 이렇게 그림을 그리면서 리듬에 맞춰 즉흥 노래를 한다는 것이 참으로 어려운 작업이었다. 겨우겨우 이루어진 상황이다.

어느 날은 멋진 집을 그려서 "선생님, 이 집에서 살아야 돼. 그리고 기타는 여기에 있어." 하는 게 아닌가! 마음 씀씀이에 감동했다. 심하게 분주했던 어느 날 갑자기 의자에 푹 묻히듯 앉더니 발만 아주 심하게 움직였다. 다가가서 지그시 발 마사지를 해주면서 노래를 불러주었더니 잠이 들었다.

그 후 준희는 발 마사지를 좋아했다. 두 아들을 키울 때 아침에 깨우면서 발 마사지를 해주었던 경험이 도움이 된 것 같다. 준희 발을 마사지하다가 나도 모르게 동요 '숲 속 작은 집 창가에'라는 멜로디가 튀어나왔고 그 멜로디에 맞춰서 즉흥 노래를 불렀다.

1. 준희 발가락이 예뻐요./준희 발바닥도 예뻐요.
   솔도 도도도 시도레/솔레 레레레 도레미
   이쪽으로 쭉쭉쭉/저쪽으로 쭉쭉쭉
   솔미 미미미 레미파/시시시시 라시도

2. 엄지발가락이 예뻐요./새끼발가락도 예뻐요.

이쪽으로 톡톡톡/저쪽으로 톡톡톡

개구쟁이 준희는 나에게 모든 걸 맡기는 듯 지그시 나를 바라보다가 잠이 들곤 했다. 어떤 때는 슬그머니 내 등 뒤로 와서 업혔다. 준희를 업고 재우면서 끊임없이 동요를 불러주었다. 잠시 쉬면 업힌 채로 노래해달라고 재촉했다. 물건을 던지는 습관이 줄어들었다. 준희가 지금 얼마나 컸을까? 나에게 그려준 집이 그리워진다.

"오늘도 우리 아들 즐거웠나요?"

영식이_{가명}는 시각장애와 뇌성마비, 언어장애가 있는 중복장애 Multiple disabilities아동이었다. 모차르트의 '터키 행진곡'과 베토벤의 '엘리제를 위하여'를 들으면 좋아했다. 자기 손가락을 끊임없이 입에 넣고 침을 흘려서 휴지로 닦아가며 수업했다. 이때 침냄새를 알았다.

영식이는 피아노 건반을 주먹으로 혹은 손바닥으로 두들겼다. 혼자서 자리 이동이 불가능하므로 처음부터 끝날 때까지 바로 옆에 있어야 했다. 또 내 몸에 기댄 채 음악을 들으며 특수 제작한 신발을 신고 큰 원을 천천히 돌았다.

언젠가 물리치료실에 있는 영식이를 데리고 오면서 영식이의 왼쪽 발에 나의 오른쪽 새끼발가락이 밟혔다. 거의 실신 상태가 되어 소리를 지르고 넘어질 뻔했는데 아무것도 모르는 채 오로지 나에게 의지하는 영식이의 꽉 잡은 손을 놓칠 수가 없었다. 이를 꽉 물고 음악치료실까지 함께 걸어오면서 온몸이 떨렸다. 영식이의 손을 놓아버리면 영식이는 그냥 콘크리트 바닥에 넘어져야 했다. 음악치료실에 와서 피아노 의자에 앉히고 내 발가락을 보니 피가 흥건했다. 개인행동을 할 수 없어서 피만 닦고 수업을 해야 했다. 집에 오면서 잠시 나의 수업에 회의를 느꼈다. 발톱 밑의 찢겨진 살과 주변의 멍이 아무는 데는 한참이 걸렸다.

나는 수업 때마다 시각 장애가 있는 영식이를 위해 스킨십으로 리듬을 느끼게 도와주었다. '깊은 산속 옹달샘'을 부르면서 영식이의 어깨와 팔, 다리, 머리, 얼굴을 가볍게 마사지해 주었다. 때론 귀를 마사지해 주고 머리를 쓰다듬고 손가락 하나하나씩 만져 주었다. 영식이는 내 손을 더듬으며 안정을 취했고 노래 끝에는 영식이를 꼭 안아주었다. 영식이는 나도 모르는 나의 체취를 확인했고 그렇게 우리는 소리와 스킨십과 체취로 소통을 했다.

언제나 미소를 띤 영식이 엄마는 수업 후에 아들을 안아주면서 "우리 영식이 오늘도 선생님하고 즐거웠나요?"라고 했다. 나에게는 "오늘도 이렇게 우리 아들을 행복하게 해주셨네요?" 하고 감사의 말을 했다. 어느 장애 아동의 어머니보다도 밝게 웃었기에 수업 후에 피곤이 사라졌다. 장애가 있는 다 큰 아들에게 미소를 띠며 기저귀를 갈아주는 모습은 엄마 천사였다.

영식이와의 수업은 나에게 가장 소중한 음악치료 임상 사례로 남아 있다. "선생님, 어디서든지 추천서가 필요하면 말씀해 주셔요." 영식 엄마의 신뢰 깊은 말씀에 지금도 힘이 난다. 영식 엄마가 미소를 잃지 않고 행복했으면 좋겠다.

"이쪽이야, 철진아!" – 고무공으로 소통하기

12살 철진이는 먹은 것이 체해 기도가 막혀서 일시적으로 뇌에 산소 공급이 중단되어 뇌 손상이 초래되었다. 그 전날까지 춤도 잘 추던 철진이는 장애를 갖게 되었다. 걸음과 행동이 부자연스럽고 언어장애로 말을 전혀 할 수 없고 인지 기능이 3~4살로 낮아졌다. 청천벽력 같은 상황에 엄마 아빠가 어땠을지….

철진이는 항상 웃었고 고무공 놀이를 특히 좋아했다. 공놀이를 하면서 부자연스러운 자세지만 나에게 공을 던지고 발로 차면서 즐거워했다. 2m 정도의 거리에 앉아서 나와 마주 앉아 공을 서로 굴리기도 했다. 점점 익숙해지면서 철진이는 일부러 공을 엉뚱한 데 보내서 내가 이리저리 움직이면 좋아했다. 우리는 수업 내내 말없이 공으로만 소통했다.

"통통통통, 탁탁탁탁, 돌돌돌돌, 데굴데굴"
"이쪽으로 주세요. 와우, 철진이 잘한다."
"하나, 둘, 셋 던진다. 철진이가 받으세요."
"그렇게 재미있어요? 엄마한테 던져볼까요?"
"엄마 받으세요. 엄마도 잘하신다."

철진이 엄마는 철진이를 바라보며 "우리 아들, 엄마가 던지는 공 받아요." 하며 공을 던졌다. 불편한 아들을 위해서 몸을 아끼지 않고 놀아주는 엄마는 1등 치료사였다. 항상 지쳐 있는 엄마지만 아들과 놀아줄 때의 모습은 더없이 아름다웠다. "철진아, 선생님한테 인사드려야지!" 하는 엄마의 말에 어색하지만 가르쳐 준 대로 최선을 다해 인사하던 멋진 포즈가 떠오른다.

철진이 할머니는 손자의 상황을 전혀 모르고 계신다고 했다. 철진이는 방학 때마다 마산 할머니 댁에 갔는데 언젠가부터 캠프에 갔다고 어쩔 수 없는 거짓말을 한다고 했다. 할머니께서 받을 충격 때문에 어떻게 알려야 할지 속 태우던 철진 엄마의 모습이 떠오른다. 수업에 동참해서 땀 흘리며 공놀이를 도와주셨고 아들을 위해 많은 것을 포기하는 엄마의 희생이 너무 아팠다. 아니 위대했다.

동요처럼 부른 트로트

가녀린 체구에 소아마비 장애가 있는 5살 혜연이는 혼자 설수 없어서 항상 누군가 안아주어야 했다. 그냥 앉아 있을 때에도 양옆에 무언가 보호막이 있어야 했다. 여린 코스모스 같다고 할까? 차분한 성품의 혜연이와 함께 수업 때마다 대한민국의 동요란 동요를 모두 불렀다.

안전하게 의자에 앉힌 다음 혜연이의 눈을 보면서 '곰 세 마리'부터 시작했다. 혜연이는 내가 끊임없이 노래하기를 원했고 노래하는 동안 헤헤거리면서 좋아했다. 동물 인형^{돼지, 곰, 토끼, 병아리} 안에 손을 넣고 목소리를 흉내 내는 인형놀이^{복화술}를 할 때는 숨넘어가듯이 깔깔거리며 좋아했다. 끝날 때까지 잠시도 눈을 뗄수 없었다. 어느 날은 엄마 품에서 보채면서 교실에 들어온 혜연이를 받아서 안고 재웠다. 슈베르트, 브람스, 모차르트, 김대현 자장가를 한 곡씩 불러주었을 때 새근거리며 잠이 들었다.

가끔은 혜연이가 업어달라고 했다. 등에 업힌 혜연이는 노래를 불러달라고 했고 나는 생각나는 동요를 다 불러주고 나서 장난기가 발동했고 직관적으로 무언가 떠올랐다. "혜연아, 선생님이 혜연이 할아버지가 좋아하는 노래 불러줄 테니까 들어봐!" 하고는 우리의 트로트 곡 '목포의 눈물'을 동요처럼 깜찍하게 불러보았다.

"사공의 뱃노래 가물거리며 삼학도~" 노래하면서도 내가 너무 웃기는 것 같았다. 그런데 혜연이가 아주 좋아했고 혜연이는 만날 때마다 뜻도 모르면서 "사공 해줘, 사공 해줘."라고 졸랐다. 혜연이 엄마가 알면 뭐라 했을까? 어쨌든 혜연이와 나만의 행복한 소통이었다.

5살의 눈높이가 되어 연약한 혜연이를 품에 안고 혹은 업고 불렀던 그 많은 동요와, 동요처럼 불렀던 트로트, 온갖 동물놀이가 그리워진다. 혜연이의 여린 무게감과 촉감, 해맑은 미소, 잠결의 숨소리가 느껴진다. 연약한 딸을 안고 다니면서도 미소를 잃지 않는 젊은 엄마의 모습이 애잔했다.

"너의 모습 그대로 사랑한단다."

감히 이런 표현을 할 수 있을까? 재활원에서 장애아동들과 함께했던 시간은 나의 영성이 가장 맑았던 시간이 아니었을까라고. 수업할 때 트레이닝복으로 갈아입었고 하루에 4~5명의 수업을 하면서 땀이 날 정도로 집중을 했다. 다양한 악기소리를 경험하게 했고 노래를 불러 주었고 음악을 들려주고 리듬을 타기도 만들기도 했다.

나는 장애 아동 수업을 위해서 어디에서도 배운 적이 없는 다양한 놀이를 만들었고 적용시켰다. 생각지도 않게 즉흥놀이를 하기도 했다. 아이들의 침과 오물도 닦아주었고 바닥에 함께 뒹굴면서 소리와 동작으로 마음을 주고받았다. 아이들이 나를 보지 않을 때에도 스킨십으로 소통했고 보이지 않는 사랑의 기운을 보내려고 노력했다. 아이들 엄마의 마음도 같았을 것이다. 매

번 엄마들의 눈빛에서 '이 시간을 통해서 우리 아이가 조금이라도 더 행복해지면 좋겠다.'를 읽을 수 있었다. 아이들이 엄마를 바라보지 않아도 엄마는 아이들을 바라보았다. 나도 그랬다. 마음 듣기 소리 읽기를 하며…. "괜찮아!" 하면서.

그럼에도 불구하고 곳곳에서 부족함을 느낀다. 불편한 자녀들을 위해 매일 보이지 않는 전투를 하는 엄마들을 위한 치유의 시간도 부족했다. 하나님께서 인생을 몇 배 더 깊이 있게 살라고 능력을 주셨다면서 눈물짓던 엄마가 떠오른다. 장애 있는 아들이 전생에 나 때문에 속 태운 애인이었을 거라며 유머러스하게 말한 엄마도 있었다. 자녀를 향한 눈빛은 언제나 "너의 모습 그대로 사랑한단다."였다. 그녀들 모두 이미 철학자였다.

나는
그대 편입니다 – 폐쇄 정신병동

폐쇄 정신병동에서 음악치료 수업을 1년 이상 진행했다. 정신병동에서는 단순한 메시지, 가벼운 동작과 음악 감상을 진행하고 노래를 신중하게 선택해야 한다. 우울증 환자가 많을 경우에는 처음에는 리듬이 빠른 곡보다 차분한 노래로 시작한다. "아! 이 노래가 내 마음하고 비슷하네. 내 마음이네, 내 편이구나." 하고 느낄 수 있는 곡으로 시작한다. 그리고 점차 밝은 느낌의 노래로 진행한다. 어떤 상황이 벌어질지 모르기 때문에 수업 내내 평정심을 유지해야 한다. 특별히 누구에게 시선을 집중하지도 않고 수업 내내 약간의 미소 띤 표정을 유지한다. 계절에 맞는 노래도 한 곡쯤 부르고 마지막에는 긍정 에너지를 느끼는 노래로 마무리한다. 내용 중에 나오는 이름은 가명으로 설정했다.

"선생님, 왜 남의 기타를 쳐요?"

음악치료 수업에 정신분열증Schizophrenia, 강박증Obsession, 우울증Depression환우들이 참여했다. 어떤 날은 10대부터 70대까지의 환우들이 한자리에 모이기도 했다.

15명의 환우들과 수업했던 어느 날 여성 환우정신분열증가 기타 치는 나에게 "선생님, 왜 남의 기타를 쳐요? 이 기타는 내 친구 것인데 허락 받았어요?" 하며 앞뒤가 안 맞는 말을 빠른 속도로 했다. 기타는 병원 기타였고 친구는 동료 환우였다 난 몹시 당황했다. "아, 그렇군요. 혜성 씨, 지금 수업 중이니까 수업 끝난 후에 친구분 동료 환우께 제가 양해를 구할게요. 괜찮을까요?" 하며 부드럽게 말했다. 그랬더니 "꼭 약속해야 해요. 왜 남의 기타를 허락도 안 받고 치나요?"라고 다시 강한 톤으로 말했다.

그녀는 전에도 돌발적인 표현을 한 적이 있었고 그때도 다른 분들이 못마땅한 표정을 지었다. 어떤 분은 불쾌하다는 듯이 "선생님! 상관 말고 하셔요."라고 말했다. 나는 차분한 말투로 "혜성 씨는 친구를 참 사랑하시는 것 같아요. 여러분들도 보고 싶은 친구 있으시죠? 우리 '친구' 노래 한번 불러볼까요?" 하면서 조용필의 '친구'를 함께 불렀다.

그렇게 상황을 잘 넘겼지만 수업 내내 초긴장을 했다. 그 상황에서도 평정심을 유지하고 다른 환우들과의 조화를 위해서 일일이 눈 맞추며 '등대지기'를 불렀다. 그녀는 수업 후에 언제 그랬느냐는 식으로 "선생님 노래를 들으니까 친구가 떠올랐어요. 엄마 품 같은 선생님 노랫소리에 감동했어요."라고 하며 시원한 물 한 컵을 갖다 주었다. "노래를 하니까 착해지는 것 같아요."라며 수업에서보다 훨씬 침착했다. 그리고 그녀와 잠시 편안한 시간을 가졌는데 그녀는 "기타가 치고 싶은데 선생님처럼 치지 못해서 화가 났어요."라고 했다. 그래서 수업 후 잠시 시간을 내서 쉬운 코드를 가르쳐 주며 함께 노래했고 다음 수업부터는 잘 호응해 주었다. 알고 보니 임신 중이라서 제대로 약을 쓸 수 없었던 상황이라 더욱 안타까웠다. 어떤 삶의 짐들이 그녀를 정신분열Schizophrenia로까지 몰고 갔을까?

"이제 흥얼흥얼거릴 수 있어요"

어느 날 수업에 처음 보는 어르신이 오셨는데 무표정에 아무 말씀도 없었고 노래도 안 하셔서 마음이 쓰였다. 한참이 지난 후에야 얼굴을 들고 점차 눈을 마주쳤다. '산 위에서 부는 바람', '가을바람', '그 집 앞', '바위섬' 같은 잔잔한 노래를 함께 부를 때 눈을 지그시 감기도 했다. "오늘도 호응해 주셔서 감사합니다."

하고 수업을 마치려는데 갑자기 그 어르신께서 "선생님, '산 위에서 부는 바람', '가을바람' 한 번 더 부르고 싶어요."라고 하셨다. 다른 분들도 좋다고 해서 동요 몇 곡을 더 불렀다. 다시 부를 때 할아버지의 표정은 훨씬 적극적이었고 목소리도 커졌다.

수업을 마치고 교실을 나섰는데 누가 내 등을 살짝 쳤다. "선생님?" 하고 부르는 소리에 뒤돌아보니 그 할아버지셨다. "선생님, 몇십 년 만에 노래를 불러봤습니다. 선생님 덕택에 오늘부터 흥얼흥얼거릴 수 있겠어요. 기타 소리가 너무 좋아요. 어린 시절 동네와 친구들이 떠올랐어요. 감사합니다." 하고 허리를 숙이시며 미소를 띠고 말씀하셨다.

할아버지를 가볍게 포옹해 드리자 눈물이 핑 돌았다. "감사합니다. 이제부터 동요 많이 부르셔요. 목소리도 좋고 노래 참 잘하시던데요." 하고 격려해 드렸다. 그 후 퇴원할 때까지 어르신은 음악치료 수업 시간에 점점 적극적으로 임하셨다.

어떤 삶의 구속이 그 연세 많은 할아버지를 정신병원 폐쇄병동으로까지 오시게 했을까? 뒤늦게라도 내면의 흥과 감성이 다시 살아나서 여생이 좀 더 행복하시기를 기도했다.

"선생님 노래 들으면서 그림 그려요"

수업 내내 아무 말 없이 노래도 안 하고 무표정하게 앉아서 그림만 그리던 미대 학생이 있었다. 도저히 노래는 할 수 없다면서 그림을 그리고 있어도 이해해 달라고 처음부터 말했다. 노래하기 싫은데 억지로 앉아 있는 건 아닌지 미안한 생각이 들어서 앉아 있는 게 힘들면 수업에 들어오지 않아도 된다고 말했다. 그랬더니 "노래하는 건 솔직히 힘들지만 노래 듣는 건 행복해요." 하면서 처음으로 씽긋 웃었다. 어찌나 고맙던지 나도 미소로 답했다. 동료끼리도 거의 소통하지 않는 환우였다. 학생은 수업 중에 수시로 내 기타를 쳐다보면서 그림을 그렸는데 언젠가 정식으로 내 기타를 그린 그림을 나에게 선물했다. 그 미술학도는 이렇게 말했다.

"노래에 관심이 없었는데 그림 그릴 때 노래를 들으면서 그리니까 그림이 더 잘 그려져요. 이제부터 선생님 노래와 기타를 떠올리면서 그림 그릴 거예요."

대단한 뮤지션도 아니요, 대단한 가창력의 소유자도 아닌 내 노래를 떠올리면서 그림을 그린다니 미안하고 고마웠다. 이런 것이 치료사로서의 행복이며 음악의 힘이 아닐까?
그 학생의 타고난 미술 재능과 음악이 하모니를 이루어 치유되고 회복되어 본인은 물론 누군가를 행복하게 해주기를 기도한다.

'인생은 미완성'

어느 날 '인생은 미완성'을 부르는데 중년의 여성 환우 분이 내가 노래하는 걸 쳐다보고 있었다. 노래가 끝난 후에 "선생님, 우리 모두 천사 같아요. 노래로 이렇게 행복해질 수 있었네요. 다음 주까지 어떻게 기다리나요?"라고 말씀하셨다.

나는 몸 둘 바를 몰라 "네, 감사합니다. 힘겨울 때 노래를 하면 위로가 되고 행복할 때도 노래를 하면 행복이 더 커져요. 때론 음악은 말이 필요 없이 그냥 통하고 회복력을 준답니다. 저도 노래하면서 많이 회복되었어요." 나는 '인생은 미완성'을 함께 낭송하자고 했고 모두가 시인이 된 듯 낭송을 했다. 누군가 "와, 멋있다! 모두 시인 같아요." 하고 외쳤다.

집에 와서 남편에게 얘기했을 때 나를 바라보는 시선이 '우리 마누라 참 보기 좋게 나이 들어가는구나. 고마워!' 하는 눈빛이었다. 두 분이 점점 우울을 극복하고 자존감을 회복하며 안정을 찾아가는 모습에 감사를 드렸다. 수업할 때마다 나를 향해 응시하는 눈길이 따뜻했다.

'인생은 미완성', 이 노래는 1984년 이진관 씨가 발표했고 작사부문 대상을 받은 노래이다.

인생은 미완성, 쓰다가 마는 편지, 그리다 마는 그림, 부르다 멎는 노래, 새기다 마는 조각, 그래도 우리는….

참으로 주옥같은 가사이다. 음악 치료 수업에서 자주 부르는 곡이며 모든 사람들이 공감하는 노랫말과 차분한 멜로디가 사람들의 감성을 조용히 자극한다. 인생은 미완성이기에 아름답지 않을까? 그리움도 아쉬움도 예술도 미완성에서 나오지 않을까?

"퇴원하면 음악치료를 알리고 싶어요"

감당하기 힘든 수치심으로 안정을 취하기 위해 입원한 점잖은 중년의 남자 분이 있었다. 그분의 표정은 아주 침착했고 수업 태도도 적극적이었다. "선생님, 저는 음악치료 시간이 병원 생활에서 제일 행복해요. 많이 치유되었어요."라고 말하며 음악치료에 대한 애정을 표현했다.

그분은 내가 오는 시간을 미리 기다렸다는 듯이 내가 치료실에 들어가면 기타를 미리 꺼내서 기다리고 있었다. 수업 후에는 뒷정리를 도와주었고 혹여 환자들이 나를 불편하게 할까 봐 두루 마음 써주셨다. 전체의 분위기 흐름을 위해 끊임없이 살피는 눈빛이 감사했다. 자상한 아빠, 자상한 남편, 성실한 직장인으로 살아왔다는 것을 알 수 있었다.

수업 후에는 "좀 더 하면 안 되나요? 일주일에 두 번 와주시면 안 되나요. 음악치료가 이렇게 평안하게 해준다는 걸 퇴원하면 널리 알리고 싶어요. 선생님을 만나게 해 준 병원에 감사해요."라고 했다. 퇴원하면 기타를 꼭 배우겠다고 약속도 했다. '밤 배'와 '등대지기', '목화밭'을 좋아했던 중년의 인상 좋은 그분이 수치심으로 힘겨웠던 시간을 회복하기를 기도한다.

데이비드 호킨스 박사는 '의식혁명'에서 의식의 레벨을 빛의 밝기로 나타냈는데 가장 낮은 밝기가 바로 수치심이다. 슬픔보다 더 낮은 수준이다. 수치심을 감당할 수 없어서 자살 시도를 하기도 한다. 슬픈 감정은 누구에게 털어놓고 위로도 받을 수 있지만 수치심은 누구에게도 말하기 싫은 부정적이면서도 소극적인 감정이다. 아무렇지도 않게 수치심을 느끼게 하는 말을 하고도 상대방이 얼마나 힘들어하는지 모르는 사람들이 있다. 어쩜 나도 그랬을지 모른다. 말 조 심!!

"노래 가사가 맘에 안 들어요"

정신 병동에서 수업할 때는 곡 선정도 잘해야 한다. 너무 자극적인 노래도 피하고 너무 우울한 노래도 피하는 것이 좋다. "사랑한단 말 한마디 못하지만 그대를 사랑하오.~" 어느 날 이 노래를 불렀다. 그런데 젊은 여성 환우 분정신분열증이 갑자기 "선생님, 질문 있어요."라고 빠른 속도로 말을 던지기 시작했다. "노래 가사도 이 남자도 맘에 안 들어요. 좋아하면 결혼하면 되잖아요. 왜 이렇게 답답하게 굴죠? 이 사람 혹시 아세요? 만난 적 있나요?"라고 아주 쏜살같이 질문을 했고 나는 엄청 당황했지만 침착하게 대답했다.

"네, 그것이 궁금하셨군요. 이 사람을 직접은 모르지만 제 느낌을 좀 말씀드려도 될까요? 세상 남자들이 모두가 다 용기가 있는 건 아닌가 봐요. 아무리 한 여인을 사랑하고 있어도 그 여인을 사랑하기에는 스스로가 많이 부족하다고 느끼는 사람이 있나 봐요. '가까이 하기엔 너무 먼 당신' 혹시 그런 감정이 아닐까요. 혼자 애태우는 사랑, 저는 이렇게 생각합니다."

나의 대답에 그녀는 "네, 좀 이해가 되었어요." 하면서 고개를 끄덕였다. 하지만 금방 또 "그럼 좋아하지 말아야지 왜 쓸데없는 짓을 하죠?" 하며 쏜살같이 말했다. 그랬더니 다른 환우분이 "할 일 없는 사람들도 많잖아요?" 하며 답변해 주었다. 나는 "선생님은 그분들이 잘되기를 바라는 마음이 간절하시군요. 참 순수하십니다." 하고 분위기를 정리하며 '숨어 우는 바람소리' 노래를 시작했더니 모두 따라서 했다.

사실 난 즉흥적으로 답변을 하면서 땀이 났다. 계속 엉뚱한 질문을 하면 어떻게 하나 하고 내심 불안했었다. 그 정도 선에서 끄덕거려 주는 그 환우분이 고마웠고 순발력 있는 답변으로 나를 도와준 환우분도 고마웠다. 정신병동에서는 어디서 돌출 행동이 나올지 예상할 수가 없기에 평정심을 잃지 말아야 하는 것이 중요하다. 정말 중요하다. 평정심!

"나는 네 편이야"

항상 피곤한 눈빛으로 아무런 말을 안 하고 그냥 앉아 있는 학생이 있었다. 어린 중학생이라서 모르는 노래가 많았을 텐데도 불구하고 참석해 준 그 아이가 고마웠다. 어느 날 수업 후에 다가가서 좋아하는 노래가 별로 없어서 재미없을 텐데 함께 있어 줘서 고맙다고 했다. 그랬더니 "그냥 기타 소리와 선생님 노래 듣는 게 좋아요."라고 했다. 나는 머리를 쓰다듬어 주며 한 번 더 고맙다고 했고 "좋아하는 과목이 뭐예요?"라고 물었다. 학생은 "지리요."라고 나지막한 목소리로 말했다. 문득 그 아이와 대화하고 싶어졌다. 그래서 수업 후에 다가갔다.

중학교 때 지리 시간에 나라의 수도 이름을 외우는 걸 좋아했던 기억이 떠올랐다. 그래서 함께 수도 이름을 말해 보자고 했더니 좋다고 했다. 내가 '영국' 하면 함께 '런던' 했고 '미국' 하면 '워싱턴'이라고 하면서 주거니 받거니 했다. 그리고 맞출 때마다 칭찬을 했다. 익숙한 나라 이름을 거의 다 말한 뒤에 "아이슬란드"라고 말했더니 갸우뚱했다. 그래서 "레이캬비크!" 하고 외치자 재미있는 표정으로 바라보았다. 아이슬란드의 수도가 '레이캬비크'라는 것을 나는 학창 시절 때부터 신기하게도 잊지 않고 있었다. 오래간만에 기억을 더듬으며 즐거웠고 학생은 모처럼 미소를 띠기 시작했다.

어린 나이에 무엇이 그토록 마음 문을 꼭꼭 닫게 했을까? 리듬을 타고 수도 이름을 함께 말하면서 점점 마음 문을 열게 한 것은 무엇이었을까? 클라이언트를 향한 공감과 호기심이라는 단어가 떠오른다. "나는 네 편이야." 하면서 다가가는 것!

보이지 않는 긍정 에너지로!
그들의 무의식에 자리 잡고 있던 아픔과 상처를 읽었다. 그리고 노래와 눈빛과 보이지 않는 긍정 에너지로 "나는 그대 편입니다." 하고 다가갔다. 그들을 판단하려고도 안 했다. 무언가를 억지로 끄집어내려고 하지도 않았다. 다그치지도 않았다. 그저 바라보며 표현할 때까지 기다려 주었고 표현하면 공감해 주었다. 절대로 앞서가려고 안 했다. 노래를 하면서도 끊임없이 환우분들의 얼굴을 보며 Eye contact로 무언의 소통을 할 수 있었다. 부족한 초보 음악치료사인 나와 환우분들이 공감하며 하모니를 이룬 내 삶의 소중한 흔적이다.

수업 중에 많은 인턴과 간호원, 때론 의사선생님들도 참석했다. 불필요한 말이나 자극적인 말을 하는 건 아닌지, 어떻게 다가가는지, 환자들의 반응을 살피기 위해서 참여하는 것 같았다. 어떨 때는 그분들의 숫자가 환자들의 수보다도 많았다. 나는 음악치료사로서 필요 이상의 행동과 판단을 해서는 안 된다는 것을 알고 있었다. 다행히 별다른 얘기는 듣지 않았고 환우분들이 이 시간을 기다린다면서 병원 측으로부터 고맙다는 말을 들었다. 얼마나 많은 사람들이 마음의 고통을 안고 살아가는지 알았다.

아팠고 아프게 했고

온통 상처 받은 사람 천지다. 상처 받은 것에만 너무 치우쳐서 그 상처를 떠올리며 자기를 분노로 몰아가는 일에 에너지와 감정을 낭비하고 있지는 않은가? 우리는 과연 상처를 받기만 했을까? 늦은 공부와 명상의 시간을 가지면서 부끄럽게도 누군가를 힘들게 했던 시간들이 떠올랐다. 자기의 말과 행동, 눈빛, 보이지 않는 기운으로 누군가를 아프게 한 적이 없을까? 한두 번이 아닐

것이다. 그 사람들을 떠올려 보고 설령 멀리 있다 해도 소리 없이 미안한 마음을 전해보면 어떨까? 나이가 들어가면서 이런 성찰의 습관이 생긴다면 좀 더 성숙한 삶으로 살아갈 수 있지 않을까? 이것 역시 '시크릿'이 아닐까? 아름다운 경치와 음악으로 힐링되는 것만큼이나 이런 성찰을 통해서도 힐링을 경험할 수 있다. 그런 모습으로 삶의 하모니를 이루며 나이 들기를 진정으로 원한다.

아무리 기도해도 용서가 안 되는 그 누군가가 있을 수 있다. 나도 잠 못 이루는 밤이 있었다. 그런데 그 마음이 너무 피곤했다. 그 피곤하고 부정적인 기운이 너무 오랫동안 내 몸 속을 돌아다니게 했었나 하는 후회도 했다. 그런데 참으로 묘하게도 늦은 공부를 하면서 그 마음이 희석되어 가고 있었다. 긍정의 언어와 에너지를 공유, 행복한 노래와 진솔한 강의, 사색과 명상과 독서를 통해 부정적인 기운들을 조금씩 내려놓게 되었다. 충분히 분노했다면 그만 내려놓는 연습도 하자. 나도 조금씩 성장했듯이 나를 힘들게 했던 그도 성장했을 것이다. 그도 나에게 표현하지는 못하지만 소리 없이 참회할지도 모른다. 많은 아픔들과 만나고 보니 그래도 나 정도면 행복한 쪽이었다는 결론에 이르며 감사하게 되었다.

시누이의 까칠한 언행에 오랜 세월 분노를 삭이고 살아온 여인이 있다. 어느 날 시누이에게 긴 편지를 받고 대성통곡을 했다. 긴 세월의 아픔과 갈등이 누그러지는 순간이었다. 그날 밤 그녀와 나는 긴긴 통화를 했다. 그녀의 시누이는 자기 자신이 까칠하다는 것을 너무 잘 알고 있었다고 했다. 그 여인은 시누이에게 줄 선물을 다음 날 사러간다고 했다. 언어의 힘, 문자의 힘이다. 이제는 용서할까요?

정신병동 음악치료 수업을 마치면서

의식보다 훨씬 많은 부분을 차지하는 우리의 무의식이 행복할 수 있어야 정말 행복한 사람이라는 것을 알게 되었다. 하지만 우리는 저 깊은 무의식의 바다에 있는 아픔과 우울을 감추려고 의식적으로 숨기고 회피하고 혹은 엉뚱하게 표현하느라 지쳐있다. 그것이 조절이 안 되어서 병원의 도움도 받는다. 한양대 유영만 교수님의 말대로 우리 사회는 벼락부자가 된 우울증 환자일지 모른다.

정신병동에서의 음악치료 수업은 아무리 강조해도 지나치지 않다. 소통, 언어, 눈빛, 자세, 보이지 않는 기운, 파동, 표정, 에너지, 손길, 미소, 목소리, 스킨십, 마음의 근육, 축하하기, 음악소리, 기다려주기, 바라보기, 안아주기…. 끊임없이 단어들이 떠오른다.

독일 심리학자 베르벨 바르데츠키는 "마음이 상하는 일을 피할 수 있는 사람은 아무도 없다. 다만 덜 상처받기 위해서는 안정된 자존감이 필요하다. 그러기 위해서는 '있는 그대로의 나'와 '열등감을 느끼는 나', '완벽해지고 싶은 나'가 모두 내 마음에 살아 있어야 한다."고 했다. 자존감이 약하면 곧잘 거짓 자아를 만들게 되거나 자기만의 동굴 속으로 들어가서 끝없는 고통을 되풀이한다.

음악의 심미를 경험하고 자유롭게 감성을 표출함으로써 자존감을 향상시킬 수 있다. 하모니를 통하여 감정의 조절과 타인을 바라보는 긍정 에너지를 경험할 수 있다. 다양한 소리의 조화와 고요와 다이내믹을 경험하며 의식이 무한히 확장된다. 음악은 기쁨과 안정, 아름다움과 질서를 느끼게 하며 궁극적으로 행복한 소통을 경험할 수 있다.

환자들의 회복과 안정을 위해 음악치료가 확장되기를 기대한다. 임상사례를 일일이 열거할 수 없음을 이해 바라며 이것으로 마무리한다. 불편한 상황 속에서도 수업에 참여해주신 환우분들과 세심한 부분까지 마음 써 주신 병원 관계자분들께도 감사드린다. 초보 음악치료사로서 부족함이 많았지만 환우 분들과의 임상경험을 부분적인 수정과 함께 글로 남김으로써 음악치료의 이해와 발전, 행복한 소통에 도움이 되기를 바란다. 음악치료의 파워를 믿는다!

자주 사용한 곡

♪ 배경음악 – 유키 구라모토의 '사랑의 언약', 엘가의 '사랑의 인사', 쇼팽의 '야상곡', '은파', '봄의 왈츠', '아름답고 푸른 도나우강', 슈베르트의 '송어', '알람브라궁전의 추억', 리스트의 '사랑의 꿈', '타이스 명상곡', 크라이슬러의 '사랑의 기쁨', '아드리느를 위한 발라드'

♪ 동요 – '나뭇잎 배', '가을바람', '산바람 강바람', '과수원길', '섬 집 아기', '고향의 봄', '괜찮아요', '옹달샘', '오빠생각', '푸른 하늘 은하수', '버들피리'

♫ 가요 – '인생은 미완성', '등대', '사랑하는 마음', '그대 없이는 못 살아', '친구', '조약돌', '동그라미', '기도하는 마음', '제비', '편지', 'J', '만남', '사랑하는 마음보다', '모닥불', '목화밭', '긴 머리 소녀', '숨어 우는 바람소리', '가을을 남기고 떠난 사랑', '봄이 오면', '사랑은', '당신은 사랑받기 위해 태어난 사람', '사랑한다 말 한마디 못 하지만', '저 별은 나의 별', '떠나가는 배', '사랑', '꽃반지', '사랑의 미로', '동행', '사랑하는 사람', '초연', '해후', '여행을 떠나요', '숨어 우는 바람소리', '하숙생' 등

♪ 가곡 – '그 집 앞', '봄 처녀', '떠나가는 배', '보리밭', '들장미', '애니로리', '메기의 추억'

♪ 자장가 – 슈베르트, 브람스, 모차르트, 김대현

알코올 없이도
행복할 수 있어야

알코올 중독에서 벗어나고자 치료를 진행 중인 분들과 함께했다. 연령대는 40에서 70대까지이며 7080 노래와 동요를 많이 불러달라고 병원 측에서 요청했다. 말을 최대한 줄이고 노래를 하기로 마음먹었다. 전체적인 느낌은 가라앉았고 표정이 없었다.

어떤 젊은이는 눈동자가 끊임없이 움직였다. 나는 편안한 모습으로 사람들과 눈을 맞추었다. 피아노보다 기타를 원했기에 피아노 뚜껑은 닫았다. 모두가 기타 치는 나를 신기한 듯이 쳐다보며 집중해 주었다. 그때 한 분이 늦게 들어오면서 지금 막 병원 약을 먹어서 좀 어색한 행동을 해도 이해를 바란다고 했다. 그분을 내 옆 자리에 앉게 했는데 조용필의 '그 겨울의 찻집'을 혼자 부르겠다고 갑자기 일어났다. 모두 박수를 쳐주자 온몸으로 부르면서 눈물을 흘렸다.

그분은 "선생님. 오늘 이상해요. 이렇게 눈물이 자꾸 나는데 기분은 아주 좋아요." 하며 적극적으로 참여했다. 나는 "눈물이 나면 참지 말고 흘리세요. 웃는 것만큼 우는 것도 소중한 정서이며 남자들도 울 수 있어요. 아니 울어야 해요. 울고 나면 카타르시스Catharsis를 느낀다고 하죠? 카타르시스의 원래 뜻은 배설인데 눈물을 흘리고 나면 불필요한 것들이 빠져나가니까 개운한 느낌이 들어요. 그래서 카타르시스를 정화라고도 하는 겁니다."

그분은 격렬한 지휘 동작을 하면서 나와 무언의 소통을 하듯 열심히 자기 역할을 했다. 사실 그분 걱정이 돼서 일부러 나와 가까운 자리에 앉도록 권했는데 오히려 나를 도와주셨다. 20명쯤 되는 분들 중에는 도저히 알코올 중독자였다는 것을 믿을 수 없을 만큼 매너가 훌륭한 분들도 있었다.

'동행', '사랑', '당신도 울고 있네요', '편지', 'J에게', '그건 너' 같은 7080 노래를 할 때 감정 이입을 하는 모습이 대단했다. '나그네 설움', '모정의 세월' 등의 트로트를 할 때는 "술 한 잔이 생각나지만 참고 있습니다."라고 어떤 분이 말하자 모두가 웃었다. '고향의 봄', '오빠 생각' 같은 동요를 부를 때는 동심으로 돌아갔다. '보리밭', '그 집 앞' 같은 가곡, 'Yesterday' 같은 올드팝에 이르기까지 막힘이 없이 잘 불렀다. 동요를 부르면서 어린 시절 얘기도 했다.

"알코올에서 해방된 모습을 상상해볼까요? 여러분들이 알코올에서 해방됨으로써 주변 사람들도 행복해진 모습을 상상해 볼까요?" 하며 쇼팽의 녹턴을 들으면서 눈을 감았다. 팝송 앙코르 요청이 있어서 'Eternally'를 불렀더니 멋쟁이 남성분이 작은 소리로 따라 불렀다.

어떤 분이 "도대체 얼마나 잘 놀았으면 그 많은 노래를 악보도 없이 기타로 칠 수 있나요?" 해서 나는 또 "네, 제가 좀 놀았지만 막 놀지는 않고 앞뒤 봐가며 제대로 놀았지요." 하여 또 한 바탕 웃었다. 마지막으로 감정이입을 하면서 옛 노래 '하숙생'을 불렀다.

"선생님, 오래간만에 가슴속에 있는 노래들을 미친 듯이 토해내고 나니 행복했습니다. 내 온몸이 행복 바이러스로 가득 찼어요. 기타 하나로 이렇게 행복할 수 있다니."

한 분이 시원한 음료수를 건네주셨다. 나는 "우리의 노래 가사를 가만히 느껴보면 한 편의 아름다운 '시'입니다. 음악은 우리를 회복시켜주는 힘이 있답니다. 저도 그렇게 회복되었습니다. 알코올 없이도 행복할 수 있으며 알코올 없이도 행복할 수 있어야 합니다."는 메시지를 남겼다. 한 분이 박수를 치면서 "선생님께서 오늘 그 방법을 가르쳐 주셨습니다. 막혔던 것들이 씻겨 내려가는 느낌, 잊지 못할 치유와 회복의 시간이었습니다."라고 했다.

그들은 진정으로 치유를 원했고 그들과 함께 외친 하모니는 다시금 깨어나는 생명의 하모니였다. 그들이 알코올이 아닌 하모니로 행복해지기를 바란다!

다문화 가정의
어머니들과 함께

"행복하게 노래하는 엄마의 모습을 자녀들에게 보여줄까요?"

다문화 가정의 어머니들을 위한 그룹 음악치료 프로그램을 3개월간 진행한 적이 몇 번 있다. 첫 강의 때 만난 분들은 우리나라에 와서 우리나라 남자와 결혼을 한 일본, 베트남, 중국, 태국, 캄보디아, 필리핀에서 온 여인들 10명이었다. 이미 이혼했거나 남편과 시집식구들과의 소통의 어려움, 갈등으로 가족과 헤어져 쉼터에서 자녀들과 생활하고 있었다. 첫 수업에서 엄마와 아이들도 함께 수업을 했는데 예쁜 딸내미가 눈에 띄어서 "학생은 몇 학년인가요?" 하고 물었다. 그랬더니 "나 애기 엄마에요. 우리 아기는 친구한테 맡겨놓고 왔어요." 하며 어색한 억양으로 말을 했다. 알고 보니 태국에서 온 21살의 여인이며 한국 이름은 현희^{가명}, 20개월 된 애기엄마, 남편은 48살이며 폭행으로 별거 중이라고 해서 당황했다.

"나는 딸이 없어서 그대같이 예쁜 딸을 보면 사랑스러워요." 하고 말했더니 갑자기 "나 선생님 딸 하고 싶어요. 선생님 딸 할래요."라고 서투른 발음으로 말하며 맑은 눈으로 응시했다. 그리고 갑자기 "엄마!" 하고 불렀다. 순간 당황했고 울컥! 무어라 말할 수 없었고 적절한 단어가 떠오르지 않았다. 현희 씨가 한국에 오기 직전에 어머니께서 돌아가셨다고 한다.

현희 씨는 수업 시작할 때마다 시원한 냉커피를 나에게 서비스했고 가까이 앉아서 적극적으로 참여했으며 우리말을 잘하는 편이었다. 언젠가 아기를 데리고 와서 함께 참여할 정도로 어린 나이인데도 강한 모성을 보여주었다.

아름다운 베트남 여성 희야 씨는 내가 만난 다문화 여성 중에서 가장 한국말을 잘했고 영어 공부까지 하는 열정이 있었다. 강의 중 편지 쓰기 시간에 들려주던 곡, Kenny G의 'Forever in love'와 'Loving you'를 누구의 무슨 곡인지를 물어보고 메모할 정도로 호기심이 대단했다. 예쁜 딸 성희도 얼마나 적극적인지 언젠가 나와 함께 피아노 치기를 원한다면서 피아노 의자에 나란히 앉았다. 어머니들이 보는 가운데 우리 동요를 함께 쳤는데 정말 사랑스러웠다. 성희를 바라보는 희야 씨의 눈이 빛났다.

희야 씨는 자기보다 늦게 한국에 오는 베트남 여인들의 선배 입장에서 그들에게 한국을 알리고 한국 생활에 잘 적응하도록 교육하는 선구자적인 역할을 하고 싶다고 했다. 호기심 가득한 얼굴로 질문을 잘 했던 희야 씨가 다문화 가족의 정착을 위해 아름다운 기여를 하고 있는 모습을 상상하면 즐겁다. 베트남의 유명한 다람쥐 커피를 서투른 우리말로 자랑하는 희야 씨가 지금쯤 베트남 여인들을 위한 능숙한 한국어 강사가 되어 있을 것이다.

매번 다양한 강의 프로그램-동요와 가요, 우리 말 써보기, 종이 접기, 모국 노래하기, 자기에게 한글로 편지 쓰기, 악기 놀이, 우리말 리듬놀이, 그림 그리고 설명하기, 춤추기, 칭찬, 인정하기, 팀별 노래 자랑, 숫자게임, '서로 질문하기', '이런 엄마가 되고 싶다' ―을 준비했다.

우리의 동요와 가요를 예쁘게 부를 수 있도록 천천히, 발음을 정확하게, 노랫말의 의미를 쉽게 풀어서 전달했다. 여러 나라의 어머니들이 모였으므로 100% 이해를 바랄 수는 없었다. 그래도 북을 두들기면서 하고 싶은 말을 토해내면서 움츠린 정서를 발산했고 교감을 이루며 서로의 아픔을 공감했다. 벨리 댄스 음악을 틀어놓고 열정 다해 춤도 추었다. 한 필리핀 여성은 "이 시간을 얼마나 기다리는지 몰라요." 하며 충혈된 눈으로 감사의 마음을 표했고 나는 마지막에 이런 메시지를 전했다.

"여러분 자녀 중에서 앞으로 우리나라를 빛낼 훌륭한 정치가, 과학자, 연예인, 예술인, 성직자, 교육자가 얼마든지 나올 수 있어요. 자녀들의 성공한 모습을 매일 상상하며 기도하고 행복하게 노래하는 엄마의 모습을 자녀들에게 보여주세요."

복음 성가인 '좋으신 하나님' 노래에 자기 이름을 넣어서 불렀다.

사랑해 ____야, 사랑해 ____야, 사랑해 ____야 정말 사랑해
괜찮아 ____야, 괜찮아 ____야, 괜찮아 ____야 정말 괜찮아

설문 조사에서 음악치료 수업이 좋은 평가를 받았을 때 땀 흘린 보람을 느꼈다.

일본 여성들을 위한 음악치료에서 – "知床시레도코는 나의 고향!"

다문화가족 건강가정지원센터에서 일본 어머니들 15명과 함께 했다. 남편이 일본인 경우는 세 명이고 나머지는 전부 한국인 남편을 둔 여성들이었다. 일본어가 조금 가능한 나는 조금씩 일본어를 사용했다. 시작하면서 일본 분들이 즐겨 부르는 知床旅情시레토코료조우しれとこりょじょう를 불렀다. 모처럼 모국의 노래를 부르면서 눈 감고 노래하는 분도 있었고 '知床'가 고향이라고 하는 앞자리의 여성은 처음부터 눈물을 흘렸다.

나는 시작부터 눈물 흘리게 해서 미안하다고 했더니 오히려 "고향을 생각해서 좋았어요."라고 했다. 그때가 마침 일본 쓰나미 참사가 일어난 지 두 달쯤 후였기에 친지를 잃은 분도 있었다. 점차 화기애애한 분위기가 되면서 어떤 분이 또 노래를 부르고 싶다고 했다. 그래서 우리나라의 '고향의 봄'과 정서가 아주 비슷한 일본의 동요 '故郷'ふるさと: 후루사또를 불렀는데 또 한 번 뭉클한 분위기였다. 일본 쓰나미 참사 후 어느 중학교 음악회에서 합창단원들이 쓰나미에 휩쓸려간 친구들의 넋을 위로하기 위해서 숙연한 모습으로 부르는 것을 보았다.

자식을 잃은 부모님들도 음악회에 참석해서 떠나버린 자녀의 영혼을 위해, 재난을 당한 일본의 재건을 위해 기도하는 모습이 애절했다. 그 기억이 나서 '후루사또'를 불러보자고 제안했고 모두가 함께 불렀다. 원래 강의 계획에서 좀 벗어나서 내가 아는 일본 노래를 많이 불렀다.

"오늘 음악치료 선생님을 만나서 행복합니다."라고 한 분이 말하자 다른 회원이 "오늘 이런 경험을 할지 몰랐어요."라고 했다. "나도 일본 노래를 부르게 될지 전혀 몰랐는데 이렇게 감동의 시간을 경험해서 행복합니다."라고 했다.

수업 후 소장님께서 "한국 문화 적응과 소통의 어려움으로 우울증이 심한 분이 오늘 음악치료 수업으로 감동받았다고 했어요. 또 일본 여성들이 많은 우리 센터에 일본어를 하는 음악치료사가 오셔서 감사합니다."라고 했다. 뒤늦게 공부한 일본어가 이렇게 불현듯 쓰일 수 있어서 감사했다. 가깝고도 먼 이웃, 정치적인 갈등 속에서도 국내의 일본 여성들에게 음악을 통한 소통과 치유로 기여할 수 있었기에 뿌듯했다.

Amazing grace
불러주셔요 – 호스피스 병동

호스피스 병동 환자들에게 노래를 불러드린 적이 있다. 어떤 환우분이 "혹시 '어메이징 그레이스Amazing grace' 해주실 수 있나요?" 하고 부탁했다. 그분의 침상에 다가가서 자그마하게 불렀다.

　인상 좋은 중년의 남자분이셨는데 노래를 시작하자 눈을 지그시 감았다. 병실의 모든 환자분들이 고마운 눈길을 보내주셨고 어떤 분은 침상에서 무릎 꿇은 채 두 손을 성경책 위에 얹고 노래를 불렀다. 몇 번을 반복하는 동안 누워있던 그 환자분은 누운 채로 두 손을 모았다

　Amazing grace how sweet the sound.

　That saved a wretch like me.

　I once was lost but now am found

　Was blind but now I see….

　"감사합니다. 선생님 노래를 매일 떠올리며 행복할 겁니다. 삶이 다하는 순간까지요."라는 말씀과 함께 그분의 볼에는 눈물이 계속 흘러내렸다. 삶이 얼마 남지 않았다는 것을 알고 있었기에 나는 목이 메었다. 그분의 손을 꼭 잡아드리며 "나를 기억해 주신다니 감사합니다."라는 말을 남기고 병실을 나왔지만 눈물 때문에 한참을 진정한 후에 옆의 병실로 들어갔다. 그분이 편안한 임종을 맞이하셨기를….

　'어메이징 그레이스'는 삶을 내려놓아야 하는 중년 신사의 눈물을 떠올리게 하면서도 감동과 감사를 느끼게 한다. 호스피스 환자들의 편안한 마지막을 위해 도움이 되었기를 기도한다.

　나의 마지막 순간에는 어떤 음악을 듣고 싶을까?

내 손 잡아주셔서
정말 감사해요 – 한센인 마을

한센인들과 함께한 적이 있다. 솔직히 처음 부탁을 받았을 땐 망설였다. "기타 하나만 가지고 가셔도 그들은 분명 감동받을 겁니다."라고 말하며 그들의 벗이 되어주는 대학원 동료인 정 선생님의 뜻을 받아들이기로 했다. 집에서 두 시간 반 거리의 먼 곳이었다.

한센인 마을에 도착했을 때 조금은 긴장했다. 하지만 마을회 관은 깨끗했고 실내 인테리어도 아름다웠다. 회관엔 25명 정도의 한센인들이 모여 있었고 그들은 서로 친숙해 보였다. 그 어떤 편견도 버리고 그들과 함께해야겠다는 굳은 신념이 생겼다. 멀리서 온 강사님이라고 반갑게 맞이해 주었고 나는 일일이 손을 잡고 인사했다. "내 손 잡아 주셔서 정말 감사합니다."라는 어떤 분의 인사를 잊지 못한다. 오프닝 송을 화기애애하게 부르면서 수업을 시작했고 일단 시작하니 두려움이 사라지기 시작했다.

병은 다 나았지만 후유증이 남긴 부자연스런 외형으로 일반인 들과 함께 어울리는 것이 불편한 것이다. 오히려 함께하다 보면 그들이 상처 받을 수가 있다. 어떤 분은 가족들과 함께, 어떤 분 은 가족들과 떨어져서 그들끼리 마을을 형성해서 살고 있었다. 그런 마을이 우리나라에 수십 군데가 된다고 했다. 그들은 더없 이 순수했다. 수줍음 많은 그들과 함께 웃고 울며 잠시 그들 가족이 된 것 같았다. 우리의 노래와 명상, 당신은 사랑받기 위해 태어난 사람, 즉흥 리듬, 게임, 소리 외치기, 행복한 소통 실습, 너를 이해해, 내 상처 어루만지기 등 마음 다해 만든 프로그램 두 시간을 쉬지 않고 진행했다.

어떤 어머니께서 "기타 소리에 정말 행복했어요."라고 했다. "선생님, 거짓말같이 들리겠지만 아침부터 이 다리가 너무 아프고 걷기 힘들었는데 지금 너무 말짱해요. 정말예요." 그래서 내가 "설마!"라고 했더니 더 큰 목소리로 "정말이라니까요!"라고 했다. 그리고 어떤 분이 "선생님, 염치없지만 언제 또 오시나요. 기다릴래요." 하면서 충혈된 눈빛으로 갈망하듯 말했다. 얼른 대답을 못한 것이 못내 아쉽다. 프로그램을 마치면서 다시 일일이 손을 잡고 인사를 했다. 이번엔 내가 먼저 "내 손 잡아주셔서 감사합니다."라고 말했다.

유달리 안개가 끼었던 그날, 돌아오면서 많은 생각을 했다. 그들도 우리나라 국민이거늘, 행복하게 살 권리가 있거늘 외형상의 문제로 일반인들과 섞이지 못하는 삶이 안타까웠다. 한없이 진솔했던 그들! 뒤틀린 상처를 부끄러워하던 그들을 떠올리며 나는 내 삶을 돌아본다.

병상의 시아버님과
노래로 소통하는 며느리

내가 결혼하기¹⁹⁸² 한참 전에 시아버님은 이미 혈압으로 한 번 쓰러지셨고 2007년부터는 노인병원에 계시다가 2014년 12월 28일에 운명하셨다. 며느리 사랑은 시아버님이라고 하지만 결혼 후 가까이 살면서도 항상 불편하셨기에 다정하게 얘기를 해 본 기억이 별로 없다. 그런데 아버님이 노인병원에 가신 후에 노래를 해드리면서 그나마 짧게 소통할 수가 있었다.

시아버님께선 여린 손으로 박수를 치시며 "우리 며느리가 이렇게 노래 잘하는지 정말 몰랐구나."라고 하셨다. '고향의 봄'을 시작으로 아버님의 십팔번인 '울고 넘는 박달재'를 메들리로 불렀다. 노랫소리를 듣고 다른 방 요양사님들이 환자들을 휠체어에 태워 오기도 했고 몇 호실로 오라고 하면 그 병실에 가서 노래했다. 언젠가 어머니를 만나러 온 따님이 "우리 엄마가 저렇게 즐거워하시는 게 얼마나 오랜만인지 몰라요." 하며 감사의 눈물을 흘렸다.

나는 가끔 강의하는 사진을 확대해서 아버님께 보여드렸다. "이 사람 누구예요?" 하고 여쭈면 불편한 가운데서도 옆에 있는 나를 가리키셨다. 나는 또 장난기가 발동해서 "아버님, 이 중에서 누가 제일 예뻐요?" 하면 아버님은 또 나를 가리키셨다. 가족들의 지난 사진을 크게 확대해서 보여드리고 누구냐고 여쭈면 애써 기억하시려고 한다. 노인에게 회상을 할 수 있게 하는 좋은 방법회상 요법이다. 아버님 손을 붙잡고 노래하면서 천천히 움직이고 주먹 쥐고 펴는 동작도 하고 아버님 팔다리를 마사지해 드리면 좋아하셨다.

외동며느리인 나는 결혼 생활 동안 응석도 부리고 싶었지만 시아버님은 항상 연약한 환자의 모습이었기에 그럴 기회가 잘 없었다. 왜 좀 더 건강관리를 못 하셨는가 하고 원망도 했다. 지나간 삶의 모습과 불편하신 아버님의 모습이 어우러져 노래하다가도 눈물이 쏟아져 아버님 침상에 머리를 파묻고 흐느낀 적도 여러 번 있다. 영문도 모르는 아버님은 따라서 우셨다.

처음 뵈었을 때 말씀이 아주 어눌하셨다. 딸의 행복을 바라는 친정 엄마가 무엇을 왜 걱정하는지도 이해가 되었다. 그러나 아버님 성정이 고우시고 친정아버지가 안 계신 나로서는 '아버님'이라고 부르는 것부터가 좋았거니와 언제라도 내 편이 되어 주실 것 같았다. 또 돌아가신 친정아버지와 시아버님 모두 한때 청렴한 공무원이셨다. 시아버님께서 예전에 친정아버지를 형님처럼 좋아하셨기에 결혼을 앞둔 나로서 큰 위안이 되었고 과장할 것도 숨길 것도 없었다.

그럼에도 불구하고 나는 결혼 생활 내내 시아버님이 환자였다는 사실에 보이지 않는 우울을 안고 살았다고 해도 과언이 아니다. 시어머님도 세 명의 손아래 시누님들도 잘해주었지만 나는 외며느리로서 많은 부분을 억제해야 했다. 돌아보면 꼭 하고 싶은 말인데도 그냥 견디고 통과했던 순간이 수없이 많았다.

처음 노인 복지관 일본어 강의를 했을 때 시아버님 연배 되시는 분들이 커피를 뽑아주시고 내 가방을 챙겨주시면 얼마나 부러웠는지 모른다.

"선생님께 커피를 대접할 수 있는 영광을 허락해 주십시오." 하면서 유머 넘치는 표정으로 차를 뽑아 주시면 주시는 대로 차 몇 잔을 계속 마셨다. "저렇게 활기차시면 얼마나 좋을까?" 하고 아버님이 떠올라 돌아오는 발걸음이 무거웠다. 음악치료사 활동으로 되살아난 내 속의 '끼'는 병원에 누워계신 아버님 앞에서 노래까지 하게 했다. 그런데 솔직히 남의 부모 앞에서는 쉬워도 시부모님 앞에서는 쉽지 않았다. 처음에 악기를 가지고 갔던 날은 결국 못 했다.

언젠가 제대한 두 아들과 함께 병원에 갔을 때 그날도 노래를 해드렸다. 돌아오는 길에 큰 녀석이 "엄마, 할아버지 병원에서 노래 안 하면 안 되나요? 우리 둘 다 그렇게 생각해요. 다른 곳에서는 얼마든지 해도 할아버지 병원에서는 안 했으면 좋겠어요."라고 했다. 당황한 내가 "엄마가 노래 못하는 것 같니?"라고 했더니 "아니요, 그냥… 부탁해요."라고 했다.

두 아들은 어렸을 때부터 연약한 할아버지를 보며 컸고 지난 세월 속 며느리로서의 엄마 모습이 기억에 남아있을 것이다. 그러기에 할아버지 앞에서 노래하는 엄마를 남다른 느낌으로 봤을

지 모른다. 평상시에는 무뚝뚝했던 두 녀석의 뜻밖의 말을 듣고 한참 동안 할 말을 잊었고 두 녀석의 엄마를 향한 애잔함을 느꼈다. 물론 할아버지에 대한 두 녀석의 사랑도 지극했다.

언젠가 아버님 병원에서 "아버님의 하나밖에 없는 아들이 제일 무서워하는 여자가 왔어요." 하며 팔을 주물러드렸더니 끄덕끄덕 하시며 웃으셨다. 나는 또 "아버님의 하나밖에 없는 아들이 제일 사랑하는 여자가 왔어요." 했더니 계속 웃으셨다. 그리고 "아버님의 하나밖에 없는 며느리가 지금부터 노래할 거예요." 했더니 여린 손으로 애써 박수를 치셨다. 불편하신 아버님과 늦었지만 이렇게 하모니로 소통할 수 있었음에 감사했다.

그러던 어느 날 새벽 4시에 병원의 전화를 받고 식구 모두가 병원으로 향했다. 점점 짧아지는 호흡을 보며 임종이 가까워졌음을 알았을 때 나는 시아버님의 오른손을 꼭 쥐고 있었다. 아버님 오른쪽 귓전에서 평소에 불러드리던 '고향의 봄'을 나지막하게 허밍Humming했고 그런 가운데 아버님은 잠자듯이 조용히 떠나셨다. 떠나시기 직전 외동며느리인 나를 많이 예뻐해 주셔서 감사하다고 몇 번이나 말씀드렸다. 2014년 12월 28일 오전 7시 40분. 호흡이 멈추고 시트로 시신을 덮기 전 아버님 오른쪽 볼에 입맞춤했다.

"항상 내 편이셨던 아버님 감사합니다. 사랑합니다."

내가 결혼한 후 한동안 시아버님께서는 새해가 되면 내가 해
드린 한복을 입으시고 나와 함께 나의 친정 할아버지께 세배를
가셨다. 번거롭다는 생각도 했다. 그런데 세월이 지날수록 감사
했다. 친정 할아버지께서 아주 좋아하셨던 모습이 떠오른다.

시아버님은 어떤 마음이셨을까? 친정 할아버지는 어떤 마음
이셨을까? 나이가 들면서 그때 생각이 자주 떠오르는 것은 왜일
까? 돌아가신 시아버님의 목소리가 들린다.

"애미야. 고맙고 사랑한데이!"

총각김치도 맛있어, 동치미도 맛있어 – 주간 케어센터 봉사

"먹을 것도 많은 나라 우리나라 좋은 나라~"

주간 케어센터에서 치매 어르신들을 위한 음악치료 봉사를 한
동안 했다. 70~80%의 어르신들이 치매 초기와 중기로 인지기
능이 낮으시고 거동이 힘든 분들도 있었다. 첫 만남에서 기타를
메고 나타난 나를 보고 반가워하셨다. 나는 트로트를 많이 알지
못했는데 어르신들 봉사를 하면서 저절로 많이 외우게 되었다.

인지 기능이 낮아지신 83세 할머니와 87세 아버님께서 정식
으로 커플이 되셨다. 아침에 일단 케어센터에 오시면 집에 가실

때까지 하루 종일 커플로 다니시며 어머님이 아버님을 챙겼다. 처음에는 어떤 어머님과 3각 관계였는데 상황이 심각해서 자녀들이 그 어머님을 다른 센터로 가시게 했다. 그 후에는 자유롭게 지내셨다. 아버님은 최고의 학력이시고 할머니는 한글만 겨우 아시는데 그 상황에서는 그런 것들이 의미가 없다. 지금 내 옆에서 나를 바라봐주면 좋을 뿐이다. 누구도 이상하게 보는 사람도 없고 모두가 인정한 커플이었다. 옷 색깔도 모양도 비슷하고^{자녀} _{들의 배려가 있었던 것 같다.} 손잡고 다니시며 나란히 앉아서 노래가사 프린트를 할머니가 할아버지에게 친절하게 펴서 챙겨주신다.

그 센터에서 수업하던 중 어느 추운 날이었다. 주방에서 군고구마 냄새가 났다. 그래서 "와우, 맛있는 냄새! 무슨 냄새죠?" 했더니 "군고구마 냄새요." 하고 그 어머님께서 대답하셨다.

"우리나라는 일 년 내내 먹을 게 많아서 좋은 나라죠?"라고 했더니 또 그 어머님께서 "일 년 내내 추운 나라는 먹을 게 없지. 왜 그런지 알아? 추워서 농사를 못 지으니까 당연히 먹을 게 없는 거야. 우리나라는 봄·여름·가을·겨울이 있고 농사를 많이 짓고 그래서 먹을 게 많으니까 좋은 나라야." 하시면서 청산유수로 어린 아이가 자랑하듯이 말씀하셨다.

나는 그 할머님과 눈을 보고 "그럼요, 우리나라 정말 좋은 나라죠. 그러니까 우리 모두 행복해요. 맞죠?"라고 응수해 드린 후 진도 아리랑을 즉흥으로 개사해서 불렀다.

고구마도 맛있어/감자도 맛있어/
먹을 것도 많은 나라/우리나라 좋은 나라/

총각김치도 맛있어/동치미도 맛있어/
먹을 것도 많은 나라/우리나라 좋은 나라/

된장찌개도 맛있어/김치찌개도 맛있어/
먹을 것도 많은 나라/ 우리나라 좋은 나라/

♬ 후렴-아리 아리랑 쓰리 쓰리랑/아라리가 났네-/
아리랑 으으음 / 아라리가 났네.

내가 먼저 선창을 하면 어르신들이 후렴을 불렀다. 진도아리
랑의 리듬을 이용해서 내가 만든 노래는 끝도 없이 많다. '총각
김치', '동치미'라는 가사가 나올 때 어머님들의 목소리가 커졌
고 총각김치 담아 놓을 테니까 가져가라고 하신 어머님도 계셨
다. 술 한 잔 사주시겠다고 약속하신 아버님, 어떤 아버님께서
는 "참으로 유용한 일을 하시는 분"이라면서 끄덕끄덕해주셨다.
립스틱 색이 곱다고 칭찬해 드렸더니 얼굴이 빨갛게 상기되셨던
경증 치매 어머님은 그 후 만날 때마다 빨간 립스틱을 두텁게 바
르고 오셨다.

어떤 어머님은 나만 보면 예전에 의사였던 남편 얘기를 녹음

기처럼 반복하셨다. 음악치료 교실에 아버님을 못 들어오게 막던 까칠하신 어머님^{바람피운 남편과 닮았다는 이유로}, 그 어머님이 두려워서 못 들어가고 문밖에서 쩔쩔매던 초췌한 아버님의 모습이 떠오른다. 어느 더운 여름날엔 땀을 뻘뻘 흘리며 수업 후 나오다가 "아버님, 어머님 다음 주에 만나요." 하고 인사했는데 어떤 어머님^{중증 치매 어머님}이 "누구시유?" 하며 눈을 동그랗게 하고 나를 쳐다보셨다. 순간 맥이 빠졌지만 미소를 띠고 그 어머님 손을 잡고 다음 주에 뵙겠다고 한 번 더 인사를 했다. 그 어르신들 한 분 한 분마다 삶의 이야기가 얼마나 많을까? 수업이 끝나면 등에는 항상 땀이 흥건했다. 치매라는 것이 우리를 비껴간다면 얼마나 좋을까?

"꾀꼬리 언제 또 와?"
― 요양원 봉사

S노인요양원에서는 90%가 치매노인이며 신체기능 저하로 거의 모두가 휠체어를 타고 수업에 참여하신다. 어르신들에게 뭔가를 가르치려고 하지 말고 어르신들이 아는 노래를 함께 부르는 것이 좋다. 노래하는 것을 싫어하는 분은 한 명도 없었다. 가장 앞줄에는 경증 치매 어르신들, 뒤로 갈수록 중증 어르신들이시며 앞줄 어르신들은 즐겁게 수업에 임하시는 편이다. 당신 며느리는 몰라봐도 노래는 전부 따라 하는 어르신도 있다.

우리의 동요와 흘러간 노래, 민요를 번갈아가면서 불렀다. 어떤 분은 "나 그 다음 뭔지 알아." 하면서 한 시간 내내 노래가사를 먼저 말씀하셨다. 요양사님께서 "어머니, 그러시면 선생님이 싫어하세요." 해도 그때뿐이다. 어떤 어르신은 "나 오늘 잠이 잘 올 것 같아. 옛날 생각 많이 했어. 어쩜 그렇게 노래를 잘해? 내일 또 올 거지?" 하고 말씀하셨다. 어떤 아버님은 내 등을 툭 치시더니 "연희랑 닮았어."라고 하셔서 "연희 씨가 따님인가요?" 했더니 귀에 대고 "아니야. 내 첫사랑이야. 비밀이야. 그런데 우리 연희가 더 예쁜데."하시면서 씽긋 웃으셨다. 인지 기능이 낮아지신 어떤 아버님은 "꾀꼬리, 나하고 살자. 나 돈 많아."라고 하셔서 "아버님 감사합니다. 우리 남편한테 물어볼게요."라고 짓궂게 답변하기도 했다.

한편 중증 치매의 어떤 아버님이 무표정한 얼굴로 나를 뚫어지게 보시다가 독특한 목소리 톤으로 "노래 정말 잘한다."고 하시니까 옆에 계신 할아버지께서도 "기타도 정말 잘 친다."고 하셨다. 노래하는 중간에 큰 소리로 말씀하셔서 내가 깜짝깜짝 놀랐다. 노래방 기기도 없이 기타 하나에 의존하면서 수업을 하는데도 어르신들의 반응이 좋아서 감사했다. 내가 수업 마치고 가면 "꾀꼬리 언제 또 와? 꽃님이 언제 와?" 하시면서 묻는다고 했다.

치매 노인분들의 가족이 얼마나 힘든지를 알았다. 치매라는 병은 나로 인해서 주변 사람들이 얼마나 고통스러운지를 본인은 모르는 조금은 이기적인 병이다. 치매는 무의식이 표현될 수도 있기에 평상시에 마음관리, 행복관리를 위해 노력해야 한다. 어떤 어르신이 사위를 향한 끝없는 분노에 사로잡혀 살다가 치매가 왔고 그 후 사위를 볼 때마다 온갖 욕설과 투정을 하는 바람에 가족이 불행해지는 것을 보았다. 나는 가끔 건강한 어르신을 대상으로 하여 '향기 나는 노후를 위하여'라는 주제로 치매 예방 프로그램을 강의하는데 다들 대단한 집중력을 보여주신다. 사랑과 감사와 건전한 호기심으로 치매 없는 행복한 시니어를 맞이하기를 기도하며 미력하나마 그 부분에 기여할 수 있음에 감사드린다. 나도 향기 나는 노후를 맞이하고 싶기에….

거리에서의
즉흥 테니시 왈츠

음악과 시를 사랑하는 선생님들과 성북동 길상사를 방문하고 내려오다가 잠시 쉬면서 우쿨렐레 반주에 맞추어 즉흥 음악회를 시작하자 사람들이 모여들었다. 저만치서 환경 미화원 어르신께서 일손을 멈추고 빠른 걸음으로 오시더니 우리 일행과 함께 노래하며 즐거워하셨다.

그리고 어색한 표정으로 말씀하시기를 "페티 페이지의 테네시 왈츠를 신청해도 될까요?" 하시는 것이었다. 좀 당황했지만 다행히 나는 그 노래를 알고 있었다. 나는 어르신을 보면서 테네시 왈츠를 불렀고 어르신도 나를 지긋이 쳐다보며 따라 부르셨다. 한 번 더 요청하시기에 두 번을 연달아 불렀다.

I was dancing with my darling to the Tennessee Waltz~~~

어르신께서는 "이렇게 생각지도 않게 행복한 시간을 갖게 해주셔서 그저 감사할 뿐입니다."라고 고마움을 표하시면서 눈물을 닦으셨다. 우리 일행은 어르신께 따뜻한 커피를 대접했다. 저쪽에서 미화원 동료가 오라고 부르는 소리에 다시 일터로 가시는 어르신께 "할아버지, 건강하시구요, 노래 많이 부르셔요." 하며 안아드렸다. 어르신도 고맙다는 말씀을 하면서 아쉬운 표정을 남긴 채 다시 일터로 향하셨다.

젊은 시절에 상당히 멋쟁이셨을 것 같은 환경 미화원 어르신, 테네시 왈츠를 정겹게 따라 부르시던 어르신께서 음악을 즐기시면서 행복한 노후를 지내시기를 기도한다. 전혀 예측하지 않은 이런 시간들이 어떤 강의보다도 기억에 남는다. 이 또한 음악의 힘이 아닐까?

테네시 왈츠를 부르면 자동적으로 그때와 링크가 된다.

햇빛이 도는
바람

인혜^{가명}는 학습 부적응으로 자신감이 없고 소극적이며 말을 더듬었다. 그런 인혜가 음악치료 시간을 통해서 스스로 화음을 만들고 칭찬을 받으면서 자신감이 생겼다. 악보를 제대로 볼 줄 모르고 피아노를 잘 치지 못하지만 피아노를 좋아했기에 악보 보는 법을 가르쳐 주고 싶었다. 그래서 인혜와 엄마에게 시간을 내서 가르쳐 주었고 일주일 안에 노래를 만들어 오기로 약속했다. 그리고 나를 뭉클하게 하기에 충분한 노래를 만들어 왔다.

제목은 '햇빛'이었고 이 노래를 부르면서 인혜의 내면에서 밝은 빛을 향하고자 하는 마음을 읽을 수 있었다. 이 노래를 내가 다시 정리를 하여 인혜에게 이 곡은 '작곡 · 작사 정인혜, 편곡 김미정'의 '햇빛'이라고 말하면서 '편곡'의 뜻과 '함께함'의 의미도 가르쳐주었다.

인혜 어머니와 함께 셋이서 얼마나 기뻤는지 모른다.

그 후부터는 인혜는 만날 때마다 그 노래를 부르며 혼자서 멜로디를 치고 반주를 만들어가면서 자기 노래에 푹 빠졌다. 나는 지금도 강의할 때 이 노래를 부르면서 인혜를 기억하곤 한다. 인혜가 중학교 들어가기 전까지 수업을 했는데 어느 날 인혜 엄마에게 북을 치면서 하고 싶은 말을 외쳐보라고 요청했다.

그러자 부끄럼 많던 엄마가 북을 치면서 외쳤다. "중학생이 되는 인혜가 말도 천천히 하고 피아노도 잘 치고 노래도 잘 만들고 우리 인혜 최고예요. 선생님 감사해요." 그리고 눈물을 참지 못하며 인혜와 포옹을 했다. 셋이서 인혜의 노래 '햇빛'을 함께 불렀다. 북 소리는 이렇게 우리를 임파워링 시켜준다. 햇빛이 도는 바람은 지금도 불고 있다.

"햇빛이 도는 바람 나에게 힘을 줘, 달려라 달려라 힘내라 햇빛~"

OK,
바로 그거야!

일본인 엄마와 한국인 아빠 사이에 태어난 지서가명는 ADHD주
의력 결핍 및 과잉행동 장애가 있는 초등학교 3학년의 여자 아동이었다.
말이 빠르고 주의가 산만하며 좋은 친구, 나쁜 친구를 구별하여
말했다. 속상한 얘기를 할 때는 목소리가 작아지고 작은 한숨을
쉬기도 했다. 우리말 소통에 어려움이 있는 엄마를 안타깝게 바
라보았다. 엄마는 차분한 성격으로 생활력이 강하고 딸에 대한
사랑만큼은 지극했다. 기억에 남는 수업을 소개한다.

지서는 디지털 피아노의 다양한 음색을 좋아하고 특히 두 개
의 음색을 합성예: 피아노+바이올린해서 치면 나는 '와우' 하고 감탄
해 주었다. 어떨 때는 키보드와 피아노를 2m의 거리에 두고 나
는 피아노를, 지서는 키보드를 쳤다. 내가 어떤 음을 치면 지서
는 똑같은 음을 키보드로 치는 게임을 했다. 지서에겐 '틀리지
말아야지.' 하는 애착심과 집중하는 모습이 보였다. 음을 정확하
게 치면 나는 OK를 외쳤고 손가락으로 동그라미를 만들면서 윙
크했다.

그렇게 단음으로 시작했지만 점차 화음까지 알아맞히는 게임
을 하게 되었다. 내가 '도미솔'을 치면 지서도 '도미솔'을, 내가
'도파라'를 치면 지서도 '도파라'를 쳤다. 틀렸을 때는 "괜찮아."

하며 격려했고 그러다가 잘하면 더 칭찬했다. 처음부터 잘한 건 아니지만 점차 눈을 맞추며 집중했다. 마지막에 나는 '도레미파 솔라시도'에 맞추어 즉흥 노래를 만들어서 불렀다.

'나는 지서를 정말 좋아해.' 하면 지서는 잠시 머뭇거리다가 '나는 선생님을 정말 좋아해.'라며 즉흥노래로 답을 했다. 이렇게 하자고 말한 적도 지시한 적도 없다. 우리는 그렇게 피아노와 키보드로 소통했다. 내가 누구를 치유했다기보다 내가 치유되는 행복한 시간이었다.

지서는 피아노 외의 악기를 함부로 다루는 습관이 있었는데 점차 악기를 소중히 다루면서 행동의 수정 효과가 있었다. 리듬을 천천히 유도했더니 과잉 행동의 감소 효과도 나타났다. 일본 동요를 가르쳐 주고 엄마와 함께 불렀다. 엄마를 항상 마음에 두고 있는 지서를 위해서 끝나기 전 15분 정도는 엄마도 함께 참여해서 악기놀이와 난타를 즐겼다. 엄마는 탬버린, 지서는 에그세이크, 나는 피아노를 쳤다. 지서 엄마는 내성적이며 조용했지만 딸을 위해 적극적으로 참여했고 뒷정리를 깨끗이 해주었다. 아이가 변했다며 수시로 감사의 뜻을 표하는 예의바른 전형적인 일본 여인의 모습이었다.

셋이서 함께 원을 돌면서 벨리 댄스 음악에 맞춰 춤을 추다가 큰북을 한 번씩 두들기곤 했다. 지서는 엄마가 좀 서툴러도 웃으며 챙겨주는 여유를 보였고 땀 흘릴 정도로 스트레스를 발산했다. 나는 지서를 자주 포옹해주며 칭찬을 해주었다. 지서는 점점 밝아졌고 친구까지 데리고 와서 자신 있게 인사시키고 함께 수업하는 배짱도 생겼다. 그런 모습을 보고 '나를 아주 신뢰하는구나.' 하는 생각이 들었다. 언젠가 수업이 끝난 후 지서 모녀와 함께 지하철을 탄 적이 있는데 지하철 안에서 산만한 지서 때문에 엄마와 내가 감당이 안 되서 쩔쩔맸던 기억이 난다. 평소 지서 엄마가 얼마나 힘들지 상상할 수가 있었다. 그러면서도 지서는 먼저 내리는 나를 못내 아쉬워하며 보이지 않을 때까지 눈을 떼지 않고 손을 흔들었다.

가끔 신나게 춤을 추다가 "선생님, 그게 아니고 이렇게 해야지." 하며 내 엉덩이를 쳐 가며 가르쳐 주었다. 마지막 수업으로 예술의 전당에 갔을 땐 춤추는 분수 앞에서 내 손을 잡고 이리저리 뛰었다. "선생님 음악이 마술사 같아요." 하며 좋아했다. 구조적인 음악치료실 외에 음악과 자연이 어우러진 탁 트인 야외에서 시각적, 청각적, 심리적으로 긍정적 영향을 주었다. 지서는 리듬 따라 흥얼거렸고 발을 굴렀다. '음악 치료의 극대화'라는 표현이 어떨까? 분수대 앞 잔디에서 지서는 공기를 꺼내서 깔깔거리면서 공기놀이를 했다. 지서 엄마가 싸주신 맛있는 김밥을 먹으면서.

일어가 조금 가능했던 나는 지서 엄마와 일어로 상담이 가능했기에 모녀와 더욱 가까워질 수 있었다. 커다랗고 애잔한 눈망울의 지서가 밝은 눈망울의 행복한 웃음을 지닌 소녀로 자라서 흥과 끼를 아름답게 발산해 주기를 바란다. 스승의 날 보낸 편지 중에 이런 글이 있었다.

"나도 커서 선생님같이 누군가를 행복하게 해주고 싶어요. 많이 예뻐해 주셔서 감사해요."

일본어 사절단
친선 민간외교

일본어와의 인연은 내 삶에 큰 변화를 주었다. 문화센터에서 취미로 일본어 강좌를 듣기 시작했고 더 공부해서 일본어능력시험 2급에 합격을 했다. 생각지 않았던 합격에 자신감이 생겨서 다시 1급에 도전하여 2000년에 일본어능력시험 1급에 합격했다. 정말 열심히 공부했다. 1급 준비를 위해서 역삼역 시사일본어 학원에 3~4개월 집중해서 다녔다. 일본에서 살았던 적도 없고 전공도 안 했고 일본 관련 일을 한 적도 없기에 순수 국내 자수성가파라고 할 수 있다. 그때 자주 입었던 빨간색 진바지 덕택에 학원생들이 빨간 바지 아줌마라고도 불렀다.

아침에 두 녀석 학교에 보내고 커다란 가방에 큰 사전과 워크맨, 간식거리와 물을 넣고 학원에 갔다. 강의를 들은 후에는 도서실에서 공부했다. 결혼 후 처음 도전하는 시험이었고 간단한 공부는 아니었다. 가족들에게 피해 안 주려고 앞치마 주머니에 워크맨을 넣고 이어폰을 꽂고 들으면서 청소기를 돌렸다. 도착한 1급 합격증을 들고 좋아서 거실에서 혼자 탈춤 추듯 춤추었다. 두 개구쟁이 녀석들 키우면서 처음으로 이룬 나의 성과에 세상을 얻은 듯 행복했고 우리 집 세 남자에게도 당당했다.

나는 후에 코칭 과정을 공부하면서 '살면서 열정 다했던 일을 얘기해보라.'는 질문을 받으면 꼭 이 얘기를 했다. 얘기할 때의 표정이 너무 행복하고 열정이 느껴진다고 했다. 최선을 다했던 모습이 아직도 마음 속 동영상으로 돌아가고 있고 실제로 많은 분들에게 동기부여가 되었다. 그 때 교재에서 본 '집중'しゅうちゅう 이라는 단어가 가슴에 새겨졌다.

2001년도부터는 강남구 여성센터의 일본어 사절단일사단이라는 동호회에 가입을 했다. 일본어를 공부하고 번역하며 작은 봉사를 하는 평범한 주부들의 모임이다. 일본 아키타 가나모리 외국어 교실로부터 자매결연 요청을 받고 2005년, 2010년, 2015년 세 차례에 걸쳐서 아키타 현을 방문했다. 2010년에는 공연을 위해 회원들이 노래와 춤을 준비했는데 공연 준비를 위해 나는 반주 녹음과 회원들의 노래 연습을 도왔다. 평범한 가정주부로 구성된 회원들은 긴장하면서도 민간문화교류에 일조한다는 신념으로 열심히 연습했다.

아키타 공항에서 성대한 환영을 받은 후 아키타 뷰 호텔에서 아름다운 한복을 입은 17명의 여인들은 자랑스럽게 무대에 섰다. 먼저 내가 오카리나로 아리랑 멜로디를 낭랑하게 연주하자 호텔 연회장은 청아한 아리랑 소리로 가득 찼다. 이어서 회원들의 아리랑 노래와 춤이 이어졌고 대형 슬라이드에는 열심히 준비한 우리나라 주산지의 가을 풍광 사진이 펼쳐지고 있었다.

이어서 '夜明けの歌요아케노 우타, 이른 아침의 노래'라는 일본 노래를 우쿨렐레 반주에 맞춰서 회원들이 불렀다. 노래가 끝나자 일본 분들의 박수가 터져 나왔고 어떤 분은 달려와서 "어떻게 이 노래를 부르게 되었냐?"며 물었다. 자기가 제일 좋아하는 노래를 평범한 한국 주부들이 아름답게 불러주었다는 것에 깊은 감동을 받았다며 눈물을 글썽였다.

곧이어 한복을 입은 우리 일행 옆으로 일본 남자분이 다가왔다. 조금은 쑥스러워하며 어색한 발음으로 "머리부터 발끝까지가 사랑스러워."라는 우리 노래를 즐겁게 부르는 것이 아닌가! 깜짝 놀랐다. 한국 가요를 좋아한다면서 몇 곡을 그 자리에서 불러서 우리를 놀라게 했다. 음악이란 말이 필요 없을 때가 있다. 그렇게 소통했다.

우리나라에서도 무대 경험이 없던 보통 주부들이 일본에서 큰

일을 해냈다. 2015년에도 '가나모리' 교실 10주년 기념행사에 초대받아 또 다른 공연을 준비했다. 아키타 뷰 호텔을 가득 메운 일본 각계각층 많은 분들의 열렬한 환영을 받았다. 하모니를 통한 양국의 우호를 다지는 계기가 되었으며 아름다운 민간 외교라는 찬사를 받았다. 가나모리 교실의 가나모리 원장님은 중국 조선족으로서 결혼과 함께 일본에 와서 중국어와 한국어의 보급을 위한 교육에 기여하시는 분이다. 중국어, 일어, 한국어 3개 국어가 유창하시고 존경받는 일본의 여성 CEO로서 표창 받은 바도 있다. 열정과 에너지가 넘치고 일본어 사절단에 대한 애정도 남달랐다.

당시 한복을 입고 공연을 하는 일사단의 모습이 그렇게 아름다울 수 없었고 자랑스러웠다. 취미로 시작했던 일본어 공부가 음악이라는 날개를 달고 한일 민간외교에 기여할 수 있었음에 행복했다.

生show
만들고 지우고 또 만드는 창조의 기쁨

많은 분들의 강의를 들으면서 "아, 이때 이런 음악이 흘러나오면 좋겠다. 이런 동작이 첨가되면 얼마나 좋을까?" 하고 생각했다. "이럴 때 청중과 함께 그 노래를 부르면 감동이 있을 것 같은데, 그러면서 문득 떠오르는 동작과 메시지로 또 무언가를 만들 때 재미있다.

비록 그때뿐, 즉시 잊어버릴 리듬이라 해도 아침을 즉흥 연주로 시작한다. 나만의 방식으로. 그러니까 E♭maj내림마장조의 편안함! 그것으로 시작해서 그냥 손 가는 대로 리듬과 멜로디를 만든다. 햇살이 따스한 날은 따스하게, 비가 오고 어두운 날은 우울한 느낌으로 피아노를 친다. 어떨 때는 왈츠 리듬으로, 어떨 때는 행진곡 리듬으로, 또 발라드, 트로트, 동요, 또 이 세상에 없는 리듬으로, Feel 가는 대로… 마음에 들면 피아노 위의 차임벨을 한 번씩 울린다. 탱탱탱.

자유롭게 노래 부르고 피아노 치다가 '아하!' 하고 느낄 때가 있다. 그때는 빨리 메모를 해둔다. 그냥 그대로 놓치고 스쳐갔던 멜로디와 리듬과 가사가 셀 수 없이 많다. 일일이 메모할 수 없어도 그런 습관은 나의 일상 속 행복이다. 앞으로도 수많은 리듬과 멜로디를 놓치겠지만 그 과정이 즐겁다. 툭 하고 나오는 리듬이 몇 달 전에 흥얼흥얼거린 리듬 같은 느낌이 들 때가 있다. 그렇게 떠오르고 지워지며 또 만들고….

전공을 안 해서 클래식을 많이 치지 못했다. 초등학교 6학년 때까지 피아노를 배운 게 전부이지만 피아노 앞에 앉으면 나도 모르게 즉흥적으로 멜로디가 나온다. 그렇게 음악은 나에게 자유로운 창조와 끝없는 상상을 경험하게 했다. 아침의 상쾌한 리듬은 하루의 시작을 위한 청량제 역할을 한다. 가끔은 전문가인

양 착각하는 즐거움도 괜찮다. 부족한 아마추어지만 이 끝없는 '生show'창조놀이가 나를 매일 임파워링 시켜준다.

캄캄한 밤에 피아노에 헤드폰을 연결하고 피아노를 치는 즐거움! 아무 생각 없이 오직 소리에 집중하며 밤의 스릴을 느끼고 틀리거나 맞고 없이 손 가는 대로 이어간다. 옥타브를 뛰어넘기도 하고 세상에 없는 리듬의 배열을 즐긴다. 어떨 때는 불협화음도 사랑스럽다.

강의를 위한 퍼포먼스 연습도 할 겸 음악을 들으면서 스트레칭도 한다. 마치 예술의 전당 오페라 하우스 무대에서 공연하는 뮤지컬 배우라도 된 듯이… 경험을 안 해 본 사람들은 그 기분을 모를 것 같은데 잠도 잘 온다. 나이 들어서 유연함이 부족하면 잘 넘어진다.

스트레칭용 곡은 보통 유키 구라모토의 피아노곡과 인디안 음악을 사용하고 빠른 템포의 곡은 벨리댄스 곡을 즐긴다. 벨리댄스 음악은 중앙아시아의 특이한 음계로 이루어졌기에 색다른 기분이다. 내가 무슨 벨리댄스를 추겠는가, 단지 그 리듬에 내 느낌대로 아주 조금만 움직여도 좋은 걸 어쩌랴! 인디언 음악은 광활한 평원을 떠올리게 한다. 내가 듣는 소리가 저 우주에도 전해질 것 같은 의식의 확장과 신비로움을 느끼게 한다.

누구에게 감동을 주었던 순간, 누구로부터 감동 받았던 순간들을 떠올려 본다. 그 감동을 더욱 큰 감동으로 승화시켜 본다아.

그때 참 좋았지, 행복했지, 감사해라~. **누군가를 불편하게 했거나 내가 불**
편했던 순간들을 떠올려 보고 리듬을 따라 흘려보낸다그럴 수도 있
는 것, 그도 나름대로 최선을 다했겠지, 내가 좀 모자랐구나! 멍청이, 괜찮아, 또 내일이!.

　때로는 내면에서 어떤 말들이 툭 터져 나오는지 느끼면서 나
의 내면과 대화도 하게 된다. 저만큼 있는 나는 여기 있는 또 다
른 나에게 무슨 말을 하고 있는가? 구름 위에서 나를 내려다본
다면 어떻게 보일까?

　'生show 테라피!'라는 표현이 어떨까!

아픔에서
승화와 성숙으로

　2008년 가을, 어느 정신병원의 음악치료사 면접을 보러 갔을
때 젊은 원장님은 나의 프로필을 보면서 고개를 갸우뚱했다. 그
때 나는 음악치료 수업을 성실하게 하고 있었지만 그 외에는 별
다른 경력이 없었다. 프로필을 보고 있던 원장님의 첫마디에서
부터 나는 위축되었다.

　"음악 전공을 안 하셨네요."
　"네."
　"석 · 박사 학위가 없으시네요."

"네."

"보기보다 나이가 많으시네요."

"네, 좀 많습니다."

　　나는 그 순간 신문지가 구겨지는 듯 초라함의 극치를 느꼈다. 얼른 그 자리를 뜨고 싶었다. 그때 어떤 환자의 보호자가 찾아와서 원장님은 나에게 3분만 기다려 달라고 하고 잠시 자리를 비웠다. 나는 "이때다. 사라져야지." 하는 번득이는 생각과 함께 다른 쪽 문으로 나와 버렸다. 데스크의 간호사에게 내가 역량이 부족한 듯해서 그냥 간다고 원장님께 말씀드려 달라고 부탁을 했다.

　　그리고 두 시간을 걸어 집에 왔다. 눈물도 뚝뚝 흘리면서. 그날 오전 음악치료 수업을 위해서 가지고 나온 가방 속의 핸드벨 종소리가 움직일 때마다 '댕그렁' 하고 울렸다. 오전에는 나를 일깨우는 상큼한 소리로 들렸는데 돌아올 때는 얼마나 처량하게 들리던지….

　　"그래 김미정, 네가 뭘." 하며 신세 한탄을 했다. 아픈 세 곳의 정곡을 그대로 찔린 느낌은 이제껏 경험하지 못한 것이었다.

　　"제대로 인정받고 일을 하고 싶은데 그렇게 내가 자격 미달인가? 전공 안 했어도 몇 개의 악기는 다룰 수 있고 석 · 박사 없이도 어려움 없이 하고 있고 클라이언트들과도 좋은 관계를 유지

하고 있는데… 그 원장은 나를 참 모르는구나."

음악치료 수업에서 감동적인 시간을 떠올리며 원장님을 끝없이 원망했다. 무시하는 것 같은 눈빛이 떠올랐다. 우리의 현실인 것도 실감했다. 속내를 얘기할 만한 강사님도 없었고 그리고 싶지도 않았고 나의 반경은 그만큼 좁았다. 가족들에게도 맥 빠지는 말을 하고 싶지 않았다.

그렇게 몇 달간의 성장통을 겪은 후 세상을 좀 더 알고자 사회복지대학원 석사과정에 입학했다. 동시에 코칭에 눈을 떴고 국제 과정까지 마치게 되었다.

인생 2막, 마음공부 심화과정의 여정이 시작되었고 뒤늦은 공부는 밤을 새워도 행복했다. 스펀지처럼 흡수가 잘 되었고 충격 완화제의 역할을 했다. 새로운 세상을 경험하며 좋은 에너지를 주고받았다. 나에게 그런 잠재능력이 있었는지도 몰랐고 나의 호기심은 끝이 없었다. 누군가의 잠재력을 이끌어내며 동행하는 코치로서의 역할에도 감사하게 되었다.

그렇게 엑기스 넘치는 과정을 통해 끊임없이 성장할 수 있었다. 그런 노력은 나로 하여금 소통과 코칭 강사로 씨앗을 뿌리게 했고 감사하게도 많은 곳의 부름을 받았다. 모든 강의에 음악적인 콘텐츠를 첨가하는 방식은 어떤 장소에서도 통했고 음악치료뿐만 아니라 감성 코칭 강사로서 성장하는 통로가 되었다. 이화여대 최고명강사 과정을 통해서 강사로서의 철학과 자세를 익혔고 용기와 기회를 주신 안병재 주임교수님께 감사드린다. 훌륭한 강사님들과의 네트워크를 쌓으며 동반 성장이라는 가치도 경험했다.

아내의 생활리듬 변화에 적잖이 당황했던 남편이지만 예전보다 더 많이 집안 살림을 도와주고 있다. 지방 강의를 갈 때는 이른 새벽 서울역까지 태워주는 자상함을 보여준다. 가정의 테두리 말고는 아무 경력이 없는 보통 주부였던 내가 그만큼의 고독과 사색과 눈물이 없었다면 이렇게 성장할 수 있었겠는가. 나 정도면 운이 좋은 편이라는 생각까지 들게 되었다.

이제 나는 나의 아픈 정곡 세 곳을 찌른 원장님을 나의 성장 동력의 스승으로 생각한다. 많은 분들의 삶의 뒷얘기를 들으면서 내 얘기는 아픈 것도 아니라는 생각도 했다. 고통에서 교훈을 얻고 승화를 통해 성장하며 그렇게 성숙해 가는 나의 인생 이막 여정을 사랑한다.

승화Sublimation! 성숙Maturement!
고통에서 얻은 교훈이 무엇인가요?

백범기념관에서
흘린 눈물

2013년 가을 어느 날, 한국강사협회의 명강사로 선정되었다는 말에 귀를 의심했다. 한국강사협회 명강사님들의 경력과 인품이 얼마나 훌륭한지 알기에 더 많은 내공과 강의 경험을 쌓아야 한다고 생각했었다. 평범한 주부였던 내가 뒤늦게 많은 아픔을 위해 치유활동을 한 것을 좋게 봐주신 것 같다. 하지만 경력이 너무 미미하기에 기쁨 못지않게 불편했다.

그래서 백범기념관에서의 기념 강의를 위해 독특한 무엇을 만들고 싶었다. 음악치료사를 하면서 기타의 이니셜로 몇 년 전 만들어놓았던 '기타를 향한 나의 철학'이 있었다. 그것을 강의안에 첨가했고 짧고 강하게 전달했다.

Gratitude: 감사
Understanding: 이해
Interesting: 재미
Thoughtful: 사려 깊음
Authentic: 진정성
Resilience: 회복

강의 마지막에 나의 노래_{김용택 님의 시 '당신의 앞'에 리듬과 멜로디를 붙인 노래}를 부르면서 결국은 눈물이 터졌다. 강사 초기에 처음 만났던 장애 아동들과 엄마들, 병원의 환우분들에게 이 노래를 바친다고 말하며 노래를 했다. "그 시간이 아니었다면 지금의 내가 없습니다."라고 했을 때 많은 강사님들이 함께 눈물로 공감해 주셨다. 진정성 있는 강사로 성장하겠다는 신념과 의지가 생겼다.

　　이 세상에 당신이 있어 내가 행복한 것처럼

　　당신에게 나도 행복한 사람이고 싶습니다.

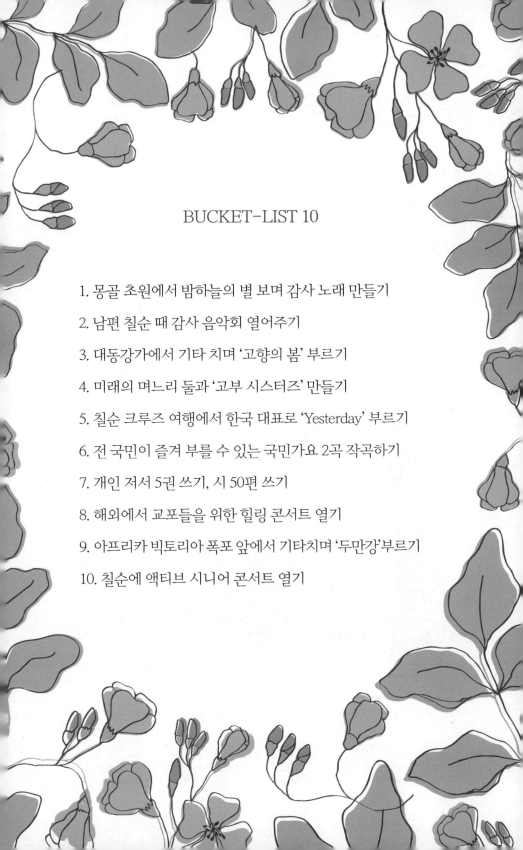

BUCKET-LIST 10

1. 몽골 초원에서 밤하늘의 별 보며 감사 노래 만들기

2. 남편 칠순 때 감사 음악회 열어주기

3. 대동강가에서 기타 치며 '고향의 봄' 부르기

4. 미래의 며느리 둘과 '고부 시스터즈' 만들기

5. 칠순 크루즈 여행에서 한국 대표로 'Yesterday' 부르기

6. 전 국민이 즐겨 부를 수 있는 국민가요 2곡 작곡하기

7. 개인 저서 5권 쓰기, 시 50편 쓰기

8. 해외에서 교포들을 위한 힐링 콘서트 열기

9. 아프리카 빅토리아 폭포 앞에서 기타치며 '두만강' 부르기

10. 칠순에 액티브 시니어 콘서트 열기

How many times
must a man look up
Before he can see the sky
How many years
must one man have
Before he can hear people cry

사람이 하늘을
얼마나 올려다봐야
진정 하늘을 볼 수 있을까
얼마나 많은
세월이 흘러야
사람들의 아픔을 들을 수 있을까

Bob Dylan의 'Blowing in the wind'에서

제 3 장.

하모니 감성 코치로 성장

마음 듣기, 소리 읽기

음악과
코칭의 만남

늦은 마음공부 여정의 중심이 되어준 '코칭'은 나를 강사이기 전에 한 인간으로서 성장하게 했다. 누군가의 잠재력을 발견하고 함께 목표를 위해 동행하는 코치의 역할은 또 다른 변화의 동력이 되었다. 자격 취득을 위한 오랜 실습은 관계 속에서 진정성의 소중함을 느끼게 했고 상대를 있는 그대로 바라볼 수 있는 힘을 키워주었다. 아울러 나의 부족함을 깨우쳐주었다. 2012년 한국코치협회의 인증코치KPC가 되기까지 다양한 코칭 워크숍을 수료하고 멋진 코치님들과 스터디 그룹을 통한 의식 향상 공부로 행복했다.

코칭과 음악치료가 만났다. 나는 평소에 음악치료는 환자들뿐만 아니라 일반인들에게도 필요하다고 주장해 왔었다. 그런데 일반인들 중에는 '치료'라는 단어를 불편하게 생각하는 사람들이 있어서 '음악치료' 대신에 '뮤직 코칭'이라는 표현을 사용하면 어떨까 하고 생각했다. 그리고 코칭과 음악을 접목한 '뮤직 코칭'이라는 개념을 콘텐츠로 하여 새로운 강의 패턴을 시도했다. 그러니까 '뮤직 코칭'이라는 단어를 내가 처음으로 사용했다고 해도 틀린 말은 아니다.

기업 코칭 연구회에서, 새해를 맞이하고 한 해를 돌아볼 수 있는 차분하면서도 즐거운 뮤직코칭 강의를 요청했다. 코치님들 앞에서 하는 첫 강의였기에 설렘도 컸다. 절대 긍정의 에너지로 똘똘 뭉친 코치님들 앞에서 강의할 때는 눈빛만으로도 긍정과 역동이 넘쳤고 그렇게 좋아할 줄 몰랐다. 코치님들은 하나처럼 움직여 주었고 온몸으로 리듬을 타며 강력한 긍정의 기운으로 호응해 주었다. 상상 게임에서는 짓궂은 상상으로 즐거웠고 서로를 위한 명상에서는 나, 너, 우리의 하나 됨을 느끼고 서로를 축하했다. 경청·공감·칭찬·인정·격려와 소통의 단어들을 하모니로 외쳤고 의식 수준이 높은 코치님들의 감정 이입은 최고였다.

작은 타악기들을 활용해서 즉흥리듬을 즐겼다. 기적 상상을 외칠 때 일제히 추임새를 넣어주는 장난기 넘치는 모습이 흥겨웠다. 코치님들의 행복한 표정에 강의안 만드느라 며칠 힘들었던 노고도 잊을 수가 있었다. 나의 창작물들을 코치님들은 마음껏 즐겼고 '뮤직 코칭'은 더욱 빛이 났다. 마지막에 'Don't forget to remember me'를 함께 부르면서 우리의 클라이언트를 떠올리자고 했다.

초보 강사, 초보 코치인 나를 향한 코치님들의 격려와 응원의 박수 소리가 지금도 들린다. 나는 마치면서 이렇게 말했다. "리듬을 타면 코칭이 유연하고 즐겁고 기억에 남습니다. 언어의 스킬에만 국한하지 말고 온몸으로 리듬 타는 코치가 됩시다. 새해엔 뮤직 코칭으로 더 기여하겠습니다. 코치님들의 호응에 눈물

나게 감사합니다."

2012년 대한민국 코치대회 오프닝에서 기타 반주와 함께 노래를 불러달라는 요청을 받고 얼떨떨했다. "이왕이면 좀 더 젊은 전문 뮤지션 코치님으로 하지 내가 뭘 어떻게 해." 하면서도 두려움 반, 설렘 반으로 준비했다. 그해 코치대회의 슬로건이 행복 코칭이었기에 '행복한 추억'이라는 꽃말의 '에델바이스' 노래를 선택했다. 어지간히 연습을 했고 연습을 할 때 우리 집 거실은 상공회의소 국제 회의장이라고 생각했다. PPT도 멋있게 준비했다.

상공회의소 국제 회의장의 몇백 명의 청중들 앞에서 얼마나 떨렸는지 모른다. 슬라이드에는 에델바이스 꽃과 오스트리아의 풍광이 이어졌다.

노래가 끝난 후 쭈뼛거리면서 내려오는 아마추어 뮤지션을 향한 박수 속에 행복했다. 모 기업에서 오신 어떤 분이 "내가 지금 아주 우아한 자리에 초대받은 것 같이 행복합니다."라고 감사를 표했다. 그리고 존경하는 박창규 코치님께서 나를 향해 엄지손가락을 힘차게 올려주시던 소리 없는 격려의 메시지를 잊을 수 없다. 이런 영광된 기회를 주신 한국코치협회에 감사, 나를 성장케 해준 코칭에 감사, 응원해 주고 세워 주신 코치님들에게 무한 감사를 드린다.

I love coaching!

그대는
임파워링 뮤직 코치

　존경하는 박창규 코치님께서 개발하신 '임파워링 코칭' 워크숍에 뮤직 코칭 강의 요청을 받았다. 악기와 도구들을 사용하여 하모니와 리듬을 첨가했더니 강의 효과 향상과 동시에 즐거움이 더해졌다. 임파워링 코칭 프로그램 과정에서 나오는 긍정의 단어들을 리드미컬하게 외치고, 조합해서 문장으로 만들고, 몇 팀으로 나누어서 돌림노래도 했다.

　탁월한 코칭 프로그램인 '임파워링 코칭' 프로그램에 뮤직코칭을 첨가하며 처음으로 코칭 워크숍을 진행할 수 있었기에 더없는 영광이었다. 박창규 코치님은 우리나라 최초로 미국 코치협회의 MCCMasterful Certified Coach자격을 받으셨고 70세가 넘으셨어도 배움과 성장을 위해서 끊임없이 노력하시는 분이다. 그러기에 더욱 값진 시간이었다.

　박 코치님의 영성 코칭 워크숍에서의 추억도 잊지 못한다. 모두 둥그렇게 둘러서서 우리의 동요와 7080 노래를 20분간 쉬지 않고 메들리로 불렀다. 나는 예정에 없던 즉흥 음악 시간을 위해 허공을 바라보며 송아지부터 시작해서 느낌대로 떠오르는 노래를 부르며 기타를 쳤다. 모두가 자유롭게, 가사를 기억 못 하면 '라라라'를 부르며, 잘하려고 애쓰지도 않고, 앞서려고도 하지 않았다. 못해도 부끄럽지 않고, 때로는 눈을 감고 몸이 가는 대로 움직였다. 나의 조그만 기타와 함께 계획에 없이 진행된 힐링 시간, 코치님들의 무아지경 같던 표정들을 잊지 못한다. 점잖기만 하신 박창규 코치님께서도 리듬에 반응을 하시고 흥겹게 동작을 하셨다. 박창규 코치님께서 "You are empowering music coach!"라고 해주셔서 나는 "Yes, I am empowering music coach!"라고 큰 소리로 답했다.

　몸동작과 함께 하는 소리는 오래 기억된다. 이렇게 '뮤직 코칭'은 날개를 달았고 조금씩 더 발전하면서 지금의 '하모니 감성 코칭'으로 성장했다. 그리고 나에게는 '하모니 코치'라는 이름이 붙여졌다. 나는 강의 중에 기타를 칠 때 "강의하다가 갑자기 무슨 기타야?" 하며 누가 뭐라고 하는 건 아닐까 하고 불안했었다. 그러나 그런 적은 결코 없었다. 음악은 우리 모두에게 공통 분모였다. 이렇게 음악과 코칭의 만남으로 새로운 세상이 시작되었다.

나는야 행복한 코치

김 미 정

잠재력이 보여요 탁월함이 보여요

그대의 눈동자 속에

아무도 모르는 놀라운 능력을

이제부터 느껴 봐요.

호기심의 세계로 마법의 세계로
그대의 빛나는 별을 향해
그대와 함께 동행하는
나는야 행복한 코치! 코치!

BITTER and SWEET

딸이 없어서 그런지 아들 또래의 딸들을 보면 그렇게 예쁘고 신기하기까지 하다. 특히 라이프 코칭을 할 때 그 또래의 여성들을 만나면 넋을 놓고 쳐다보기도 했다. 유학을 마치고 온 27세의 이 선생님은 당찬 포부와 목표를 제시하며 여성으로서의 아름다움도 마음껏 발산했다.

그녀와의 코칭을 잠시 떠올린다.

그녀는 어느 날 영어학원 원장이 된 미래의 자신의 모습을 상상했다. 병아리 색의 학원 빌딩을 짓고, 5층은 원장실로 하고, 원장님의 의상은 심플하면서도 카리스마 있게… 화장은 엷게, 아이섀도는 생략하고 학생들과 친밀한 대화를 나누는 모습을 떠올렸다. 성능 좋은 스피커를 설치한 교실에서 잔잔한 클래식과 팝이 흘러나온다. 선생님들은 미소 띤 얼굴을 하고 교실마다 최고의 어학 시설을 갖추고 있다. 성공한 여성 리더로서 기자와의 인터뷰 장면을 상상하면서 코칭 대화를 이어나갔다.

　"지금 떠오르는 과일이 있다면?"

　"자몽이요."

　"자몽? 왜 자몽이 떠오르죠?"

　"자몽은 처음엔 좀 쓴맛이 있지만 곧 단맛이 나요. 지금 나에게 필요한 말이에요."

　"와우, 아름답고도 강력한 표현입니다."

　"그 느낌을 또 다른 키워드로 표현한다면 어떻게 표현할 수 있을까요?

　"BITTER and SWEET!"

　"그러니까 쓰고도 달다는 뜻이죠? 많은 걸 함축한 표현입니다."

　"네. 미국에서 공부하며 논문 쓰고 졸업할 때까지의 힘겨움이 있었지만 지금 나의 목표와 비전을 떠올리면 얼마나 행복한지 몰라요, Sweet해요, 하고 싶은 노래가 있어요."

　"네, 무슨 노래?"

　"산바람 강바람!"

　"정말? 날씨도 더운데 어울리는 노래네요. 불러볼까요?"

　산위에서 부는 바람 시원한 바람

　그 바람은 좋은 바람 고마운 바람

　여름에 나무꾼이 나무를 할 때

　이마에 흐른 땀을 씻어준대요

　"코치님과의 이 시간이 저에게는 시원한 바람, 고마운 바람이에요. 코치님이 저의 이마에 흐른 땀을 씻어주셨어요. 잊지 못할 것 같아요. 감사합니다."

"오늘의 키워드를 BITTER and SWEET라고 해도 될까요?"

"네, 코치님!"

나도 그녀도 살짝 눈물이 고였고 가벼운 포옹을 했다.

BITTER and SWEET!

Pops Japanese

일본어를 공부했던 경력은 내 삶을 다양하게 해 주었다. 2009년부터 2012년까지 '음악이 있는 일본어 교실' 강의를 하게 되었다. 엔카 140여 곡을 번역했는데 번역은 공부라기보다 예술이었다. 그 기간 동안 3권의 교재를 만들고 우리의 정서에 어울리게 번역하는 일이 흥미 있었다. 이미 일어에 능통하신 회원분들이었고 학업에 대한 열정도 대단했기에 나는 일본어뿐만 아니라 한문공부도 많이 해야 했다. 번역을 한 후 노래를 할 때에는 기타를 치면서 했는데 속도 조절과 부분적인 반복이 자유로웠다. 회원들은 전자음향보다 라이브 기타 소리가 부드럽고 친근감이 간다고 좋아했다. 매주 화요일 11시는 회원들의 사랑도 받는 시간이며 일본어와 음악이 어우러진, 자랑 같지만 인기 강좌였다.

강의료를 많이 준다는 다른 강의와 겹쳐도 일본어 수업이 우선이었다. 엔카의 가사는 섬세했고 우리의 정서와 비슷한 부분도 많아서 감정이입도 잘 되었다. 엔카의 절묘한 운율의 조화에 매력을 느꼈고 섬세한 가사를 의역할 때 어떤 회원분이 "선생님은 시인!"이라며 칭찬도 해주셨다. 번역 준비를 위해서 어떤 날은 문장 하나를 놓고 새벽까지 앉아 있기도 했다. 강사로서 자리 매김할 수 있는 에너지원이 되었던 소중한 시간이었다. 아쉬운 마음 가득하나 원래 지향하고자 하는 강의를 위해 2012년 12월 말로 3년 9개월간의 강의를 정리했다. 두 달간의 재능기부 특강으로 하려고 했던 것이 3년 9개월간으로 길어졌지만 티끌만큼의 후회도 없다.

회원님들은 "우리가 너무 욕심이 많아서 선생님을 오래 붙들고 있었어요. 이제 놓아드립니다. 그런데 우린 어떻게 하나요?" 하시면서 눈물을 펑펑 흘리셨다. 특히 아버님들이 눈물을 흘리실 때 어쩔 줄을 몰랐다. 최고의 송별회를 해주셨고 지금도 문자를 보내주신다. 어떤 회원님은 "선생님과 함께했던 시간은 다시 경험할 수 없는 행복한 음악치료 시간이었습니다."라고 하셨다. 또 어떤 어르신은 "선생님 만난 후로 보약이 필요 없어요. 선생님 친정어머니께 감사드려요."라고 하셨는데 이 말씀을 지금까지 하루도 잊은 날이 없다.

멋쟁이 회원들과 함께했던 3년 9개월, '나도 그렇게 나이 들고 싶다.'를 깨닫게 해준 시간! 그때 강의를 이렇게 말하고 싶다. 일본어+음악치료+코칭+웰다잉+NLP+의 하모니!!

그때 어떤 회원분이 "선생님이 시도 때도 없이 떠올라요." 하는 문자와 함께 나의 별명을 지어주셨다. 'うかぶ'라고. 浮かぶ: '우까브', '떠오른다'는 뜻 그리고 "うかぶがうかぶ"우까브가우까브라는 문자를 보내주셨다. 앞의 '우까브'는 나김미정이고 뒤의 '우까브'는 떠오른다, 즉 내김미정가 떠오른다는 뜻이다.

지금 누가 떠오르는가?

중년이 아름다운 이유

"지금부터 짝꿍과 동시에 30초 동안 정신없이 남편 흉 보기 시작! 중간에 끊기면 지는 겁니다."

'행복한 중년을 위해서'라는 주제로 강의를 할 때는 화두만 꺼내면 급속으로 통한다.
중년의 막바지에 와서 느껴본다. 우울증을 앓는 중년 여인들이 의외로 많다는 것을 알게 되면서 중년의 우울을 극복하기 위한 프로그램을 색다르게 구성해 보았다. 강의 주제를 '중년이 아름다운 이유'라고 하고 "중년이 아름다운 이유가 무엇일까요?" 라는 질문으로 시작했다. 그러니까 중년이 이미 아름답다는 것을 전제한다. 여기저기서 중년이 아름다운 생각하지도 못한 이유들이 나오면서 한바탕 신이 난다. 그럴싸한 이유들이다.

"젊지도 늙지도 않았기에 젊음도 이해할 수 있고 나이 듦도 이해할 수 있으니까, 다가올 노년을 준비할 수 있으니까, 겁이 점점 없어지니까, 인내심도 많아지니까, 외모의 평준화가 시작되니까, 남편을 동생 같은 마음으로 보게 되니까, 기운이 세지니까, 눈물이 많아지니까, 등살 뱃살을 편안하게 인정할 수 있으니까, 늘어나는 주름살을 인정하게 되니까…."

음악치료와 코칭 임상 사례들을 얘기하면 넋을 잃고 푹 젖어든다. 그리고 끊임없는 질문을 던지면 답을 말하느라고 배꼽 잡고 웃다가 울컥해지기도 하고….

나는 어떤 엄마였나? 어떤 배우자였나? 어떤 시어머니인가가 될까? 혹은 어떤 장모님인가이 될까? 다가올 노인 세대를 어떻게 준비하고 있는가? 나의 소통 점수는 몇 점인가? 혼자 여행한다면 어디를 가고 싶은지? 올해 가기 전에 남편한테 받고 싶은 선물은? 아직도 꿈꾸고 있는 것은? 옆집은 어떻게 살 것 같은가? 옆집 남자 같은 남편과 살면 행복할 것 같은가? 나의 마지막 순간을 위한 독백은? 지금부터 어떻게 변하고 싶은가? 몰래 숨겨 놓은 비상금이 얼마나 있는가? 왜 저 집은 행복하게 보일까? 갑자기 10억이 생기면 무얼 하고 싶은가? 며느리가 딸 같을 수 있을까? 시어머니가 친정엄마 같을 수 있을까? 저 여인은 성형을 한 얼굴이겠지? 웰다잉에 대한 나의 철학은? 아직도 보석 알 크기가 중요한가? 옛 애인을 길 가다가 문득 마주친다면 어떤 기분일까? 그 때 그 양반과 결혼했다면 난 지금 어디 있을까?

"미정이를 만나서 기분 좋은 날, 전국의 미인들이 여기 다 모였네요." 하며 즉흥 노래도 부르고 7080 노래도 부르면서 분위기는 최고에 이르렀다. 1부 강의를 마치자 실장님이 오셨다.

"샘요, 얌전하게 생기신 분이 우째 그리 에너지가 넘치십니꺼? 완전 예상 밖이라예. 억수로 얌전해 보여서 모두 졸면 우야노 했는데 카리스마도 있고 웃기다가 울리다가 기타에 노래에… 그래서 강의료 더 드리려고 합니더."

세상에나! 중간에 강의료가 올라가는 희한한 상황이 생겼다. 그때 또 한 회원님이 오시더니 "속상한 것 다 날라가뿟어예. 많이 웃고 울었어예, 에너지 짱이라예." 하며 손을 잡아 주셨다. 중년의 경상도 여인들의 구수한 사투리가 다시 그립다. 신명 많은 P농협 여성대학에서 한바탕 열기를 올렸다. 나 역시 같은 세대를 살아 온 중년이기에 내내 통했고 마음껏 즐겼다.

감사합니데이~! 아름다운 중년 아입니꺼?

'5고 1자'
털 건 털고 버릴 건 버리고 잊을 건 잊고
날릴 건 날리고 묻을 건 묻고 좋은 것만 품자!
—어느 날 지하철을 기다리다가 만든 리듬 놀이—

이런 교육을
일찍 받았더라면 – 전직 지원 교육

"이런 교육을 왜 이제 하나요?"

○○ 자동차의 전직 지원 강의 요청을 받고 '행복한 인생 2막
을 위한 감성 리더십' 강의를 준비했다. 전직하시는 분들에게 용
기와 희망을 주고 격려와 힐링이 되기를 원한다고 했다.

오래 일하던 직장에서 퇴직을 눈앞에 둔 분들이기에 조금은
가라앉고 경직된 느낌이었다. 분위기에 대한 사전 얘기를 들었
기에 마음의 준비는 했지만 역시 긴장이 되었다.

"먼저 열심히 살아온 스스로에게 큰 박수를 쳐 볼까요?"
"열심히 살아온 옆의 동료에게도 큰 박수를…."

감사한 것들을 떠올려 보았다.
지금까지 회사를 위해 열심히 일해 온 자신에게 감사를….

나에게 일터를 제공해 준 회사에게 감사를….

매달 월급을 받을 수 있었기에 감사를….

함께 동고동락을 해왔던 옆의 동료에게 감사를….

회사에 충실할 수 있도록 도와준 가족에게 감사를….

일할 수 있었던 훌륭한 시설에 감사를….

맛있는 점심을 제공해준 구내식당에 감사를….

출퇴근 때 이용했던 교통수단에 감사를….

매일 아침 반가운 인사를 해주신 경비 아저씨께 감사를….

직장생활 중 힘겨웠던 상황의 극복기, 누구에게 도움을 준 것, 고마웠던 동료상사, 부하 직원 이야기도 했다. 새로운 목표를 위해 실천할 수 있는 것을 서로 묻고 답하며 응원과 지지를 해주었다. 첫 인상의 소중함을 얘기하며 자기소개를 30초간 엑기스 있고 짧게 하는 연습도 했다.

인생 2막을 위해 "나의 소통 능력이 어떻게 변하기를 바라는가?" 하는 질문엔 잠시 진지했다. 이제부터는 좀 업그레이드된 소통으로 살아보자는 의미로 사례를 보며 소통 실습을 하고 느낌도 얘기했다. 전직과 인생 2막의 새로운 세팅에서 무엇을 내려놓고 무엇으로 다시 채워야 할까를 서로 나누었다. 젊었을 때부터 하고 싶었던 것이 무엇인지도 말하며 공감했다. 버츄카드와 역량카드를 활용한 단어조합으로 문장 만들기, 인생 설계 키워드를 만들며 당당하게 발표했다.

둘이서 한마음을 경험하는 게임에서는 진지함과 배려심을 볼 수 있었다. 노래를 하자는 의견이 있어서 7080 노래 두 곡과 대표 트로트 곡 '미워도 한세상 좋아도 한세상'을 불렀다. 노래할 때의 표정은 모두가 더없이 행복했다. 어떤 분은 노래가 끝나자 "교육 중에 노래하니까 정말 좋네요. 교육 효과도 올라가고…." 하며 더 부르자고 요청도 했다.

'과수원길'을 부르면서 서로 어깨와 팔을 마사지해주고 천진난만한 미소를 띠며 포옹했다. 어떨 때는 개구쟁이 같은 모습도 보였다. 함께 전직하는 모든 동료의 행복을 빌어주며 강의하고 있는 김미정 강사도 평범한 주부에서 뒤늦은 인생 2막으로 행복하다고 말했더니 모두 박수를 쳐주셨다. 마지막에 자기 사랑 명상을 하고 자기 사랑 노래를 불렀다.

"이런 교육을 왜 이제 하나요? 좀 더 빨리 했으면 직장생활도 더 즐겁고 관계도 좋았을 텐데~" 하고 아쉬움을 표하는 분도 있었다. 일방적인 강의가 아닌 참여를 통한 강의로 힐링과 동기부여와 의미 있는 시간이 되었다고 했다. 은퇴를 앞둔 점잖은 분들이기에 과연 호응해주실까 하는 염려는 기우였다. 호응해주신 분들의 행복한 전직과 인생 2막을 기대한다.

긍덕기
肯德基

"여러분, 肯德基가 무엇일까요?"

몇 년 전에 중국 여행을 가서 시내에서 보았던 레스토랑 이름 중에 '肯德基'라고 쓰여 있는 레스토랑을 보았다. 켄터키 프라이드치킨의 중국식 표현이었다. 이 단어가 켄터키 프라이드치킨과 어떤 관계가 있는지 알아보았더니 아주 단순했다. '켄터키'와 가장 가까운 발음의 중국 한자로 만든 것이었다켄터키→긍덕기. 긍정적이며 덕이 있고 기본이 된다는 뜻으로 의미와 뜻까지 고려한 발상이었다. 이는 L통신의 직원들을 위한 역량강화 교육에서 사용했던 퀴즈였다. 맞추는 사람은 없었지만 아주 흥미로웠다. 나는 또 질문했다. "全家는 무엇일까요? Family Mart의 중국식 표현입니다." 모두 호기심으로 눈빛이 빛났다.

일방적인 강의를 지양하고 참여형 강의를 요청하였기에 재미있는 팀 빌딩도 구상했다.

"'그대 없이는 못 살아' 노래를 부르는데 '그대' 대신에 이름을 넣어서 불러봅니다. 예를 들어서 '김 대리를 좋아해', '박 상무님을 좋아해', 그렇게 합니다."라고 하자 처음엔 쑥스러워했지만 곧 '김 과장을 좋아해' 하면서 친근해졌다. 그리고 작은 스카프를 인원수대로 나누어 주고 자기의 스카프로 파트너를 멋있게 꾸며주도록 요청했다.

"어떻게 하면 한 장의 스카프로 나의 파트너를 가장 빛나게 해줄 수 있을지 먼저 긍정의 눈으로 바라봅니다. 서로 상대방에게 스카프 장식을 해준 후에 왜 그렇게 장식해주었는지에 대해서 대화를 나누는 겁니다."

그렇게 모두가 집중해서 파트너에게 스카프 장식을 해주고 대화도 나누었다.

"우리를 위해 애쓰시는 과장님 팔을 멋있게 해드리고 싶었어요."^{팔에 장식}
"고마워 김 대리, 이 팔로 우리 팀을 더 많이 사랑할게요."

"열심히 뛰는 김 대리 발목을 사랑해주고 싶었어요."^{발목에 장식}
"감사합니다. 과장님, 이 발로 더 뛰겠습니다."

덕담과 감사와 포옹이 이어졌고 인증 사진도 찍었다. 나는 다음 과정을 이어나갔다.

"여러분, 이번에는 6명의 조원들 중에서 한 사람을 밀어주는 겁니다. 5명이 각자의 스카프를 풀어서 한 사람을 자기 조의 대표로 최고로 멋있게 장식해 주는 겁니다. 그 한 사람이 누가 될까요? 조원들이 의논해서 한 사람을 정하고 그분을 위해 장식해주는 겁니다."

말이 떨어지자마자 조원들은 한 사람을 정하더니 각자의 스카프를 풀어서 열심히 여기저기 장식해주고 있었다. 점잖기만 하던 그들의 모습에서 장난기가 보였고 웃음이 그치질 않았다. 시간이 지났는데도 더 멋지게 해주고 싶은 손길이 계속되었다. 나는 새롭게 요청했다.

"대표들은 나와서 자기를 장식해준 팀원들에게 감사의 보답으로 멋진 춤을 추시는 겁니다."

경쾌한 음악에 맞춰서 대표들이 자기를 세워준 팀에게 춤으로서 감사의 표현을 할 때마다 환호가 터져 나왔다. 대표 모두가 춤을 추자 강의장 전체가 잠시 흥겨운 한마당이 되었다. 스카프를 두른 L통신 직원들의 사진을 볼 때마다 그날의 감동과 재미를 느낀다. 감성 코칭 강의에서 사용하려고 구상했던 조직의 화합을 위한 팀 빌딩 방법인데 할 때마다 즐겁다.

이 또한 긍덕기肯德基가 아니었을까?

가슴 뛰는
액티브 시니어

"감탄만 잘해도 소통이 잘될 것 같지 않나요? 슬라이드에 새로운 그림이 보일 때마다 마음껏 감탄하세요. 또 어떤 단어가 툭 하고 나오는지 느껴 보셔요. 시작합니다."

"와우 멋져부러. 어머머, 세상에나. 환상이다 환상. 저렇게 나이 들고 싶다. 눈물겹다. 오우!"

액티브 시니어 과정에서 '액티브 시니어를 위한 감성 리더십' 강의를 할 때는 이렇게 시작했다. 다양한 그림을 보며 느끼고 외치며 의식을 확장하고 좁히기도 하며 맘껏 표현하라고….

치열한 시대를 살아온 우리의 가장들의 입장을 잠시 공감해 본다. 가족과 사회와 나라를 위해 열심히 달려온 50~60대 베이비부머 세대, 배고픔도 가난도 그립고 소중한 추억으로 간직했다. 즐긴다는 것은 사치였고 콧노래를 부르면 경망스러운 행동이었고, 경직된 표정으로 웃음도 참아야 했다. 울타리가 되어준 가족에게 마음 다해 고맙다는 표현도 제대로 못 해봤다. 항상 어깨에는 무거운 짐들을 잔뜩 지고 이 산 넘으면 저 산, 저 산 넘으면 또 다른 산이 있었다.

승진의 축하와 성공의 축배를 올리고도 진정 행복이 무언지 모르는 채 끝없는 감정 노동에 시달리며 나홀로 주먹도 불끈 쥐고 억울한 눈물도 흘렸다.

그래도 일터가 있음에 나의 존재를 확인했고 조금은 당당했건만 지금까지의 나를 사랑하며 이제 지나온 바쁨을 조용히 내려놓으려 한다. 그리고 새로운 가치와 의미로 새롭게 재단하는 기쁨을 누리고 싶다. 상상하며 도전하며 가슴 뛰는 인생 2막을 위해 혼자가 아닌 협업協業의 미덕으로 지금까지 경험하지 못했던 조그만 행복을 물들이고 싶다.

가슴 뛰는 '액티브 시니어'는 나에게 어떤 가치인가?
가슴 뛰는 '액티브 시니어'를 위해 무엇을 하겠는가?

가족과의 불편했던 소통을 떠올리며 명령 주도적이던 소통에서 벗어나 좀 더 Cool한 소통을 실습해본다. 새롭게 기여하는 액티브 시니어의 모습을 상상하며 조그만 변화를 느껴본다.

"여러분, 이제 좀 다른 소통을 하고 싶지 않으신가요?"
"맞습니다. 강사님이 우리 속을 다 들여다보고 계시네요"

"한때는 ○○였는데….." 하고 집착하는 나, "지금 난 뭐지?" 하고 움츠러드는 나, 모두를 이해하자고 했다. "할 수 있어." 라는 셀프 리더십을 가꾸어 나가자는 다짐도 했고 혼자가 아닌 '함께 함'의 에너지를 공유했다. 더 많이 경청, 공감해주지 못해서, 더 많이 칭찬, 인정해주지 못해서 미안한 그 누군가를 떠올렸다. 그리고 옆에 있는 동료의 행복한 인생 2막을 빌어주었다.

흘러간 올드팝인 'Yesterday', 'Try to remember', 'Today', 'Don't forget to remember me'와 7080 노래 '그건 너', '마시자 한잔의 추억', '편지'를 부르며 그 시절로 돌아가기도 했다. 'Yeaterday'를 부르는데 앞에 앉아 있던 선생님의 눈에 눈물이 맺혔다. "선생님, 눈물 흘려주셔서 감사합니다."라고 했더니 "눈물 흘리게 해주셔서 감사합니다."라고 했다. 그들도 즐길 줄 알고 아름다운 감성을 표현하고 감동의 눈물도 흘릴 줄 알았다. 그렇게 할 수 있었거늘 시대가 그런 것을 감추게 한 것이 아니었을까.

부모님 세대와 자식 세대를 모두 마음 써야 함은 물론 본인의 삶도 독립적으로 재단해야 했던 베이비부머 세대들! 동서남북이 모두 벽차기만 한 현실 앞에서 자신감은 없어지고 아직도 할 일이 많다. '열심히'라는 단어에 걸맞게 앞만 보고 오면서 잔뜩 이룬 것 같은데 슬금슬금 사라져 버리고 무엇을 다시 시작해야 할지 모르겠다. 노후에 대한 막연한 불안감으로 잠 못 이루는 젊은 시니어들이 얼마나 많은가. 가치와 의미만을 추구하면서 살기엔 삶이 벅찰 수도 있다. 그럼에도 불구하고 분명히 변화의 물결을 받아들이고자 한다는 것이다.

고학력 은퇴자들의 창직과 여가선용, 사회 기여에 대한 신념이 높아지고 있다. 50+캠퍼스, 인생 이모작 센터, 시니어 플래

너 과정, 액티브 시니어 과정 등 의미와 가치를 창출할 수 있는 프로그램과 사회 시스템이 구축되고 있다. 이러한 상황 속에서 그들의 자신감 향상과 힐링에 기여하고픈 사명감이 생겼다. 지금 우리 세대의 모습이며 나를 위한 힐링이기도 하기에….

고려대 '액티브 시니어 과정'은 현재 주임 교수님이신 김경철 선생님과 김남국 선생님이 의기투합해서 만든 과정이다. 은퇴자들을 위한 두 분의 기여도는 아무리 강조해도 지나치지 않다. 나도 과정의 취지를 알고 1기에 합류했고 현직 강사이기에 강의와 음악치료로 기여했다.

6기에 합류하신 SUN 출판사 정선모 대표님의 기획으로 변화관리를 실천하고 있는 15분의 인생 2막의 생생한 이야기들이 '액티브시니어'라는 이름으로 출간되었고 2016년 2월 16일 출판 기념회를 가졌다. 대기업 임원, CEO, 외교관, 평범한 주부, 석탄 캐던 광부에서 인생 2막을 맞아 변화된 삶을 재단해 나가는 모습이 감동이다. 갑작스런 해고와 부도로 인한 우울증, 자살 충동, 무기력을 극복하고 삶의 의미를 다시 아름답게 맞이하는 얘기는 큰 동기부여가 될 것이다.

2015년 11월 25일 밤 7시 30분 창원 KBS에서 '은퇴 그 후 희망을 찾다, 고려대 액티브 시니어 과정 김남국' 편이 방송되었다. 화려했던 과거에 얽매이지 않고 새로운 인생 이막을 평창에서 열고 계신 김남국 선생님께서 은퇴 후의 아픔을 눈물과 함께 진솔하게 오픈해 주셨다.

나는 방송 촬영을 위해 노사연의 '바램' 노래를 요청받았고 눈물만 안 나오기를 기대하면서 연습했다. 끝까지 최선을 다해서 불렀고 마지막에 울컥했다. 방송 동영상을 보면 노래하는 나를 바라보는 선생님들의 애잔한 표정을 어떻게 표현할지 적절한 단어가 떠오르지 않는다. 귀한 기회를 주셔서 감사드린다. 김남국 선생님 파이팅! 김경철 교수님 감사합니다. 액티브시니어 과정은 더 확장되어서 '액티브시니어 협회'로 성장했고 성수목 초대 협회장님의 탁월한 리더십이 기대된다.

베이비부머 세대들의 이심전심이 마냥 아름다웠다.

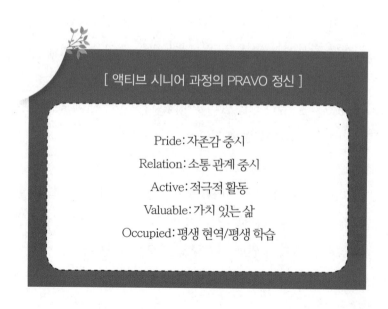

[액티브 시니어 과정의 PRAVO 정신]

Pride: 자존감 중시
Relation: 소통 관계 중시
Active: 적극적 활동
Valuable: 가치 있는 삶
Occupied: 평생 현역/평생 학습

평생 안 해본 걸
어찌 하라고 - 시니어 그룹 감성 코치

"평생 안 해본 걸 어찌 하라고….."

60대 후반에서 70대 초의 부부를 위한 부부행복 코칭 강의를 진행했다. 5커플 10분이 참석했는데 한 커플은 소통이 아주 자연스러웠고 세 커플은 약간 어색했으며 한 커플은 정말 이름만 부부라는 느낌이 들었다. 소통이 자연스러운 커플은 처음부터 웃음을 띠었고 동작도 적극적이었다. 강의를 들으면서도 서로의 손을 만지작거렸다. 나는 먼저 이 자리에 함께 온 배우자를 위해서 박수를 치자고 했고 아버님들을 위해서 더 큰 박수를 치자고 어머님들께 부탁했다. 연세 지긋하신 아버님들이 부부동반으로 이런 강의에 참여하신다는 것이 쉽지 않다는 것을 알기 때문이다.

소통이 어색한 세 커플은 처음부터 동작과 표정이 부자연스러웠고 말은 더 어색했다. 어머님은 표현하려고 하는데 아버님은 관심 없는 표정인 경우도 있고 그 반대 경우도 있고. "지금까지 곁에 있어줘서 고마워요라고 짝꿍 손잡고 한번 말씀해 보실까요?" 했더니 무표정한 아버님이 "뭐시, 그런 말을 꼭 해야 하남? 평생 안 해본 걸 어찌 하라고… 말 안 해도 알아야지." 하시는 것이다.

그래서 나는 "평생 안 해보셨으니까 이 기회에 하시는 겁니다.

그 말씀을 안 하시면 오늘 강의를 마칠 수 없습니다."라고 했더니 어머님 얼굴을 한참 쳐다보시고는 "그쪽에서 먼저 해. 한 사람만 하면 되지 뭐." 하며 명령하듯 말씀하셨다. 쑥스러워하시던 어머님이 먼저 "무뚝뚝해도 고마워요, 오늘 같이 와 줘서."라고 하자, 큰 박수가 터져 나왔다. 그랬더니 아버님께서 "나도 고마워~"라고 하셔서 또 박수가 터져 나왔다. 그 한마디에 어머님은 눈물이 빵 터졌다.

그 시절을 살아오신 아버님, 어머님들의 투박하면서도 깊은 정의 표현이다. PPT에 '젖은 손이 애처로워 살며시 잡아본 순간…'이라는 옛 노래 가사를 띄워 손을 잡고 부르자고 했다. 한 팀만 자연스럽게 손을 잡고 불렀고 다른 팀들은 어색한 모습으로 손을 잡았다. 그런데 한 어머님이 눈물을 흘리셨다. "이 양반이 재미는 없어도 정말 고생 많이 했어요. 내가 곗돈 날리고 정신없을 때 나도 살리고 뒷감당 다 해줬어요. 난 보답하는 맘으로 살아요." 하시는 것이었다.

아버님은 좀 난처한 표정을 지으면서 "그럼 어쩌나, 버려? 살려야지, 자식들도 있는데. 마누라가 나쁜 맘이 아니라 살아보려고 했던 건데. 괜히 쓸데없는 옛날 얘기를 꺼내고 그래요. 우리 마누라도 나 만나서 안 해 본 고생 없는데 뭐. 내가 능력이 빵빵했으면 그렇게 했을까?" 하며 서로를 위로했다. 그 얘기를 듣고 뭉클한 맘으로 다시 한 번 '젖은 손이 애처로워…' 노래를 했다.

애틋한 표현력은 아니라도 서로의 공과 실을 인정했다. 서로에게 귀한 존재임을 확인하며 남은 삶을 감사함으로 살아가겠다는 노부부의 깊고도 잔잔한 애정을 확인하는 순간이었다. 겉으로 드러나지 않는 깊은 신뢰랄까? 무뚝뚝함 뒤에는 젊은이들이 흉내 내지 못할 진한 애정과 동반자로서의 책임감과 '함께함'이 있었다.

점잖게 앉아 계시기만 한 70대 커플은 아무 표정이 없었다. 어머님이 좀 표현하려고 하다가도 아버님 눈치를 보며 포기하시곤 했다. 아버님은 서두에 말씀하시길 "나는 필요한 말만 할 테니까 뭐 시키면 안 돼요."라고 해서 모두가 웃었다. 쉬는 시간에 아버님 옆에 계셨던 어머님이 살짝 말씀하셨다. "남편이 아니라 황제랍니다. 아이들이 아버지가 있으면 모두 침묵이었죠. 손자, 손녀도 할아버지를 무서워합니다. 그래도 친구가 권해서 여기 왔는데요. 느낀 점이 많을 거예요. 어쨌든 같이 와준 게 어디랍니까? 고맙지요." 하며 잔잔한 미소를 지으셨다.

나는 강의 후에 아버님께 다가갔다. "아버님, 젊으셨을 때 인기 많으셨죠? 목소리도 박력 넘치고 눈빛도 힘이 넘치시고…. 맞죠?" 했더니 밝게 웃으시면서 "한 인물 했지. 줄 섰지. 알아주시니 고마워요. 허허허." 하셨다. 나는 조금 애교 섞인 말투로 "아버님, 제 느낌인데요. 알고 보면 아버님은 부드러운 남편 맞지요. 그렇죠?" 했더니 더 큰 목소리로 껄껄 웃으셨다. 그랬더니 어머님께서 옆에 오셔서 "웬일이야. 웃으면서 얘기를 다 하고." 하며 좋아하셨다.

강의를 마치면서 가슴에 손을 얹고 눈을 감고 피리소리 음악을 들으며 명상을 했다.

"조금이라도 변화를 경험하고자 이렇게 참석한 나와 배우자에게 감사합니다. 지금까지 먼 길 함께 동행해준 배우자에게 감사합니다. 나는 나와 내 배우자가 좀 더 행복해지기를 진심으로 기도합니다. 모두 손잡고 '나 하나의 사랑'을 부르겠습니다."

'나 혼자만이 그대를 알고 싶소.'

강의 시작할 때보다 훨씬 부드러워진 모습으로 커플들은 손을 잡고 노래를 불렀다. 그래서 '교육이다'라는 생각이 들었다.

강의를 마치고 함께 나오면서 가장 무뚝뚝했던 아버님이 커피를 뽑아주셨고 처음에 볼 수 없었던 밝고 환한 얼굴로 "감사합니다. 선생님 말씀 기억하겠습니다."라고 하셨다. 그래서 난 다시 "아버님은 알고 보면 부드러운 남편!" 하고 작게 외쳤다.
부드러운 남편임에 틀림없다. 시대와 역할과 위치가 부드러운 남편의 모습을 앗아갔을지도 모른다. 더욱더 교육의 필요성을 실감했다.

고요한 카리스마의
충격

"우리는 센 강의와 센 강사가 필요한데 선생님은 온화한 이미지신데 괜찮으시겠어요?"

R화장품 회사로부터 강의를 요청받고 관계자를 만났을 때 K소장님의 이런 표현에 적잖이 당황을 했다. 옆에 계신 P실장님이 조금 민망한 표정으로 "우린 김미정 강사님을 믿습니다."라면서 강의장을 둘러보자고 해서 함께 일어났다. 칭찬인지 흉인지 아리송한 그런 소통을 한참 이해할 수가 없었다.

이틀 후 나는 영업 직원들을 대상으로 '행복한 성공을 위한 셀프 리더십'이라는 주제로 강의했고 '고요한 카리스마의 충격'이라는 피드백을 받았다. 기업이기에 성과와 성공 얘기도 해야 했다. 임원 대상 라이프 코칭 사례를 얘기하면서 '성과'만을 좇던 임원들이 얼마나 지치고 관계의 악순환에서 힘겨워했는지를 말했다. 자리가 올라갈수록 말할 데가 없다는 걸 알기에 스스로 회복하고 스스로 힐링 하는 습관이 중요하다고 강조했다.

"탁월한 고객은 탁월한 딜러를 원합니다. 나의 코칭 고객 중 자동차 딜러가 있는데 그 딜러가 자기의 고객들과 소통했던 얘기를 들려주었는데 그 탁월함에 놀랐습니다. 그 딜러의 고객 관리 노하우가 기억에 남아서 어느 날 나도 모르게 툭 튀어나온 말이 '탁월한 고객은 탁월한 딜러를 원한다.'였지요. 그 딜러의 고객 중 한 분이 의류 사업을 했는데 자사에서 만든 T셔츠 앞면에 'TOP DEALER'라고 새겨서 그 딜러에게 5장을 선물했다고 합니다. 그 딜러가 얼마나 맘에 들었으면 고객이 그런 의미 있는 선물을 했을까요?"

"그 딜러는 기분이 좋아서 그중의 한 장을 또 코치인 나에게 선물했어요. 강의할 때 강력한 메시지의 콘텐츠가 된답니다. 고객을 여러분 편으로 만들기 위해서 어떤 다양함을 추구해야 할까요? 여러분 스스로가 먼저 매력적인 사람이 되어 '저 딜러에게 사고 싶어라.' 하는 강력한 끌림을 고객에게 주려면 어떻게 해야 할까요? 가격을 좀 더 주고라도 저 딜러에게 사고 싶은 마음이 생기게 하는 것은 무엇일까요?" 잠시 침묵이 흘렀다.

"잠시 제가 만든 동작 하나 할까요?" '된다. 된다. 된다. 된다. 됐다.' 하고 리듬에 맞춰서 하는 손동작을 보여주었다. 파트너와도 함께 하는 방법을 알려주었다. 모두 재미있어 하며 따라했다. 이런 동작을 혼자서 혹은 동료와 자주 즐기자고 했다. 몸이 기억하는 것은 훨씬 강력하다고 했다. 마지막에 '됐다'에서는 이루어진 모습을 상상하자고 했다. 어디선가 이 동작을 만나게 되면 원조가 나라는 것을 기억해달라고 했더니 한바탕 웃었다.

"잠시 눈을 감고 스스로의 탁월함을 떠올려볼까요? 고객을 만나러 갈 때는 밝고 경쾌한 음악을 들으며 콧노래를 불러보면 어떨까요? 매일 새로운 관계를 창조한다는 느낌으로 고객을 만나자마자 먼저 고객의 매력 포인트를 언급해 봅시다."

"대학교 졸업을 앞두고 졸업 자금도 마련하고 싶고 호기심도 한몫을 해서 한 달 반 동안 '엔사이클로페디아 브리태니커' 아르바이트를 한 적이 있습니다. 당찬 여대생으로서 기업의 임원을 만나 소신 있게 말해서 당당하게 주문 카드를 받기도 했고 또 어쩔 수 없이 거절당하는 아픔도 있었습니다. 그래서 영업 직원들의 마음을 일찍부터 이해할 수 있었어요. 그 짧은 경험은 내 사고의 폭을 넓혀 주었습니다. 거절당할 수도 있음을 받아들입시다. 모든 사람들이 나를 좋아할 수 없음을 인정합시다. 그리고 다시 한 번 강조합니다. 행복한 마케팅을 위해 스스로의 회복과 힐링에 적은 시간과 비용이라도 투자합시다. 그래야 재창조가 일어나고 내가 행복해지니까요. 많은 예술인들, 철학자들은 조용히 사색하고 회복할 때 창조를 경험했습니다."

마치면서 나의 18번 팝 송 'TODAY'를 불렀다. 성과와 힐링을 잘 매칭한 강의라는 피드백에 행복했고 연이어 세 번의 강의를 했다.

"우리는 센 강의와 센 강사가 필요한데 선생님은 온화한 이미지신데 괜찮으시겠어요?"라고 하신 소장님, 감사합니다!
'고요한 카리스마의 충격!'

선생님과 기타가
하나예요 – 유방암 환우 대상

"오랜 힘겨움을 극복하신 여러분께 박수를 보냅니다."

'행복한 뮤직 코칭으로의 초대'라는 주제로 유방암^{회복기} 환우
들 40명을 대상으로 그룹 음악치료를 했다. 90%가 유방암 환우
_{지금 진행 중이거나 수술 후 회복기에 있는 분}이고 10%가 친지와 가족이었
다. 무엇보다 큰 아픔을 경험했던 분들임을 고려했다.

가을을 만끽할 수 있는 이미지를 충분히 첨가하고
또 나와 같은 중년의 여성들이라는 점을 고려하고
'숨어 우는 바람소리', '편지', '님그림자'를 부르며
함께 뭉클하기도, 함께 깔깔거리기도 하며
자기를 위해 애쓰는 병원관계자들과 가족들에게 감사하며
힘겨움을 겪은 서로를 격려하고 용기를 주고
나와 너를 있는 그대로 받아들이는 실습도 하며
삶 속에서 많은 아픔들을 극복한 스토리텔링을 들려주며
해피엔딩으로 마친 음악치료의 임상 얘기를 들려주며
옆의 환우분도 아픔을 극복하고 행복해지기를 기도하며
희망자에게 노래와 시 낭송할 기회를 주며
병마를 극복한 스스로를 안아주며 나 사랑 노래를 부르고
나를 힘들게 했던 암세포에게 해주고 싶은 얘기가 있다면?

완치된 후 진정으로 하고 싶은 것이 있다면?
행복 명상으로 나와 가족의 행복을 그리며
나는 너에게 어떤 존재인가. 삶이여!

그렇게 그들에게 잠시나마 평안과 행복을 주려고 나름 준비했다. "여러분, 여러분을 힘들게 했던 그 암세포에게 감사할 수 있을까요?" 하고 다소 경직된 질문도 했다. 잠시 후 한 분이 일어나서 말했다. "남은 삶이 얼마나 소중한지 깨달았습니다. 가족이 얼마나 소중한지를 알았습니다. 겸손함을 터득했습니다. 버릴 수 있는 지혜를 얻었습니다. 소중한 인연들에게 감사합니다. 지금 살아있음의 가치를 다시 깨닫게 되어서 감사합니다."라고 했다. 또 한 분은 "선생님, 음악치료의 파워를 실감했어요."라고 해서 뭉클했다.

사실 강의 준비를 하면서 환우분들이 제대로 호응해줄지 걱정했었기에 그들의 행복해하는 모습에 더욱 감사했다. 불편한 가운데서도 강의에 호응해주신 환우분들과 친지, 가족 여러분들, 병원 관계자 여러분들에게 진심으로 감사드린다. 어떤 환우분이 말했다. "기타가 선생님 몸의 한 부분 같아요. 아니 선생님과 기타가 하나예요." 나의 기타가 더욱 소중하게 느껴졌다.

그분들 모두가 병마에서 치유되어 행복하시기를 기도한다.

텃밭에서 싹트는
중년의 사랑

"옆에 계신 분을 목숨처럼 사랑하시는 분들만 손들어 보셔요."

함께 텃밭을 가꾸는 커플들을 대상으로 부부행복 코칭을 진행했다. 같은 취미를 가진 커플들과의 코칭 워크숍은 뭔가 달랐다. 처음부터 긍정의 에너지를 느끼며 웃음이 그치질 않았고 서로 협조하며 감동도 잘했다. 부부가 같은 취미를 갖는다는 것이 얼마나 소중한 것인지 깨닫게 해주는 시간이었다. 함께 텃밭에서 땀 흘리며 씨 뿌리고 채소를 가꾸며 성장하는 것을 지켜보면서 함께 수확하고 맛보고 서로에게 감사의 에너지를 느끼며 사는 커플들이다.

노래를 부를 때 서로를 그윽한 눈길로 쳐다보며 조경수의 '행복이 무엇인지'를 구수하게 불렀다. 포옹도 적극적이고 경청하고 공감하며 미안한 표현도 솔직하게 했다. 못 추는 춤도 흥겹게 추었다. '그런 모습으로 중년을 보내면 앞으로 맞이할 노후도 얼마나 아름다울까? 그런 모습을 보고 자란 자녀들은 또 얼마나 밝고 긍정적인 모습으로 성장할까?' 하고 생각했다.

"이렇게 긍정의 에너지를 느끼면서 강의할 수 있게 해주신 여러분들께 감사드립니다. 지금 이 모습 그대로 변하지 않고 언제까지나 함께하실 수 있죠?"라고 인사하자 "네. 코치님께서 다시 확인시켜 주셨습니다. 잊지 못할 시간입니다. 잘 살게요. 감사합니다." 하고 답해주셨다. 그리고 'Loving you'를 들으며 명상을 하고 자신과 짝꿍을 향한 사랑의 울림을 확인했다.

"모두 눈 감고 손 잡고 잠시 감사 명상을 합니다. 의미 있는 시간에 짝꿍과 함께할 수 있어서 감사합니다. 지금까지 내 곁을 지켜준 짝꿍에게 감사합니다. 우리가 함께 일구는 텃밭에 감사합니다. 텃밭을 일굴 수 있는 건강에 감사합니다. 텃밭을 함께 가꾸며 서로 응원해 주는 옆의 커플에게 감사합니다. 텃밭의 작물을 자라게 해준 따스한 햇볕에 감사합니다. 잘 자라주는 작물에게 감사합니다. 짝꿍의 소중함을 다시 한 번 깨달을 수 있음에 감사합니다. 감성을 깨우쳐 주신 김미정 강사님께 감사합니다. 여기 계신 모든 분들이 더욱 행복해지기를 기도합니다." 하고 감사 명상을 조용히 낭송하면서 강의를 마쳤다.

"내가 과연 다른 부부들의 행복을 위해 무슨 자격으로 강의를 할 수 있단 말인가?" 엄마로서, 아내로서 많이 모자라기에 강의를 앞두고 잠을 설치기도 했지만 한 가지는 말할 수 있다. 괜찮은 짝꿍이 되기 위해 적어도 노력은 하고 있으며 더욱이 강사의 길을 가면서 조금씩 성장하고 있다고….

부부가 나이 들면서 서로 측은지심惻隱之心으로 바라보면 살 만하다.

"내 짝꿍의 탁월함을 한 단어로 외치기!"

엄마는
종합예술가

"본인이 부끄럽지 않은 엄마라고 생각되시면 손들어 보셔요."
라는 멘트와 함께 초등학교 학부형님들을 대상으로 감성 코칭
강의를 시작했다. 학부형들은 머뭇거리며 겸연쩍게 웃었다. 몇
몇 분들이 옆 사람을 쳐다보며 손을 올릴까 말까 하다가 모두가
그냥 웃어넘겼다. 그래서 내가 또다시 "쑥스러워하시는군요. 다
시 한 번 질문합니다. 나 정도면 부끄럽지 않은 엄마라고 생각되
시면 손을 들어주시겠어요?"라고 했더니 모두 다 손을 들었다.
"정말 괜찮은 학부형님들과 함께 수업을 하게 되어서 영광입니
다."라고 했더니 모두가 "와우!" 하고 웃었다.

엄마를 종합예술가라고 한다면 어떤 이유에서일까요?
자신에게 부족한 소통 능력은 무엇이라고 생각하나요?
자녀에게 깊이 고마움을 느꼈던 순간은?
임신했을 때 잘 먹었던 음식은?
"엄마"라는 말을 처음 들었을 때의 감동은?

처음 학부형이 되었을 때의 설렘을 어떻게 표현할까요?
나의 자녀가 친구들에게 어떤 친구가 되기를 바라는가요?
내 자녀가 이렇게 살았으면 좋겠다는 것을 그림으로 그려볼
까요?

내 자녀를 떠올릴 수 있는 두 단어는 무엇일까요?

이제부터 이런 엄마가 되고 싶다는 것을 종이로 접어볼까요?

나의 남편은 나를 어떤 배우자로 생각할까요?

우리 부부의 모습이 자녀들에게 어떤 부부상으로 보일까요?

우리 부부는 닮고 싶은 부부상일까요?

아무리 화가 나도 하지 말았어야 했던 말은 무엇인가요?

돌아보니 별일도 아닌 것을 왜 그렇게 분노했을까요?

왜 그때 미안하다고 말 못 했을까요?

왜 좀 더 고맙다고 말 못 했을까요?

남편에게 올 연말에 해주고 싶은 선물은?

지금 남편에게 들려주고 싶은 노래는 어떤 노래인가요?

집에 들어오면 남편은 정말 스위트 홈을 느낄까요?

남편 자랑 30초만 한다면?

서로 이야기를 나누며 "맞아, 맞아" 하면서 옆 사람을 보면서 깔깔 웃고 공감하면서 즐거워했다. 때론 깊은 성찰의 시간도 가지고 자기를 돌아보며 눈물도…. 곧이어 엘가의 '사랑의 인사'에 가사를 붙여 보았다.

'그대를 생각하면 행복해, 그대와 함께하면 평안해
그대를 사랑하는 이 마음 영원토록 변함없어라.'

뒤이어 이 노래를 만든 상황에 대해서 얘기했다.

"미국에 있는 아들과 헤어지고 울적한 맘으로 돌아오는 비행기 안에서 클래식 모음곡을 듣는데 '사랑의 인사'가 들렸어요. 곡을 들으면서 나도 모르게 이 가사가 머릿속에서 튀어나왔고 바로 메모했어요. 정확하게 맞는 운율에 행복했답니다. 그런데 눈물을 흘리고 있었어요."

그랬더니 어떤 학부형이 즉흥 노래를 하면서 남편에게 고마움을 표했고 다른 학부형들은 박수로 환호했다. 어떤 학부형은 눈물을 글썽였다.

그대를 생각하면 고마워, 그대와 함께하면 미안해
그대에게 빚진 마음 어떻게 다 갚을 수가 있을까.

갑자기 어려워진 친정의 상황을 남편이 해결해 주면서 남편에게 깊은 고마움을 느꼈다고 했다. 그것도 남편 스스로의 어려움을 감수하면서까지 했기에 평생토록 고마워할 것이라고 했다. 삶에서 닥친 위기가 때론 부부를 굳건하게 하는 기회도 될 수 있다. 조금은 낯설었던 학부형들끼리 가까워졌고 몇 분은 힘겨웠던 얘기를 하면서 서로 등을 토닥여주었다. 또 전화번호를 주고받으며 친구가 되었다. '그대' 대신에 자녀의 이름을 넣어서도 불렀다.

희영이를 생각하면 대견해 희영이와 함께하면 따뜻해
희영이를 사랑하는 엄마는 언제까지 행복할 꺼야!

마지막으로 모두 손잡고 엄마, 아내로서의 사명을 외치고 일
일이 포옹하는 모습이 아름다웠다. 어떤 학부형이 다가오더니
"선생님, 이 짧은 즉흥 노래가 엄청난 파워가 있어요. 동기부여
를 주셔서 감사합니다."고 했다. 어떤 학부형은 "한편으로 경쟁
의식을 느껴야 하는 학부형들에게 이런 감성 교육이 많아지기를
기대합니다."라고 했다.

엄마여! 그대의 또 다른 이름은 종합 예술가!

여러분과 저의
공통점이 무엇일까요?

"여러분과 제가 공통점이 있습니다. 무얼까요? 누군가를 살리
는 일을 하고 있습니다."

조직의 화합을 위한 감성 관리와 소통에 대해서 치과 의료 부
품 제조 회사에서 강의를 했다. 강의 며칠 전에 "반응이 좀 없어
도 이해해 주셔요. 좀 가라앉은 분위기라서요."라는 담당자님의
말씀도 들었고 젊은 직원들이 많다기에 긴장도 했다. 회사 대표
님과 임원분들이 앞줄에서 내 강의를 경청해 주셨다.

"평범한 주부였던 제가 여러분의 회사에서 이렇게 강의를 하고 있다니 저 정말 출세했습니다."라고 하자 모두 웃었다.

"저는 기업에서 일한 적도 없고 기업을 잘 모릅니다. 그런데 기업에 계신 분들과 강의와 코칭을 통해서 만날 수 있었기에 감사합니다. 기타 하나 들고 인생 2막을 시작했을 때 도대체 나에게는 어떤 울림이 있었을까요?^{중략}"

"별다른 스펙도 없이 보통 주부에서 늦은 출발을 하는 50대의 여성 강사로서 얼마나 위축되고 쭈뼛거림이 많았겠습니까? 그런데 나에게 나도 몰랐던 잠재력이 있었다는 것을 알았을 때 신기하고 대견했습니다."

"44세에 학원 다니며 일본어 능력시험 1급에 합격했을 때부터 '집중'이라는 단어를 좋아하게 되었어요. 매일매일 자투리가 모여서 큰덩어리가 되었어요. 지방강의를 다니면서 우리나라가 더욱 아름답게 느껴졌고 더욱 기여하고 싶어졌습니다"

"늦은 강의 활동을 하는 제가 스스로를 위해서 만들고 외치는 만트라가 있는데 외쳐보겠습니다."라고 하자 젊은 직원들의 눈빛이 빛났다.

"잔잔한 행복, 기나긴 사랑, 차분한 열정, 조용한 외침, 끝없는 창조, 샘솟는 호기심, 하모니 라이프. 이것이 바로 저의 만트라이며 '저'입니다. 힘이 빠지거나 내가 맘에 안 들 때 만트라를 외치면 힘이 납니다. 여러분들도 만들어 보셔요.”

모두 의미심장한 표정이었다. 그 다음에는 “여러분 ‘멀티플라이어’를 아십니까?” 하고 질문을 했다. 모두가 궁금해하자 나는 내가 읽었던 책『멀티플라이어』에 대해서 말했다.

“리즈 아이즈먼, 그렉 멕커운의『멀티플라이어』라는 책을 줄을 그어가며 정독을 했습니다. 책을 통해 ‘멀티플라이어’와 ‘디미니셔’라는 두 단어를 깊이 새겼습니다. 상담과 코칭을 하면서 상사의 지나친 지시, 명령, 훈계로 상처 받은 분들을 만났습니다. 또 직원들을 무시했다고 참회의 눈물을 흘리는 상사님도 만났습니다. 불통으로 인한 갈등을 많이 보았습니다.

멀티플라이어Multiplier 상사님들은 조직원 개인이 가진 잠재력과 재능을 끌어내고 몇 배로 발휘하게 하여 집단 지성을 가능하게 합니다. 열성적인 분위기를 만들고 탁월한 유머 감각이 있으며 주인 의식을 갖게 하지요. 창의력을 키워주고 사용하는 언어도 긍정적이며 진취적이고 본인이 천재가 아니라 조직원을 천재로 만들어 줍니다.

디미니셔Diminisher 상사님들은 자기 자신의 지성에 몰두하고 조직원이 아니라 자기가 천재가 되어야 합니다. 독단적으로 사람들을 억누르며 명령 지시적이고 조직의 중요한 지성과 능력을 놓치게 됩니다. 함께하면 불안한 에너지를 느끼게 되죠.

'Diminisher'의 'Dim'은 '흐릿한, 여린, 작아지는'이라는 의미이며 음악에서도 'Diminuendo더미누엔도'는 '점점 여리게'라는 뜻입니다. 첫 출근하는 아들을 향해서 멀티플라이어 상사를 만나면 좋겠다고 기도했습니다. 아들의 표정을 매일 살폈고 다행히 멀티플라이어 상사님을 만난 것 같아서 기뻤습니다. 아들도 누군가에게 멀티플라이어 상사가 되기를 기도했습니다."

"여러분, 함께하면 에너지가 되어주고 행복하게 해주는 멀티플라이어가 되시기 바랍니다. 지금까지 디미니셔였다면 조금씩 수정해서 멀티플라이어로 전환하시기 바랍니다. 저도 멀티플라이어 코치, 멀티플라이어 동료, 멀티플라이어 엄마가 되고 싶습니다. 인생 이막을 아름답게 재단하는 저의 미션이기도 합니다. 멀티플라이어는 또 다른 멀티플라이어를 만든답니다."

이어서 "여러분. 베토벤만 창조하나요. 저도 창조했습니다."고 하자 모두 웃었다. 그리고 나의 노래 'I want you to be happy!'를 부르며 강의를 마쳤다. 대표님께서 "나이는 숫자에 불과하다는 것을 느꼈습니다. 생각지도 않던 기타소리를 듣게 된 우리 직원들에게 오늘 아침이 참으로 의미 있는 시간이었을 겁니다."라고 말씀하셨다. 큰 숙제를 완수한 것 같았다.

점점 진솔한 강의의 소중함을 느낀다. 최근들어 나의 실패담과 부끄러움을 솔직하게 얘기하곤 했다. 그런데 별로 부끄럽지 않고 더 다가갈 수 있었다.

인성교육과
음악의 하모니

"'등대지기'를 부르면서 거센 파도를 지키는 등대를 상상해 볼까요? 그리고 여러분이 누군가를 지켜준 적이 있었는지, 또 누군가가 여러분을 지켜주었던 때를 떠올려 볼까요?"

인성교육의 선구자라고 할 수 있는 박완순 박사님의 인성교육 특강에 인성교육과 어울릴 수 있는 음악치료 강의를 요청받았다. 박 교수님과 함께할 수 있다는 것이 영광이었다. 인성교육과 음악치료의 하모니를 이루면서 모두가 참여할 수 있게 준비했다.

"'괜찮아요'를 부르면서 고통을 이겨냈던 자기를 떠올려볼까요? '소통송'을 부르면서 경청, 공감, 칭찬, 인정, 격려를 하는 스스로를 떠올리며 나에게 특히 무엇이 부족한지 느껴볼까요?"

"나와 또 다른 내가 만나는 장면을 떠올려 볼까요? 또 다른 나는 지금의 나에게 무슨 말을 하고 있나요? 시를 함께 낭송하며 어떤 단어가 마음에 와 닿는지 느껴볼까요?"

참여한 분들은 라이브 기타소리가 새삼 아름다웠고 인성교육 강의를 들으러 왔다가 음악치료를 만난 것은 생각지도 않은 수확이라고 했다. 박완순 박사님의 인성교육 강의와 음악치료 강의가 하모니를 이루었다는 피드백에 행복했다. 기회를 주신 박완순 박사님께 감사를 드린다.

음악은 어떤 강의, 어떤 교육에서도 함께할 수 있는 콘텐츠이다. 특히 인성교육과 음악의 중요성을 새삼 강조할 필요가 있을까? 그런데 왜 우리 청소년기 교육에서 음악은 경시되어 왔을까? 어렸을 때부터 다양한 장르의 음악을 충분히 경험하며 그 느낌을 함께 공유하는 환경을 자연스럽게 접해왔다면 어땠을까?

나는 앞으로도 인성과 음악의 하모니를 위한 프로그램을 개발하고 싶다. 인성교육의 대상은 태어나서 청소년기까지만 국한된 것이 아니라 전 생애를 거쳐서 필요한 것이라고 생각한다. 예를 들면 중년은 중년에 맞는 인성교육, 노년은 노년에 맞는 인성교육이 필요하지 않을까?

"To Play and To Fight.", "너희들이 들고 있는 총 대신 악기를 잡아라." 베네수엘라의 거리에서 마약과 폭력, 총기에 노출되어 있던 아이들에게 희망과 기회를 준 베네수엘라의 음악가이며 경제학자인 호세 안토니오 아브레우 박사를 존경한다. 그는 자기의 차고에 빈민가의 청소년들 11명을 모아놓고 악기들을 나누어준 후 소리를 내보자고 했다. 그것이 계기가 되고 확대되어서 베네수엘라는 물론 남미 전체로 번져 'EL SYSTEMA'라는 청소년 오케스트라가 구성되었고 세계적인 오케스트라로 성장하였다. 아브레우 박사의 음악을 통한 작은 나눔의 씨앗이 상상을 초월할 정도로 확대된 것이다.

악기를 손에 든 청소년들은 스스로는 물론 자기도 누군가를 행복하게 해줄 수 있다는 자존감이 생겼다. 어두웠던 얼굴에 미소와 목표가 생긴 것이다. 'EL SYSTEMA'의 예술의 전당 공연을 보았는데 연주라기보다는 축제였다. 젊음이 넘치는 오케스트라 단원들은 악기를 들고 일어나서 춤을 추고 공중에 던졌다가 다시 받기도 했다. 온몸을 움직이며 단원과 지휘자와 청중이 하나가 되었고 환호소리가 끊이지 않았다.

그들은 격려와 인정 속에 세계적인 음악가로 성장하여 지구촌 곳곳에 기여하며 후배들을 위해 고국에 돌아와 재능기부를 실천하고 있다. 아부레우 박사는 "모든 사회 문제는 배척으로부터 나온다."는 명언을 남겼다. 음악이 함께 하는 최고의 인성교육이었다.

떠오르는 질문들이 있다.

Bob Dylan은 'Blowing in the wind'의 가사를 어떤 마음으로 썼을까?

영화 '쉰들러리스트'에서 독일 군인들이 유대인 마을을 소탕하는 장면에서 존 윌리엄스는 왜 바흐의 음악을 사용했을까?

우주 끝까지 전할 수 있는 노래를 만든다면 노래 제목은 무엇으로 할까?

슬픈 노래를 들으면서도 행복할 수 있을까?

모차르트 피아노 협주곡 21번 2악장과 '엘비라 마디간'은 어떤 관계인가?

인디언의 음악을 들으며 대평원의 바람을 느껴보았는가?

21년에 걸쳐서 만든 브람스의 교향곡을 4악장까지 들어본 적이 있는가?

슈베르트의 '송어'는 어떻게 만들어졌을까?

내 삶의 마지막에 듣고 싶은 곡 세 곡을 고른다면?

노래하는 CEO는 왜 인기가 있는가?

명상 음악을 들으면 행복 호르몬 세로토닌이 분비된다는 것을 알고 있는가?

우울증 환자에게 음악치료를 시작할 때 신나는 곡보다 우울한 곡이 좋다는 것을 알고 있는가?

치매노인들도 가사를 기억하고 즐겁게 노래를 하는 것은 왜일까?

먼 타국에서 부르는 '고향의 봄'은 무엇이 다를까?

아름다운 음악을 들려준 닭의 달걀 산란수가 많은 것은 왜일까?

왜 아기들은 자장가를 불러주면 잠이 들까?

나는 왜 생상스의 '백조'와 바흐의 '무반주 첼로곡'을 들으면서 강의안을 만들까?

왜 은퇴한 사람들이 뒤늦게 악기를 배우고 싶어 할까?

최고의
하모니십

"여러분이 3일간 열심히 호응해준 보답으로 노래 불러주고 싶은데?"

K대학교 신입생 오리엔테이션 '꿈 찾기 프로젝트' 과정을 한국코치협회 코치님들과 함께 진행한 적이 있다. 16명의 코치님들이 8개 반에서 2인 1조가 되어 2박 3일간의 과정을 진행했다.

신입생들은 수능 준비로 힘겨웠던 시간들을 뒤로하고 처음 보는 친구들과 꿈과 비전을 나누고 그동안의 힘겨움을 공감했다. 스스로도 성장하고 팀도 성장하는 팀 빌딩도 경험했다. 목표 설정을 하고 액션 플랜을 찾아가고 성공한 모습을 상상하고 서로를 경청하며 이제껏 경험하지 못했던 행복한 소통을 나누었다. 세상 밖으로 나아가는 준비를 위한 몸짓을 경험했다.

3일째 되는 날 마지막에 학생들에게 노래를 불러주고 싶었다. 그래서 편안한 엄마 버전으로 "여러분이 3일간 열심히 해준 보답으로 노래 불러주고 싶은데?" 했더니 일제히 "네!" 하고 외쳤다. 나는 기타를 꺼냈고 약속한 대로 옆 교실에서 수업하시던 김종성 코치님도 쉬는 시간에 잠시 기타를 들고 오셨다. 우리는 함께 '에델바이스'와 올드 팝송 '비전'을 불렀다. 큰아빠 큰엄마 같은 두 강사의 즉흥 듀엣 기타 연주와 노래를 들으며 학생들은 미

185

동도 안 하고 집중했다. 노래가 끝난 후 환호와 함께 박수를 보내주었다.

김종성 코치님은 클래식 기타 연주가 프로급이시다. 강의와 함께 행복한 추억을 만들어 보려고 기타를 준비하기로 했었다. 한 번도 함께 노래한 적이 없었거늘 마치 오래전부터 듀엣을 한 것처럼 익숙했다. 김종성 코치님의 품격 넘치는 흰머리와 나의 노래를 받쳐주는 고운 미성, 환상의 기타 화음! 50대 중반의 두 코치가 신입생들 앞에서 서로 맞추어가며 즐겼던 하모니! 꿈 찾기 강의와 함께 학생들에게 분명 또 다른 메시지를 주었음에 틀림없을 것이다.

음악은 그렇게 말이 필요 없다. 강의 후에 어떤 학생이 "선생님 강의 듣고 생각의 전환이 왔어요. 늦게 상담 공부 시작한 엄마한테 나이 들어 무슨 공부냐고 했는데 이제 팍팍 밀어드리고 싶어요."라고 했다. 나는 "Of course! 엄마가 컴퓨터가 서투르면 가르쳐 드리고, 집안일도 도와드리고, 엄마의 시간을 확보하는 것이 중요하니까! 멋진 아들!" 하며 안아주었다. 또 어떤 학생은 악기를 일찍부터 배워야겠다는 동기부여가 되었다고 했고 엄마에게 기타를 배우라고 권하고 싶다고 했다. 나의 강의가 누군가에게 강력한 동기부여가 되어서 행동의 변화가 왔다면 강사로서는 최고의 보람이다. 그리고 나와 똑같은 코치의 입장임에도 불구하고 내가 오로지 강의에 집중할 수 있도록 세세한 부분까지 도와준 김하주 코치님, 나와 띠동갑인 그녀의 잔잔한 미소는 모두를 편안하게 해주었고 시종일관 배려와 섬김의 모습이 귀감이 되었다. 지금도 그 사랑스러움이 떠오르면 문자를 보낸다.

'Fellowship', 'Followership', 'Leadership', 'Partnership'의 좋은 콘텐츠가 되는 2박 3일이었다. 대학 신입생들과 함께한 꿈 찾기 프로젝트에서 나도 다시 꿈을 꾼 것처럼 행복했다. 김종성 코치님, 김하주 코치님, 학생들에게 감사를 드린다.
최고의 Harmonyship!

나는 나의 조직을 위해 어떤 하모니십을 발휘할 수 있을까?

동그라미는 즐거움,
세모는 추진력 – 도형심리 이야기

"아, 동그라미라서 그렇게 즐거움이….."

"아, 세모라서 그렇게 추진력이….."

"아, 네모라서 그렇게 책임감이….."

"아, S라서 그렇게 감성이….."

국제도형심리협회 오미라 원장님이 개발한 도형심리 디브리퍼 과정을 수료했다. 사람들의 성격유형, 행동유형을 도형에 비유해서 나와 상대방을 서로 이해할 수 있었다.

관계와 소통을 위해서는 '나'와 상대방이 어떤 성향의 사람인지 아는 것이 가장 기본이다. '어떤 도형의 성격이 좋다'가 아니라 "아 그런 성향이구나." 하고 그 자체로 받아들이는 것이다. "그래서 그랬구나!" 하며 사람을 있는 그대로 온전하게 바라볼 수 있는 마음의 폭과 힘을 키우는 작업이다.

도형을 활용하면 다른 심리 진단 툴보다 대상에게 다가가기 쉽다. 시각적인 효과가 주는 장점이 커서 모든 대상에게 사용이 쉽다. 상담과 코칭을 시작할 때 도형으로 시작하면서 라포를 형성하면 대화가 쉽게 풀린다.

"어떤 도형이 마음에 드셔요?", "왜 그 도형을 그렸을까요?", "그 도형을 그릴 때 어떤 마음이었나요?", "어떤 도형과 부딪힐

때 많이 힘든가요?", "어떤 도형과 있을 때 편안한가요?", "친해지고 싶은 다른 도형이 있다면?"

끝없이 질문을 만들어 낼 수 있다. 상황에 따라서 끌리는 도형이 달라질 수 있다. 그 또한 마음의 흐름이기에 그 상황대로 대화를 풀어나간다. 단지 도형에 끌려가지 말고 내가 주인이 되어야 한다. 우리 모두에게는 모든 도형의 성향이 다 있지만 어떤 성향이 조금 더 두드러지게 나타나는 것뿐이다. 그래서 상황에 따라서 다른 도형을 끌어당길 수 있다는 것을 받아들여야 한다. 다가가기 위한 도구로, 대화를 풀어나가기 위한 도구로 먼저 사용할 때 효과적이다.

도형사랑 노래를 만들어서 협회 총회에서 부른 적이 있다. 강력하고 엑기스 있고 재미까지 있다는 피드백에 만든 보람이 있었다.

〈 도형사랑 노래 〉

1. '숲 속 작은 집 창가에' 노래 리듬에 가사를 바꾸어서
동그라미는 즐거움/세모는 추진력
네모는 책임감/S는 도무지 몰라.

2. '엄마 아빠 좋아 아빠 엄마 좋아' 노래 리듬에 가사를 바꾸어서

동그라미는 세모가/불편해요/세모는 네모가/답답해.

네모는 에스를/이해 못 해/그래도 모두모두/사랑해.

동그라/미 세모 좋/아~ 세/모 네모 좋/아.

네/모 에스 좋/아~ 모/두 좋아 좋/아.

나와는 다르지만 함께 있으면 기분 좋은 유형은?

노래는 그대에게
무엇인가요?

"노래는 그대에게 무엇인가요?"

노래 교실 지도자들을 위한 음악치료 강의를 한동안 진행했다. 끼와 열정으로 다져진 노래교실 강사님들과의 수업은 그 어떤 수업보다도 다이내믹했다. 소리도 우렁차고 행동도 시원하고 표현력도 거리낌 없고 눈빛도 빛났다. 한 가지를 가르쳐 주면 즉시 실습으로 이루어진다.

내가 활용해서 행복했던 것들을 아낌없이 함께 나누었다. 강의의 일부를 소개한다.

"즉흥리듬 플레이를 즐겨볼까요. 제가 핸드드럼을 치면서 메시지를 외치면 여러분들은 '그럼 그럼'이라는 추임새를 외치셔요. 테이블을 두들기면서요."라고 했고 곧이어 역동의 시간을 경험했다. 온몸으로 추임새를 외쳤다.

오늘 안 온 사람들 손해가 크겠네 – 그럼 그럼
오늘 오신 분들은 무병장수할걸세 – 그럼 그럼
어디 가서 배우나 이렇게 좋은 걸 – 그럼 그럼
노래가 보약이다. 노래하자 노래해 – 그럼 그럼
지금 이 시간을 즐기자 즐겨– 그럼 그럼
내 인생은 내 것이야 누가 대신 살아줄까 – 그럼 그럼
질러라 질러라 밤새도록 질러라 – 그럼 그럼
미안해 고마워 괜찮아 사랑해 – 그럼 그럼
버릴 건 버리고 잊을 건 잊고 – 그럼 그럼

한 분이 나와서 하고 싶은 말을 외쳤고 나머지 분들은 추임새를 외치면서 배꼽 잡고 웃었다.

김미정 선생님 정말로 감사해요 –그럼 그럼
선생님 만난 건 가문의 영광 –그럼 그럼
이런 걸 배울지 정말 몰랐어요 –그럼 그럼
수업 마치고 한잔하고 싶어요 –그럼 그럼
막걸리에 빈대떡 골뱅이 무침 –그럼 그럼

더 이상 무슨 말이 필요할까?

"노래방 기기에만 의존하지 말고 이렇게 타악을 즐기면 역동이 생깁니다. 그렇죠?"라고 했더니 어떤 선생님이 "엄청난 걸 경험했어요. 너무나 큰 걸 얻었어요. 감사해요." 하며 좋아했다.

"우리 노래뿐 아니라 팝송과 엔카, 클래식, 크로스오버 뮤직, 잉카 음악, 인도 음악까지 세상의 무수한 음악을 경험해보는 건 어떨까요? 시대가 흘러도 아름답게 자리매김하고 있는 올드 팝을 감칠맛 나게 의역하고 원어 가사 발음 연습을 해서 제대로 전달합시다.

그래야 강사로서의 위상과 품위가 돋보이며 또한 그것이 청중들에 대한 예의가 아닐까요? 청중들의 수준은 날로 높아져 가는데 노래 교실 선생님들이 제자리걸음을 하면 청중은 떠날 수밖에 없답니다."

'Yesterday'와 'Let it be me'를 불렀다. 인디안 여인이 부르는 자장가를 들으며 아기를 재우는 예전의 자기의 모습을 떠올렸다. 자장가의 느낌도 얘기했다.

"음악회는 물론 미술 전시회, 시화전도 자주 경험하는 건 어떨까요? 여러분들은 오감의 활성화를 위해 어떤 노력을 하나요? 항상 준비된 멀티 엔터테이너Multi-entertainer의 모습을 갖추기 위해서 어떻게 해야 할까요?

노래 잘하는 사람은 많아요. 그런데 여러분들은 누군가의 마음을 치유해야 하는 사명도 있기에 노래뿐 아니라 의식 성장을 위한 마음공부와 사람에 대한 공부도 게을리하지 맙시다."

"치유로서의 음악과 예술로서의 음악을 위해 지속적인 성찰을 하고 문화적인 콘텐츠를 다방면으로 개발하는 것이 중요합니다. 여러분들의 수업을 듣는 회원분들의 우울감을 해소시켜주는 것은 물론이며 그들의 삶의 질을 향상시켜 주어야 한다는 의무감도 있기 때문입니다."

매 기수마다 끼와 열정 넘치는 샘들과 시간 가는 줄 몰랐다. 뮤직플레이 실습을 병행할 때는 시각, 청각, 촉각을 총동원해서 엄청난 에너지를 발산했다. 어떤 선생님은 "뭔가 뻥 하고 뚫리는 기분, 바로 이거구나!" 하는 느낌이라고 했다. 연극하시는 선생님들께서 오셔서 "선생님, 요즘 소재가 고갈되어서 갑갑했는데 너무 많은 걸 배웠습니다. 이렇게 많은 콘텐츠를 보여주셔서 감사합니다. 갑자기 든든해졌습니다." 하며 고마워했다.

강의를 마치면서 사운드 오브 뮤직의 '도레미송'을 줄리 앤드류스처럼 흥겹게 부르자고 했다. 어떤 멋쟁이 남자 강사님께서는 "나도 저렇게 기타를 칠 줄 안다면 세상을 훨훨 날아다니면서 뭐든지 할 것 같아요. 엄청난 동기부여가 되었습니다." 하며 강한 의지를 보였다. "선생님들은 노래로서 많은 분들을 치유하는 아름다운 치료사의 역할을 이미 하고 있습니다. 진정한 멀티엔터테이너로서 이 땅의 행복과 치유를 위해서 역할을 하시리라 믿습니다."

—그럼 그럼!

여러분의 경작물과 대화해 보셨나요?
강소농 농촌교육

"아름다운 음악을 들려주면 양계장 닭의 달걀 산란 수가 늘어나고 돼지의 성장이 촉진됩니다. 음악을 들려준 미나리의 성장이 좋아지고 버섯의 밀도가 촘촘해집니다."

강소농^{작지만 강한 농촌} 역량 강화교육에서 블루베리, 쌀, 감, 오디, 배추, 젖소, 콩 농사와 된장 제조 등 다양한 품종을 키우고 제조하는 영농 대표님들과 의미 있는 시간을 가졌다.

"보이지 않지만 소리의 파동과 기운이 경작물에 다다르면 영향을 미칩니다. 말 못하는 식물과 동물도 그렇거니와 하물며 우리 사람들은…." 하면서 강의를 풀어나갔다. 명상 음악을 들으면서 감사 명상도 했다.

농사일로 바쁜 나에게 감사하기.
나의 팔과 다리에게 감사하기.
내가 키우는 작물에게 감사하기.
작물의 터전이 되는 땅에게 감사하기.
햇빛에게 감사하기.
맑은 공기에게 감사하기.
작물 재배를 위해 함께 일하는 가족들에게 감사하기.

나의 작물을 소비해 주는 소비자에게 감사하기.

작물을 운반해 주는 운송 차량에 감사하기.

함께하는 농기구에게 감사하기.

일할 때 등줄기를 흐르는 땀에게 감사하기.

뜨거운 폭염을 이겨내며 일했던 나에게 감사하기.

"여러분, 저는 농사를 한 번도 지어본 적이 없습니다. 그런 제가 영농 리더님들과 어떻게 유익한 시간을 만들 수 있을까 생각했습니다. 그리고 이런 질문을 떠올렸습니다."

"여러분들은 여러분들의 경작물과 대화해 본 적이 있습니까? "사과야, 어젯밤 추웠지? 며칠 사이에 많이 컸네?" 이렇게 많이 열려줘서 고맙구나.' 나의 경작물과 이런 대화를 가끔씩 해보면 어떨까요?"

그렇게 농작물과 대화를 하는 시간에 이어 노래도 했다.

"'인생은 미완성' 가사를 새기며 불러볼까요?"

농부 화가 '로버트 던칸'이 그린 12장의 농촌 전경 그림을 보며 '인생은 미완성'을 부르는 대표님들의 표정은 상기되었다. 예상치 못한 경험이라는 의외의 표정이었다. 대표님 한 분이 말씀하셨다.

"우리가 농사를 짓지만 24시간 농사일만 생각하면 어찌 살겠습니까? 결국은 행복하려고 사는 건데요. 오늘 우리 영농인들을 위한 감성과 힐링의 시간은 생각지도 못한 행복한 시간이었습니다. 감사합니다."

어떤 여성 리더의 워크북에는 '나의 감나무에게 노래를 불러주겠다.'라고 쓰여 있었다. 또 지리산 산청의 '클래식 팜' 강병수 대표님께서 보내주신 문자도 잊지 못한다.

"강소농 교육에서 묵혀 있던 감성을 살아나게 해주신 김미정 선생님 감사합니다. 농부 화가 로버트 던칸의 농가 그림을 보면서 함께 불렀던 '인생은 미완성'을 잊지 못합니다. 우리 농장 '지리산 클래식 팜'에 꼭 한번 오셔서 '인생은 미완성'을 다시 불러 보시면 어떨까요?"

강소농 영농 리더분들을 위한 교육에 몇 번 참가하면서 농촌과 농작물에 대해 깊은 감사를 느꼈다. 본인들의 경작물에 대한 자긍심을 보았고 계절마다 다른 작업으로 풍성한 수확과 판로를 위해 몸을 아끼지 않는 리더분들에게 존경을 표하고 싶다. 날씨가 받쳐주지 않을 때의 속 타는 마음과 정성 들인 경작물들이 가뭄과 홍수로 덧없이 사라져 갈 때의 처절함도 공감했다.

우리는 'Eternal love affair'와 Kenny G의 'Forever in love'를 들으며 자기 사랑 시간을 가졌다. 동료의 행복을 기도하며 농촌을 더욱 사랑하자는 다짐도 했다. 강사가 아니라면 어떻게 내가 영농 대표님들과 이런 감동의 시간을 경험할 수 있겠는가? 강소농 강의는 그들의 땀과 우리 먹을거리에 대한 감사를 피부로 느낀 소중한 시간이었다.

'지리산 클래식 팜'에 가서 '인생은 미완성'을 불러야 하는 숙제가 남아 있다.

흥과 끼로 똘똘 뭉친 여인들 맞습니까? - 색동어머니회

"여러분, 흥과 끼로 똘똘 뭉친 여인들 맞습니까?"
"네, 맞습니다."
"그래서 흥과 끼로 똘똘 뭉친 제가 왔습니다."

"와우~" 하는 함성과 함께 강의가 시작되었다.
전국에서 모인 300명의 동화 구연 선생님들로 그 넓은 홀에 흥과 끼가 가득 찼다. 구룡포 바닷가 옆의 청소년 수련원에서 '한여름 밤의 열기'를 느끼며 나도 나의 강의 속으로 빠져들었다. '함께 즐기는 음악치료'를 주제로 구룡포 앞바다의 열기를 더했다. '와우' 하며 별것 아닌 가사에 이렇게 리듬과 멜로디를 붙이며 모두가 척 하면 척이었다.

1절: 나-는/김미정/만나서/반가워/요.

2절: 그대는/최명희/만나서/반가워/요.

계명: 도-레미/레레도/솔파파/미미레/도

"여러분, 아무리 짧은 노래도 제목과 작사 · 작곡가가 있지요. 이 노래의 제목은 '반가워요'이며 작사 · 작곡은 김미정입니다." 했더니 또 까르르 웃는다. "자기 이름을 부르며 1절을 부르고 짝 꿍을 존경하는 마음으로 2절을 부릅니다. 아무리 봐도 짝꿍이 존경스럽지 않다면 그냥 저를 불러주셔요." 했더니 또 까르르 웃었다.

그렇게 뮤직 플레이를 즉석으로 실천하며 함성으로 호응했다. 나는 큰 소리로 "혹시 같이 사시는 분이 무섭다고 안 하시나요. 이렇게 무서운 여인들 처음 봤습니다." 했더니 또 까르르… 기타 치다가 소고 치다가 즉흥 리듬놀이 하다가 나도 흥에 겨워 강의와 퍼포먼스를 계속했다.

한 분을 나오게 해서 동요 '섬집 아기'를 부르면서 서로 마사지를 해주었다. 그리고 모두가 따라하게 했다. 음악이 없더라도 동요를 부르면서 마사지를 하면 얼마든지 즐거울 수 있다고 했다. 또 내가 즐기는 엘가의 '사랑의 인사'에 즉흥 가사를 붙여보았다.

'그대를 생각하면 답이 없어/그대와 함께하면 뚜껑이 열려/그럼에도 불구하고 그대를 온몸으로 사랑합니다.'

노래를 마치자 모두가 환호했다. "여러분, 이 노래에서 그대가 누구일까요? 아, 그분이군요?" 했더니 또 까르르 했다. 소고를 들고 '좋다' 추임새 놀이를 할 때 분위기가 최고!

구룡포가 들썩들썩 좋~~~다.
무서운 여인네들 좋~~~다.
동화를 사랑해 좋~~~다.
미녀들만 모였네 좋~~~다.
믿거나 말거나 좋~~~다.
흥부 놀부 콩쥐 팥쥐 좋~~~다.

"모두 가슴에 손을 얹고 각자의 심장소리를 느껴볼까요. 여러 분들의 동화 구연이 많은 분들에게 감동으로 전해지는 모습을 상상하면서 이 노래를 합시다." 모두 '사랑해'를 즉석에서 배우고 불렀다. 스스로를 사랑하지 않으면서 누구를 상담하고 코칭을 한다는 것은 클라이언트에게 안정된 에너지를 줄 수가 없다고 했다. 그리고 마지막 질문을 했다.

"왜 동화구연가가 되고 싶은가요?"
"동화구연가로서 나에게 부족한 점은 무엇인가요?"
"어떤 동화구연가가 되고 싶은가요?"

강의를 한 후에 한 분이 오셔서 말했다.

"김 선생님, 조금 전 저녁 식사하실 때 하도 얌전하게 보여서 오늘 저녁 그윽한 강의에 모두들 졸지 모르겠네, 하고 걱정했어요. 근데 오늘 잠을 다 깨워 놓으셨네요. 책임지셔요. 이렇게 음악치료를 즐길 수도 있군요."

나 역시 강의 시작 전부터 열기를 느꼈고 마음껏 오픈했다. 어떤 순간은 내가 선생님들에게 취해서 끌려가는 듯했다. 말하기 무섭게 호응해 주신 300명의 색동어머니회 회원들의 에너지는 내가 경험한 최고의 에너지였다.

숙소를 포항의 아름다운 영일대 호텔로 잡아주셨는데 아침 새 소리에 깨어나서 창문을 여니 아름다운 영일대 공원이 눈에 들어왔다. 숲 속에서 하루를 잤다는 사실에 행복했다. 영일대 호텔은 고故 박태준 회장님께서 만드신 호텔인데 아름다운 정원으로 포항 시민의 힐링장이 되어 사랑 받는 곳이다. 이른 아침 혼자서 정원을 산책하며 전날의 감흥과 에너지를 떠올려 보았다. 끝없이 떠오르는 시상으로 몇 자 쓰기도 했다. 가는 곳마다 삶이 있고 아름다운 산세가 있고 독특한 언어와 인심이 있었다. 그래서 나는 또 외치고 노래하고 사색하며 한없이 아름다운 대한민국이었다.

"동화 속 인물 중 닮고 싶은 인물은 혹은 동물은?"

'욱'
물렀거라! – 교도소 인성교육

"'욱'이 문제입니다. 날려버리고 싶어요."

어떤 강의보다도 소명감을 가지고 강의 준비를 했다. 첫 교도소 강의 때에 어떻게 시작을 해야 할지 강의실에 들어가기 직전 한참을 긴장을 했다. 평상시처럼 하면 된다고 들었지만 마음가짐이 그렇지가 않았고 음악을 사용하는 게 괜찮을지도 의문이었다.

강의 초반에는 재소자분들도 긴장을 좀 한 듯했으나 기타 반주와 함께 '메기의 추억', '고향의 봄' 노래가 시작되자 서로의 긴장이 조금은 풀어지고 살짝 웃음도 보였다. 세 시간이라는 긴 시간 동안 조금씩 마음을 열고 강의에 호응하며 동료들과 하모니를 이루는 모습이 보기 좋았다. 음악 치유, 멘토와 멘티 놀이, 감사쓰기, 버츄카드를 이용한 문장 만들기, 틀린 문장 찾기, 노래 가사 맞추기, 사진 스토리텔링 등 다양한 콘텐츠를 준비했다.

재소자 몇 분이 지난 이야기를 진솔하게 해줄 때 다른 분들은 경청과 공감을 해주었다. 자기에게 쓴 5감사를 울먹이며 직접 읽어주신 분께 감사드린다.

"성찰할 수 있는 나에게 감사합니다. 나를 끝까지 믿어주고 기다려주는 가족이 있음에 감사합니다. 바깥 사회에서 느끼지 못한 것들을 여기서 깨달을 수 있게 되어 감사합니다. 이렇게 좋은 강의를 들을 수 있어서 감사합니다. 이렇게 감사할 수 있는 나에게 감사합니다."

충혈된 눈으로 자기의 감사편지를 읽어준 성실하고 따뜻한 아빠를 기억한다. 어떤 일에 생각지도 않게 연루되어서 그것이 죄인 줄도 모르고 어이없이 지은 죄, 얼마나 분노하고 얼마나 가슴을 쳤을까? 강의 중에 쇼팽의 '녹턴', 슈베르트의 '송어', 'G선상의 아리아', Kenny G의 'Loving you'를 들려주었다. 교도관님들께 평상시에도 음악을 들려주라고 간곡히 요청을 했다. 돌아오는 기차 안에서 창밖을 보니 수업의 잔상이 떠올랐다. 난 과연 스스로에게 당당한가? 부끄러운 일이 없었는가?

언젠가 특히 폭력이 심한 재소자 4명을 위한 인성교육 요청을 받고 수업을 했는데 그분들의 표정은 그 누구도 폭력과 어울리는 분이 없었다. 적은 숫자였기에 한 분씩 눈을 마주하고 개인 음악치료 하듯이 진행을 했다. '나 사랑' 노래를 부르며 한 분이 울음을 터뜨렸다.
"여러분들이 날려버리고 싶은 나쁜 습관이 있으면 날려버리는 푸닥거리 한번 할까요? 이 단어들 중에서 날려버리고 싶은 걸 선택해 볼까요?" 하고 부정적인 단어 나열을 보여주었다. '욱'하는 습관이라고 한 사람이 말하자 모두가 동의했다. '욱'이 문제였다. 물론 단 몇 시간으로 습관이 수정된다는 것은 무리다. 그래도 '욱'을 쫓아내기 위한 푸닥거리를 진지한 표정으로 했다. 함께 흘렸던 눈물을 기억해주기를 바란다는 마지막 멘트를 남기면서 모두가 외쳤다.

"욱 물렀거라!!"

푸닥거리라도 해서 날려버리고 싶은, 자기의 부정적인 감정과 행동습관은 무엇인가?

스킬보다 마음공부가 먼저

"여러분, 제가 오늘 번데기 앞에서 주름 좀 잡겠습니다!"
"네, 선생님 마음껏 주름 잡으셔요."

그렇게 한바탕 웃음으로 강의를 시작했다.

음악전공자들에게 음악치료사 과정 강의를 한 적이 있다. 비전공자로서 긴장이 되는 건 당연하다. 그동안의 음악치료 임상과 음악치료에 대한 나의 신념, 마음가짐을 비롯해서 실습 위주로 많은 것들을 보여주고 싶었고 평상시에 하지 못한 하고픈 말이 정말 많았다.

"늦은 나이의 시작이고 비전공자였기에 위축되기도 했습니다. 서러움도 컸습니다. 음악치료 과정을 요청하기에 오랜 시간에 걸쳐서 프로그램을 만들었더니 비전공자에 학위도 없다면서 거절당했을 때 아팠습니다. 나의 임상 경험과 창작물들을 나누고 싶은데 기회를 안 준다기에 답답했습니다. 그것이 우리의 현실이었고 차차 이해도 되었습니다.

그래도 아랑곳하지 않고 곳곳에 기여했습니다. 강사 초기에 장애아동, 자폐아동을 대상으로, 그리고 정신병동, 재활원, 치매센터, 한센인 마을에서 온몸과 온 마음으로 수업을 했습니다. 누가 알아주건 말건 많은 트라우마의 회복을 위해 노력했습니다. 전공을 안 했기에 오히려 자유로움못해도 된다는 자유도 누릴 수 있었어요.

어렸을 때부터 피아노를 배운 덕택에 음악적 감성과 스킬이 어느 정도 있었고 감사하게도 절대음감이 있었지요. 그럼에도 불구하고 부족함을 채우고 세상을 더 알고파 관계와 소통, 의식의 확장과 무의식 공부를 하며 성장했습니다."

"마음공부 여정을 거치면서 반드시 환자에게만 음악치료가 필요한 것이 아니라 보통사람들에게도 필요하다고 느꼈어요. 저는 음악치료에서만 머물고 싶지 않았습니다. 뮤직 코칭이라는 개념이 떠올랐고 감성리더십, 하모니 코칭이라는 큰 틀에서 음악을 접목한 강의를 펼치게 되었죠. 그래도 언제나 음악치료사로서의 초심을 기억했습니다.

여러분들에게 스킬 몇 가지 보여드리는 건 그렇게 중요하지 않습니다. 치료사들은 스킬보다 마음공부가 우선입니다. 평상시 자기가 어떤 단어를 많이 쓰는지 느껴보세요. 사람을 대할 때의 눈빛, 목소리의 톤과 높낮이, 소통에서의 경청, 공감, 그런 것들이 제대로 안 되어 있는 상태에서 한두 가지 음악적 스킬로만 다가가려면 한계가 있습니다. 사람을 온전하게 보고자 하는 마음의 폭이 넓어야 합니다. 그러기 위해선 우선 내가 어떤 사람인지 나를 탐구하는 작업을 하고 상대를 바라보는 능력을 키워야 합니다."

"의식 성장을 위한 공부를 꾸준히 합시다. 사색에 사색을 거듭하다 보면 아주 작은 소리로 '아' 하고 외칠 때가 있습니다. 음악 안에서만 있지 말고 종합 예술가의 마인드로 5감을 작동하는 경험을 꾸준히 쌓아갑시다. 이미 알고 있는 음악적 스킬만 고집하지 말고 창조해 보세요. 통합치유라는 개념으로 다가가고 거기에 음악이 더해지면 '음악치료의 극대화'라는 효과를 기대할 수 있습니다."

"이 그림을 보면 어떤 음악이 떠오르는지 자유롭게 말해볼까요?"실습을 하면서 역동과 침묵을 경험했다. 피아노가 있는 강의실이었기에 피아노를 사용했다.

"여러분, 지금 느낌대로 손 가는 대로 E♭ major내림마장조로 치겠습니다. 이 세상에 없는 곡, 제목도 없고 다시 반복할 수 없는 곡, 치면서 날려 버리는 곡, 그렇다고 아깝지도 않아요. 또 하면 되니까…."라고 말하고 E♭ major^{내림마장조}로 마음 가는 대로 쳤다.

연주가 끝나자 "선생님, 전공한 저희들이 부끄러워요."라고 했다. 나는 "에구, 내가 잘난 척을 한 건가요. 저는 여기 피아노 전공하신 선생님들처럼 도저히 못 칩니다. 그냥 느낌대로 물 흐르듯 칠 뿐입니다. 평소 제가 노는 방법이지요."라고 말했다.

"즉흥연주는 음악치료에서 아주 중요하지요. 이렇게 치다가 맘에 들면 자기 방식으로 메모를 해둡니다. 녹음도 해보고 백 뮤직으로 독백도 해보고 이 소리를 우주의 어디엔가 보낸다고 느껴봅니다. 악기를 잘 못 치는 클라이언트들도 악기와 친해질 수 있습니다. 시각장애와 언어장애를 동시에 갖고 있는 아동이 피아노를 얼마나 좋아했는지 모릅니다. 떠듬떠듬 치면서도 미소 지었지요. 자기가 확장되는 느낌, 자기와 소리가 하나 되는 느낌! 바로 그거죠."

"여러분은 Self-Healing을 위해서 어떤 노력을 하나요? Self-healing이 안 되면서 다른 누구를 치유한다는 것은 힘들어요. 치료사들에게 중요한 가치이죠. 자기만의 회복 방법을 몇 가지는 알고 있어야 합니다. 클라이언트를 대할 때 눈 속의 눈으로 보듯, 귀 속의 귀로 듣는다는 말이 있죠. 우리는 명령자나 조언자가 아닙니다. 가르치려고도 하지 말고 "나는 네 편이야, 네가 가고자 하는 곳으로 같이 가줄 수 있어. 같이 소리를 만들어 볼까?" 하고 다가가는 겁니다. '아하!'라는 감탄사를 사랑하고 "너의 소리를 듣는 게 아니라 너의 마음을 듣고 싶어. 하고 다가 가면 어떨까요? 바라보고 기다리고 다가가면서…."

"가시나무새를 낭송하면서 마음의 공간을 느껴볼까요. 혹여 철조망을 치고 있지는 않은지…" 한분이 낭송을 했고 잠시 침묵 이 흘렀다.

"거듭 말하지만 스킬보다 마음공부가 우선입니다. 다른 지출을 아껴서라도 마음공부를 할 수 있는 다양한 과정을 경험하세요. 미술, 서예, 조각 전시회를 자주 다니며 색채와 형체를 즐기고 작 가의 의도와 창조되기까지의 고뇌를 느껴봅시다. 다양한 장르의 곡들을 들으며 감성을 잠들지 않게 합시다. 치료사들의 눈빛이 너무 강하면 클라이언트의 기를 누르게 되지요. 엷은 미소가 기 본입니다. 평소 톤이 높다고 느껴지면 한 톤 낮추는 연습을, 평소 말이 빠르다고 느끼면 한 템포 늦추는 연습을 합시다."

세 시간이 훌쩍 가버렸다. 아직도 하고픈 말이 많이 남았는 데…. 음악치료사를 원하는 선생님들이기에 더 뜨겁게 느꼈고 더 많은 눈물을 흘렸고 더 눈이 빛났다. 그 어느 때보다 더 빠져 들었지만 끝나고 나니 아쉬운 눈물이 흘렀다.

음악치료는 감동입니다!

향기 나는 노후를
위하여

"호기심을 잃어버리면 노화가 팍팍 진행됩니다."

'향기 나는 노후를 위하여', '아름다운 마무리를 위하여', '나 이렇게 나이 들고 싶어라', '인생 뭐 있수?', '내 나이가 어때서' 등의 주제로 어르신 대상 강의를 했다.

노인분들을 위해 만든 강의안의 첫 메시지는 '친구야 그대가 있어 행복해'이다. 노인 대학에서 만난 동료들의 소중함과 우정을 느끼며 옆 사람과 포옹을 한다. 열심히 살아오신 그 세월들을 인정해 드리고 눈물도 쏙 빼고 배꼽 쥐고 웃기도 한다. 듣기 좋은 잔소리를 하다가 "어이구, 언니 오라버니 여러분들, 제 말씀 잘 들어주셨으니까 노래 한번 할까유?" 하며 즐겁게 노래를 한다. 동요부터 가요까지 온몸으로, 어르신들의 눈높이로 부른다. 고부 상담과 코칭과 내 삶을 통한 사례에서 정리한 12가지의 메시지를 스토리텔링으로 동영상이 돌아가듯이 풀어나간다. 노래와 동작을 곁들이면서 어르신들의 사랑도 받고 공감하는 시간이다.

"우리나라 노인 복지관의 시설이 참으로 훌륭하고 좋은 프로그램도 많습니다. 이렇게 오시니까 김미정 강사의 강의도 듣고 좋으시죠? 다른 사람들의 인생 이야기도 듣고 공부도 하고 몸과 마음이 건강해지고 좋으시죠? 이런 시설을 활용 못 하면 뒤처지는 겁니다. 끝까지 호기심을 버리지 맙시다. 오늘 김미정 강사가 어떤 강의로 우리들을 행복하게 해줄지 호기심을 가지고 오셨지요? 호기심을 잃어버리면 노화가 팍팍 진행됩니다."라고 하며 단어 하나하나를 그대로 따라서 외치게 했다. '호기심을 잃어버리면 노화가 팍팍 진행됩니다.'

어르신들은 큰 소리로 호응해주셨다. 점잖으신 아버님들께 다가가서 눈을 보며 함께 외쳤다.

어르신 대상 강의에서는 텍스트 양은 최대한 줄이고 글자는 아주 크게 한다. 마냥 즐겁기만 한 것이 아니라 구체적인 사례를 통해 의미와 감동과 여운을 남길 수 있어야 한다.

"여러분, 가족 누군가를 떠올리며 '고마워.', '미안해.', '괜찮아.'를 천천히 외쳐보기로 해요. 그때 왜 좀 더 고맙다고, 미안하다고, 괜찮다고 말하지 못했었나 하는 맘으로…. 고마워~~ 미안해~~ 괜찮아~~ 자식들에게도 고맙고 미안한 건 반드시 표현하는 겁니다. 오케이!"

소고를 치면서 진도 아리랑 리듬에 맞추어 즉흥 가사를 만들어서 부른다.

사랑만 해도 짧은 인생 다투고들 난리야
아침부터 활짝 웃고 오순도순 살거나

어르신들 보고파서 새벽 일찍 나왔네
환영해 주셔서 몸 둘 바를 몰라유.

이렇게 만난 것도 인연이라네
우리 함께 이 시간을 마음껏 즐기세.

♫ 후렴- 아리아리랑 쓰리쓰리랑 아라리가 났네
아리랑 으으음 아라리가 났네

'내 몸 사랑하기'는 신체 부위를 짚어가며 감사와 미안함을 표현한다. 내가 선창하면 어르신들은 그대로 따라 하신다.

예1: 내 손아, 내 손아 오랜 세월 얼마나 힘들었니. 빨래도 많이 했지, 설거지도 많이 했지, 쌀 씻고 반찬하고 칼질하고 바느질하고. 정말 애썼구나. 너의 고마움을 너무 몰랐어. 이제부터 더 많이 아껴주고 얼굴에만 발랐던 비싼 영양크림을 너한테 많이 발라줄게. 고마워!

예2: 내 귀야, 내 귀야 고마워. 네가 있어서 노래도 듣고 재미있는 TV도 보고 김미정 강사님의 금쪽같은 강의도 듣는구나. 전화도 받고 친구들 넋두리도 들어주니 정말 고맙구나. 이제부터 더 좋은 소리 많이 들려주고 쓰다듬어 줄게!

예3: 내 입아, 내 입아 고맙다. 네가 없으면 어쩔 뻔했을까? 네가 있어서 맛있는 청국장도 먹고 시원한 막걸리도 마신다. 네가 있어서 자식들 이름도 부르고 하고 싶은 말도 하고 쉬지 않고 숨도 쉬고 고마운 게 많구나. 이제부터 더 고운 말을 해줄게 고맙다 내 입아!

예4: 내 다리야, 다리야. 얼마나 먼 길을 걸어왔니. 힘들어 주저앉기도 했고 엉뚱한 데로 가다가 다시 돌아오기도 했고 정말 애썼다. 네가 있어서 오늘 여기까지 왔구나. 고맙다 다리야!

기타와 피아노가 있는 가을 음악회

내가 일본어 강의를 했던 양재동 노인 복지관에서 일본어와 관계없이 복지관 전체 어르신들을 위해 '기타와 피아노가 있는 가을 음악회'를 한 적이 있다. 시어머님도 초대했다. 당신 며느리가 어떻게 강의하는지 보여드리고 싶었다. 강의 중에 지난 얘기를 잠시 했다.

"저는 시누이만 셋입니다. 막내 시누이 결혼식을 마친 날 저녁에 아버님께서 뒷짐 지고 창문 밖을 내다보시는데 쓸쓸해 보이셨습니다. 나는 다가가서 "아버님, 막내 아가씨까지 떠나고 나

211

니 허전하시죠?"라고 했더니 아버님께서는 "대신 네가 왔잖니?" 라고 하셨습니다. 그 말씀이 왜 그렇게도 뭉클했는지요. 그리고 조금 후에 시어머님과 시아버님 두 분이 웃으시면서 "내 자식들보다 들어온 자식들이 훨씬 나아서 좋아요."라고 하셨습니다. 또 뭉클했습니다. 이런 말씀들을 가슴에 새겨두었다가 삶이 힘들 때면 떠올리곤 합니다. 그렇게 말씀해주신 저의 시어머님께서 이 자리에 오셨습니다. "어머님!" 하고 불렀다.

어르신들이 두리번거리면서 시어머님을 바라보았다. 곱게 치장하신 어머님은 여느 때보다 아름다우셨다. 큰 박수를 받으셨다. 강의를 빌려 시아버님, 시어머님 두 분께 감사의 마음도 표현했고 고부간의 소통도 했다. 그리고 어르신들께 며느리 사위를 떠올리며 '나 하나의 사랑'을 부르자고 했다.

음악회 마지막에 피아노를 치면서 '가을을 남기고 떠난 사랑'을 부르자 어르신들이 피아노 주위에 모였다. 그리고 회장 어머님이 피아노 치고 있는 나의 목을 감싸 안으시면서 마냥 눈물을 흘리셨다. 나도 눈물이…. 2012년 가을의 어느 멋진 날에….

Over the rainbow

'Over the rainbow'의 가사를 외워서 강의 마지막에 부르고 싶었다. 완벽하게 외우기까지 시간이 한참 걸렸다. 그리고 처음 불렀던 곳이 (사)창조미래지식포럼이었다. 대상이 나눔을 실천하시는 경영인들이기에 나의 음악을 통한 나눔의 경험들을 준비했다. 200명이 넘는 청중들과 경영인들 앞에서 하는 강의였고 장소도 국회의원 회관이기에 영광스럽고 떨리기도 했다.

"사회 곳곳에 많은 기여와 나눔을 실천하시는 여러분들 앞에서 강의를 하게 되어서 영광입니다. 지난 시간을 돌아보며 부족한 저의 나눔의 경험들을 여러분들과 함께 나누며 공감하는 시간이 되기를 기대합니다."라며 강의를 시작했다.

"늦게 피는 꽃으로서 산고도 컸습니다. 나눔으로 시작했던 인생 이막이기에 더욱 가치를 느꼈습니다. 지금 이렇게 많은 경영인들 앞에서 강의까지 할 수 있게 된 것이 기적 같습니다. 부족한 나의 나눔이 누군가에게는 동기부여가 될 수 있었기에 감사합니다. 나의 멘티님들과 그들의 꿈을 위해 동반 성장할 수 있어서 감사합니다. 나의 목소리가 다할 때까지 하모니 코치로서 기여하겠습니다. 나눔의 스토리는 중략"

"마지막으로 이 자리에 오신 분들이 저 무지개 너머 꿈을 향해 가기 위한 노래를 준비했습니다. 열심히 외웠고 오늘 처음으로 강의에서 부릅니다. 나눔을 실천하기 위하여 무지개를 넘어가는 스스로를 상상하며 함께 불러주시기 바랍니다. 마지막 부분

은 아름다운 무지개를 향해 두 손을 천천히 올리면서 부르겠습
니다."

If happy little blue birds fly beyond the rainbow
Why, oh why can't I?
저 작은 파랑새가 무지개 위로 날아간다면 나는 왜 날아가지 못하나? 날아갈 수 있어

스님 한 분이 다가오셔서 "돌아가는 길에 눈물이 계속 날 것
같아요."라고 했다. 처음으로 대중 앞에서 부른 노래인데 가사
를 잊어버리지 않고 불러서 흐뭇했다. 며칠 후 (사)한국재능나눔
협회로부터 재능기부 대상을 받았다.

땀은
내가 흘렸는데

"세상에 그럴 수가 있나요?"

주간 케어센터에서 치매노인들을 위해 재능기부 수업을 6개
월 동안 매주 한 적이 있었다. 어느 날 시청 공무원들이 나의 수
업을 보면서 좋은 피드백을 주셨고 센터장님도 좋아하셨다.

그런데 그날 식사를 하면서 굴욕적인 경험을 했다. 식사메뉴

에 달걀 프라이가 나왔는데 조금 후에 "달걀 프라이가 저기로 가면 어떡해!" 하는 센터장의 짜증스런 목소리가 들리는 것이었다. 그러자 직원은 아주 미안해하며 나의 달걀프라이 접시를 다시 가지고 가서는 저쪽에 앉은 공무원에게 갖다 주었다. 밥을 먹다가 모든 것이 갑자기 정지되는 느낌이었다. 도대체 이게 무슨 상황이란 말인가! 공무원들이 그렇게 두려운 대상일까! 나의 자존감이 땅바닥에 떨어지는 상황! 센터장님의 인격을 도저히 이해할 수 없었다. 땀 흘린 사람은 나인데….

돌아오면서 "내가 이 귀한 시간에 하고픈 공부를 한다면, 읽고 싶은 책을 읽는다면, 피아노를 친다면…." 하는 자괴감으로 괴로웠다. 6개월 동안 봉사하면서 다른 일정을 접고 얼마나 많은 시간을 할애하고 땀 흘리고 에너지를 썼던가! 나는 그 상황에 대해서 센터장님과 아무런 얘기를 하고 싶지도 않았다. 다른 핑계를 대서 그 달로 그 봉사를 그만두었다. 수시로 얼굴을 보는 것이 힘들었다. 그 후로도 센터장님과 닮은 사람만 봐도 싫었고, 비슷한 목소리를 들어도 불쾌했다. 그러나 지금 이 얘기를 한다는 것은 그 감정이 많이 해소가 되었다는 뜻이다.

공무원 연수원에서 직무 스트레스 관리를 위한 공무원 역량 강화 교육 강의를 하는 중 용기를 내서 이 이야기를 했다. 그 상황을 듣자 갑자기 앞에 앉은 공무원께서 벌떡 일어나더니 "도대체 거기가 어디인가요? 세상에 그럴 수가 있나요?" 하고 흥분했다. 나는 "제 얘기에 이렇게 공감해 주시니 감사합니다. 여러분,

자원봉사자님들을 섬기시는 여러분이 되시기를 바랍니다. 자원봉사자님들이 봉사의 보람과 가치를 큰 소리로 외칠 수 있도록 인정과 격려를 아끼지 마시기 바랍니다. 달걀 프라이 두 개씩 주시기 바랍니다. 그래야 자원봉사가 확산되고 진정한 선진국이 됩니다! 부탁드립니다!"라고 다소 흥분된 어조로 마치 웅변가처럼 외쳤다. 공무원들께서는 상기된 얼굴로 경청하며 호응해 주었다.

직무 스트레스 관리과정 강의 중에 다소 엉뚱한 얘기를 해서 죄송하다고 했지만 공무원들께서는 진심어린 눈빛으로 공감해 주었다. 부끄러워서 6년 동안 아무에게도 말 못 하고 꼭꼭 숨겨둔 얘기를 처음으로 했다. 개운했다. 그리고 지금은 그 센터장님을 이해할 수 있다. 자주 보는 나를 그만큼 편안하게 느꼈을 것이다.

"자원봉사자분들을 섬깁시다!"

내 삶을
지휘해 볼까요?

"함께 비상합시다."

최고의 명강사들이 모인 가운데서 강의를 한다는 것은 모험이기도 하다. 내가 도마 위에 있는 느낌이랄까! 내 강의를 즐기는 것이 아니라 모두가 평가자 같은 느낌! 가장 나다우면서도 명강사님들의 갈증을 조금은 해소할 수 있어야 했다. 더불어 늦은 시간 피곤함을 달래는 즐거움과 강력한 메시지, 품격도 있어야 했다. 이런 것들을 생각하면서 이화여대 최고명강사 과정 특강을 준비했다.

이 시간을 위해서 내가 처음 시도한 것이 있다. 내가 평소 좋아하는 베토벤의 '황제'를 강의 시작과 함께 들려주고 자기를 어떻게 지휘해서 여기까지 왔는지 내 삶을 지휘해 보자고 했다. 강사님들은 처음에 다소 어색해했지만 모두 자기 삶의 지휘자가 되었다. 어떤 선생님은 심각한 표정으로, 어떤 선생님은 웃으면서 지휘를 했다. 그리고 '살 생生'자가 슬라이드에 떴다.

"여러분, 저는 더 살아나고 싶었고 또 누군가를 더 살리고 싶었습니다. 혼자서 중얼거리기도 했지요 '매일매일 더 살아나고 있다.'고. 앞으로도 더욱 더 살아 있는 강의를 하고 싶고 그렇게 지휘해 나갈 것입니다. 즉흥 노래를 부르겠습니다."

사랑합니다. 응원합니다.
이 세상에 하나뿐인 소중한 그대를
마음 다해 사랑합니다.
마음 다해 응원합니다.
점점점점 살아나고 있어요.

한국강사협회의 명강사가 되기까지의 좌충우돌 극복기와 행복과 보람, 명강사로서의 사명, 아름다운 폭발, 내 안에 있었던 울림, 이화여대 명강사 과정을 통한 성장 스토리, 나의 만트라를 풀어 나갔다. 창작 뮤직플레이와 함께.

"예전에 중요했던 것이 지금은 안 중요하고 예전에 안 중요했던 것이 지금 중요합니다. 음악치료사로서 많은 임상을 먼저 했기에 마음을 유연하게 오픈했고 거기에 코칭으로 무장을 했기에 한편으로는 단단해졌습니다. 많은 임상은 강의의 훌륭한 콘텐츠가 되었습니다. 여기 서 있는 제가 꿈만 같습니다."

"나 정도면 충분히 행복하고 감사할 게 많으니 투덜대지 말라는 내면의 소리도 들었습니다. 수많은 아이디어와 소리가 나의 잠재의식에서 올라와 그것들끼리 어우러질 때 멋진 스파크가 일어납니다. 북적거리는 지하철에서도 아이디어가 끊임없이 떠오릅니다.
여러분은 상상의 힘을 믿습니까? 이렇게 여러분 앞에서 강의하게 된 것도 상상 덕분입니다. 잠시 포레의 '꿈을 따라서'를 들으면서 여기까지 꿈을 좇아 온 여러분들을 떠올려볼까요?"

"강사의 한마디는 누군가의 삶에 큰 영향을 미칠 수 있고 강사의 삶의 모습은 누군가에게 큰 동기부여가 될 수 있지요. 그리고 진정성 있는 강의는 두고두고 감동의 여운으로 남습니다. 끊임없이 공부하며 성장합시다. 강의할 때 외치는 대로 살고 있는지 자주 성찰합시다. 좋은 기운을 주고받읍시다. 다른 강사의 성장을 축복합시다. 그 축복의 기운이 돌아옵니다. 그리고 시시때때로 리듬을 타고 즐깁시다. 리듬은 Resetting 해주는 효과가 있습니다!^{중략}" 이어서 고등학교 때부터 외우고 있는 롱펠로우의 'The Psalm of Life'^{인생의 찬가}를 낭송했다.

Life is real, Life is earnest,
And the grave is not its goal,
Dust thou art to dust returnest
Was not spoken of the soul,

Not enjoyment and not sorrow
Is our destined end or way,
But to act that each tomorrow
Find us farther than today,

인생은 진실하다오. 인생은 엄숙하다오.
무덤이 인생의 종착역은 아니라오.
너는 흙에서 왔으니 흙으로 돌아갈 것이다.
이는 우리의 영혼을 두고 한 말은 아니리라.

우리의 목적지나 갈 길은

즐거움도 아니요 슬픔도 아니요
오늘보다 더 나은 내일을 향해
나갈 따름이니라.

"여러분, 질문합니다. 명강사가 되기 위해서 여러분이 버릴 것
은 무엇일까요? 옆 사람과 나누어 볼까요?" 선생님들은 잠시 진
지한 표정으로 얘기를 나누었다.

"'배움, 나눔, 섬김, 성장'을 '도 미 솔 도'에 맞춰서 외쳐봅니
다. 다음에는 하나만 선택해서 자유롭게 외쳐봅니다." 나는 기
타를 치면서 천천히 선창을 했다.

도배움 미나눔 솔섬김 도성장! 강의장은 긍정의 하모니로 울려 퍼
졌다.

"자 마지막으로 名강사보다 命강사의 길을 지휘해 볼까요?"

ALL IN ONE!
일본 아키타 강의

2015년 3월 '행복한 소통을 위한 하모니 감성 코칭'을 주제로
일본 아키타 가나모리 외국어교실에서 강의를 하게 되었다. 코
칭과 음악치료와 감사를 콘텐츠로 양국의 화합을 위한 강의를
준비했는데 날짜가 다가오면서 두려워졌다. 부족한 일본어도 걱

幸せな 疏通のための(행복한 소통을 위한)

ハーモニー coaching

정이고 양국의 갈등이 심한 상황이었기에 불안했다. 원장님께서
는 한국 문화에 관심이 많은 분들이 온다면서 괜찮다고 했고 한
국어도 혼용해서 하기를 원했다. 일본에서의 모든 준비를 해주
신 가나모리 원장님께 감사의 마음을 담아 혼자 아키타로 향했
다. 아키타 공항에는 세 분의 선생님들이 나와서 환영해 주셨고
이틀간은 관광을 함께 하면서 추억도 만들었고 강의 리허설도
한 번 했다.

　큰 환영과 함께 강의를 시작하면서 '5감사'를 먼저 말했다. 부
족한 일본어로 강의하면서 한국어도 조금씩 사용했고 미소와 보
디랭귀지도 한몫을 했다.

　"한일 친선 민간외교에 기여할 수 있음에 감사합니다. 저의 강
의를 위해서 세심하게 준비해주신 가나모리 원장님께 감사합니

다. 제 강의를 들으러 오신 여러분들께 감사합니다. 아키타까지 저를 태워주신 비행기 기장님께 감사합니다. 나와 함께 할 나의 기타에게 감사합니다."

일본의 아름다운 동요인 '고향^{후루사또ふるさと}'을 부르며 강의를 시작하는 한국 강사에게 아낌없는 박수를 쳐주었다. 모두 한국에 관심이 많은 분들이었고 호기심 가득한 눈빛으로 나를 응시했다. 이 시간을 통해서 한일 친선외교에 조금이라도 기여할 수 있기를 바란다고 했다. 강의를 중반쯤 했을 때 우리의 '고향의 봄'을 소개했다.

"일본에 '고향^{ふるさと}'이라는 국민동요가 있다면 우리나라에는 '고향의 봄'이라는 국민동요가 있습니다. 여러분들과 함께 부르고 싶습니다."라고 하면서 일본어로 번역한 악보를 나누어 주며 함께 불렀다. 일본분들은 호기심 가득한 눈빛으로 불렀고 아름다운 곡이라면서 비슷한 정서를 느낀다고 했다. 나는 이와 같이 나라마다 전 국민이 남녀노소를 불문하고 하나의 정서를 느낄 수 있는 국민 노래가 있다고 했다.^{중략}

나는 일본 노래 5곡을 몇 소절씩 메들리로 이어 불렀고 노래를 마치자 박수가 터져나왔다. 순서를 잊을까 봐 불안했었는데 자연스럽게 마치면서 정말 행복했다. 얼마나 연습했는지 모른다. 또 '그대 없이는 못 살아'를 일역한 후 양국 언어로 혼용해서 불렀다.

"음악은 때론 말이 필요 없습니다. 음악은 국경을 초월합니다. 음악은 그냥 통합니다."

모두가 고개를 끄덕였다. 나는 '집중しゅうちゅう'이라는 일본어 단어를 좋아한 덕택에 일본어 능력시험 1급에 합격을 했으니 여러분들도 집중해서 한국어를 공부하시면 좋은 결과가 있을 것입니다. 양국의 친선 민간 외교에 함께 기여합시다."라고 했다.

내가 만든 '나 사랑' 노래를 일본어로 번역해서 불렀다. 두 손을 가슴에 얹고 천천히 불렀다.

愛してる私 나를 사랑해 愛してる私 나를 사랑해
愛してる私 나를 사랑해 ほんとうに정말로

大丈夫私 나는 괜찮아 大丈夫私 나는 괜찮아
大丈夫私 나는 괜찮아 ほんとうに정말로

어떤 분이 'Yesterday'와 'Changing partner'를 부르자고 했다. 그들도 올드 팝을 좋아했다. 일본어로 강의하면서 중간에 영어로 팝송을 불러보는 색다른 경험을 했다. 그래서 "글로벌한 강의 맞습니까?"라고 했더니 모두 큰 소리로 "하이 소오데스!"라고 대답해서 한바탕 웃었다.

첫날 두 시간은 파워포인트를 사용했고 둘째 날은 파워포인트 없이 프리토킹으로 진행했다. 질문도 주고받고 가져간 툴도 활용했다. 감사 카드를 쓰며 서로 발표하고 공감했다.

강의 후에 가나모리 원장님과 나는 한참 동안 말없이 뜨겁게 포옹하며 눈물을 흘렸다. 융숭한 뒤풀이 시간에 나눈 정겨운 삶의 이야기는 진한 감동으로 남는다.

사실 미리 보낸 PPT 강의안을 보고 처음에 걱정을 했다고 한다. 텍스트 양이 아주 적고 거의가 이미지였기에 도대체 어떻게 강의를 한다는 것인지 짐작을 전혀 못 했다고 한다. 이미지를 보고 그렇게 강의를 풀어갈 줄은 몰랐다는 것이다.

"金先生にあった事は運命的だと 思っています. 김미정 선생님을 만난 것은 운명 같아요."

"나도 집중이라는 단어를 좋아하기로 했어요."

"감사 카드를 쓰는 시간이 행복했어요."

"이런 시간을 가지게 될 줄 몰랐어요."

"한국과 일본이 더 가까워지기를 바랍니다."

많은 분들이 소감을 이어서 말씀해 주셨다. 가나모리 교실에서 나의 강의를 위해 베풀어 주신 배려에 다시 한 번 깊은 감사를 드린다. 강사로서 참으로 귀한 경험이었으며 긍지를 느꼈다.

4박 5일의 마지막 날 숙소에서 혼자 아사히 캔 맥주를 마시면서 강의를 앞두고 긴장했던 나를 위로하고 잘 마친 나에게 감사를 했다. 지난 시간들이 슬라이드처럼 지나갔다. 어린 시절의 음악적 호기심에서부터 44살 때의 일본어능력시험 합격, 50대를 음악치료와 코칭과 사회복지 대학원을 거치며 늦은 '마음공부 여정'으로 인생 이막을 재단해 가는 액티브 시니어! 그 모든 것이 아름답게 하모니를 이루어 하나의 선善을 이룬 것 같은 큰 감동이 몰려왔다. 뜨거운 눈물과 함께 가슴 속에서 무언가 툭 하고 나왔다.

ALL IN ONE!
그래, ALL IN ONE이다!

돌아오는 비행기 안에서 빽빽하게 준비했던 강의 원고를 다시 읽어 보았다. 58번째 생일날 아침에 나는 나에게 'ALL IN ONE'이라는 강력한 키워드와 자신감을 선물했다!

선생님의
아바타가 되고싶어요

"김미정 선생님, 안녕하세요, 저는 정 ○○라고 합니다. 선생님의 아바타가 되고 싶습니다."

난 당황했다. 어떤 선생님으로부터 내 얘기를 들었다고 했다. 공무원에서 은퇴하시고 경로당에서 시니어코디네이터로 인생 2막을 시작하셨고 기타 동호회를 몇 년 동안 하시는 분이다. 기타를 들고 다니니까 부근의 경로당 몇 군데서 음악 수업 요청을 하는데 혼자서 하는 음악 강의는 단 10분도 할 수 없다고 했다. 팀으로 하는 공연은 했지만 개인적인 성장이 이루어지지 않았던 것 같다. 어르신들을 위한 다른 봉사는 이미 하고 계셨다. 난 잠시 고민 끝에 기꺼이 그분을 위해서 멘토코치가 되겠다고 마음을 먹었다. 50+이모작센터에서 개인 수업을 세 시간씩 했다. 기타를 오래 치셨는데도 코드를 안 보면 제대로 치지를 못하셔서 안타까웠다.

그런데 열정이 너무 대단하셔서 내가 드릴 수 있는 걸 다 드리고 싶었다. "김미정 선생님의 엑기스를 이렇게 단시간에 답습할 수 있기에 행운입니다."라고 하셨다. 노래뿐만 아니라 스피치와 눈빛과 동선, 어르신들과 함께 공감하는 스토리텔링 구성, 강약 조절 등을 강도 높게 실습했다. 어르신들이라고 해서 무조건 박수치고 마냥 웃기만 해서는 안 된다고 했다.

소고를 이용한 타악기 플레이도 정성 다해 가르쳐 드렸는데 정 선생님은 매번 수업을 녹음했다. 어르신들이 좋아하는 노래 코드는 인터넷에도 없기에 내가 집에서 가사 위에 코드를 일일이 써서 메일로 보내드리면 만날 때까지 연습해 오셨다. 진도 아리랑을 즉흥으로 부르는 것을 가르쳐 드리면서 활용을 해서 무언가를 만들어보시라고 요청했다. 경로당 시범 강의에 합격을 하셨고 정식으로 경로당 음악치료 강의에 세팅되시는 날 나는 멘토로서 그 수업에 함께 참여하여 축하해 드렸다. 정 선생님은 어르신들에게 "누님 형님 여러분, 마지막 10분은 저를 가르쳐 주신 김미정 선생님과 함께하겠습니다." 했더니 어르신들이 큰 박수를 쳐주셨다. 나는 "여러분 정 선생님을 많이 응원해 주실거죠?"라고 했고 어르신들은 "네, 당연하지유." 하고 말씀하셨다. 멘토와 멘티로서 협력하여 목표를 이룰 수 있었기에 흐뭇했다. 문자가 왔다.

"김미정 멘토님을 만난 것은 큰 행운이었습니다!"

스톡홀름 강의와 여행
-대한민국 여성 만세

"대한민국 여성 만세!"

    스웨덴에서 43년째 살고 계신 이모님의 초대로 스톡홀름에 가서 교민 대상 강의를 했다.

    어렸을 때 공부도 봐주시고 언니 같던 이모님이 멀리 떠나신다고 했을 때 슬퍼서 밥도 안 먹었던 기억이 났다. 문학소녀이기도 한 이모님은 이미 스웨덴 교민사회에 기여한 바가 크시다. 이모님이 내 강의를 듣고싶다고 하셨고 교민들도 관심이 많다고 하면서 초대를 해주셨다. 나도 충전하고픈 욕구도 생겨서 2주간의 일정을 짰고 강의를 준비했다. 계획이 진행되면서 설레고 떨렸다.

    스톡홀름 도착 첫날 저녁은 이모님이 준비해주신 한국식 웰빙 만찬을 즐겼다. 혼자 사시는 이모님 집은 116년 된 품격과 정갈함이 넘쳤다. 우리는 그 옛날 얘기를 하며 시간 가는 줄 몰랐다. 이틀간은 강의안 수정도 하면서 주변 관광도 했는데 책임감이 느껴지는지 잠이 오질 않았다.

    그렇게 도착한 지 삼 일째, 바로 강의하는 날 새벽에 눈을 떴는데 부엌이 분주했다. 이모님이 내 강의 후에 있을 다과회 준비를 위해 찹쌀 팥 경단 250개를 빚고 계셨다. 놀라움과 죄송함으로 당황했고 엄마 같은 이모의 마음에 뭉클했다. 경단 250개를 예쁘게 담고 서울에서 준비해간 약과, 한과, 강정, 호박엿 등을 챙겨서 강의장으로 향했다.

교민들이 주일 예배를 드리는 임마누엘 교회의 시설과 분위기는 품격이 있었다. 전 교민회장 4분이 오셔서 자리를 빛내 주셨고 "박경주 씨의 조카 김미정 강사님을 열렬히 환영합니다."라고 큰 박수를 보내주셨다. "고향의 봄을 부르면서 강의를 시작하겠습니다." 하며 몇 마디를 부르자 모두 향수에 젖는 표정이었다. 연세가 지긋하신 아버님은 눈을 감고 노래를 부르셨다.

"여러분, 정말 꿈만 같습니다. 이렇게 올 수 있었군요. 여러분들의 따뜻한 환영에 감사드리며 여러분들의 표정을 보니 긴장도 사라집니다. 머나먼 타국에서 외로움을 극복하신 여러분들께 뜨거운 박수를 보냅니다. 이렇게 훌륭한 곳에서 강의를 할 수 있도록 도와주신 이모님과 목사님, 교민 여러분께 감사드립니다. 여러분들의 호응을 기대해도 될까요?" 했더니 모인 분들은 "네!" 하고 힘차게 답하셨다.

제가 "어렸을 때 어머니께서는 이모한테 잔심부름을 많이 시켰어요. 엄마가 바쁠 땐 대학생인 이모가 우리 소풍을 따라간 적도 있었지요." 하며 이모와의 추억을 얘기하며 그 옛날 빛바랜 소풍 사진을 슬라이드에 띄우자 모두 웃었다.

이어 이국땅에서 열심히 살아온 스스로를 사랑하기, 교민들간의 행복한 소통, 의미 있는 인생 이막 재단하기, 사랑하는 조국 떠올리기, 가족 이야기, 우리의 노래, 즉흥 뮤직 플레이, 만트라 외치기, 하모니 코치로서의 나의 신념 등을 두 시간 동안 쉬지 않고 강의했다.

강의 마지막엔 나의 자작곡 '못다 한 사랑 하리라'를 불렀는데 목이 메어 끝부분은 제대로 부르지 못했지만 모든 분들이 한참 동안 박수를 보내주셨다. "울지 않았으면 노래를 더 잘할 수 있었는데…." 했더니 "무슨 소리, 눈물을 흘렸기에 더 좋았지요!" 하며 격려해주셨다. 그 순간에 누군가가 "대한민국 여성 만세!" 라고 외쳐주셨다.

강의 후에 서울에서 준비해 간 다과^{약과, 유과, 울릉도호박엿 등}와 찹쌀 경단, 김현덕 집사님께서 구워 오신 카스텔라를 먹으면서 2부 뮤직 힐링 시간을 즐겼다. 못다 한 우리의 동요, 트로트, 7080을 넘나들었다.

"교민들끼리 이런 행복한 시간은 처음이에요."

교민들께선 내년에 또 오라고 하시며 이모의 스마트폰으로 감사의 문자를 계속 보내주셨다. 강의의 설렘이 아직도 생생하다. 이모님께서도 이 조카를 많이 포옹해주셨다.

강의 후에 스톡홀름 시내를 몇 시간씩 걸어서 돌아보았다. 스톡홀름 현대미술관^{Moderna Museet}에서 본 마르셀 뒤샹^{Marcel}

Duchamp의 변기를 형상화한 '샘'을 직접 볼 수 있었다. Pop artist 앤디 워홀Andy Warhol의 설치예술작품 앞에서 한참을 머물렀다. 스웨덴의 부자 할월HallwyL이 세계를 다니며 수집했던 것들을 집과 함께 기부하고 공개한 할월박물관Hallwylska Museet에서의 감동을 어찌 잊겠는가! 디테일하고 화려한 도자기와 예술품, 가구, 화려한 장식의 피아노를 보니 행복했다. 배를 타고 여름 궁전도 돌아보면서 시내 여기저기서 배를 타고 내릴 수 있는 것이 흥미로웠다. 거리 연주를 하는 루마니아 집시들과 사진도 함께 찍었다.

교민들로부터 9번의 초대를 받으며 행복한 삶의 현장을 보았고 타국 땅에서 적응하며 외로움을 이겨낸 이야기에 뭉클했다. 한국 식당인 '남강회관' 사장님의 초대를 받고 한국에서보다 더 한국적인 웰빙 음식과 우리의 음악으로 행복했던 밤을 잊지 못한다.

한 번은 스웨덴 여인과 결혼한 이모의 아들사촌동생 승규 집에 초대를 받았는데 승규가 부엌에서 음식을 하는 동안 우리이모, 나, 이모 며느리, 손녀 둘들은 거실에서 춤추고 노래했다. 시어머니인 이모님은 그 상황이 아무렇지도 않은 듯 승규가 며느리보다 음식을 더 잘하니까 괜찮다고 했고 나는 그 상황이 재미있었다. 식사 후에 승규네 가족들과 행복한 추억을 만들었고 거실에 있는 그랜드 피아노를 보며 평소 어떤 분위기의 가정인지 알 것 같았다.

고층빌딩이 없고 5, 6층의 중후한 옛 건물들이 줄지어 있는 시내 거리가 편안하고 넉넉해 보였다. 국회의원의 과반수가 여성이라는 것, 여성도 축구 해설을 한다는 것, 왕위 계승도 남자가 우선이 아니라 태어난 순서로 계승 서열이 정해진다는 것이 놀라웠다.

스톡홀름에서 배Viking line를 타고 펄프 제지의 나라 핀란드 헬싱키로 향했다. 북유럽의 선명한 하늘과 구름과 바닷바람에 나를 맡겼다. 크리스탈 같은 맑은 공기를 끝없이 들이켰고, 그림 같은 섬들과 집들로 이어지는 풍광과 천혜의 자연을 마음껏 누렸다. 물이 특히 맑다고 하는 발트 해를 가르는 배의 갑판 위에서 마음껏 호흡하며 밤 10시에도 뜨겁게 작열하는 태양을 향해 조용히 외쳤다. "나는 행복한 하모니 코치!"라고. 그리고 나를 돌아보는 시간도 가지면서 떠오르는 무언가를 열심히 메모했다.

북유럽의 풍성한 먹을거리를 즐길 수 있는 뷔페와 배 안의 나이트클럽에서 가족이 함께 즐기는 그들의 자연스런 댄스 문화가 마냥 부러웠다. 점잖은 중년의 스웨덴 신사가 다가와 댄스를 요청했을 때 놀라면서 거절을 했다. 그는 당황을 했고 옆에 있던 이모가 스웨덴 말로 무어라고 얘기해주었다. 그는 민망한 웃음을 지으며 자기 자리로 돌아갔는데 춤을 거절하는 건 큰 실례라면서 이모가 한마디를 했다. 두 분께 미안했다. "난 왜 이렇게 촌스러울까." 하고 잠시 내가 미웠다. 이모에게 다음에는 세련된 매너로 오겠다고 약속을 했고 웃으면서 건배를 했다.

밤새 배를 타고 아침에 일어나니 핀란드 헬싱키였다. 시벨리우스 공원으로 걸어가는 가로수 길에서 끝없는 사색을 했다. 세계적인 작곡가 시벨리우스Jean Sibelius를 기념하기 위해 만든 24톤 강철의 파이프 오르간 모양의 시벨리우스 기념비와 두상이 인상적이었다. 1967년에 시벨리우스 사후 10주년을 기념해 만든 것이다. 은빛을 발하는 600개의 강철 파이프는 핀란드인의 민족의식을 고취한 곡들을 작곡한 시벨리우스의 음악이 살아 숨 쉬는 듯 장엄했다.

핀란드 시내를 걸어가면서 우리나라 설치예술 작가 최정화 씨의 전시회를 만나서 반가웠다. 지금껏 본 적이 없는 새로운 시도의 작품, 설치미술이라고 할까. 우리의 현재 삶과 밀접하게 연결된 느낌의 작품들! 쓸모없다고 버려진 물건들이 예술이 되어 빛나고 있었고 나는 그 속에서 즐거워서 흥얼거렸다. 최 작가의 탁월한 아이디어에 놀라움을 금할 길이 없었다. 핀란드 여행 중에 얻은 생각지도 않은 큰 수확이었다.

스톡홀름에서 밤 버스를 타고 한숨 자고 나니 아침에 오슬로에 도착했다. 삶의 여정을 수십 개의 거대한 조각상으로 보여주는 오슬로의 자랑 베겔랑 조각공원에서의 감동을 어찌 잊을까? 베겔랑 공원에서만 서너 시간을 머물며 조각마다 이야기하고 있는 삶의 스토리를 느껴보았다. 그러고 보니 어디나 삶의 여정은 비슷한 것 같다. 그 조각들은 이런 얘기를 하는 것 같았다.

남녀가 만나 사랑을 하고 출산을 하며 부모가 된다. 태어난 자녀는 부모의 사랑 속에서 자라며 부모는 자녀들을 사랑으로 품어준다. 자녀들은 자라면서 부모의 기쁨이 되기도 하고 부모 자식 간에 티격태격도 하고 형제간에 옥신각신도 있다. 부모의 역할을 하면서 부부가 서로 사랑도 하지만 부딪히고 갈등도 겪는다. 그럼에도 불구하고 힘겨움을 극복하며 살아가다가 나이 들어 초췌해지고 탄력 없는 근육을 가진 노인이 되어간다. 그런 서로를 받아들이고 바라봐 준다.

그렇게 살아가면서 우리는 결코 혼자일 수 없고 수많은 관계망 속에서 그물처럼 얽혀서 영향을 주고 영향을 받으면서 살아간다. 누군가에게는 그리운 사람이, 누군가에게는 섭섭한 대상이 되기도 하면서 떠나간다. 저 별에서 왔으니 다시 저 별로 돌아간다. 잠시 희로애락애오욕喜怒哀樂愛惡慾을 경험하면서… 그것이 삶이 아니던가!

탄자니아 킬리만자로 정상을 등반할 때 앞서가는 가이드가 폴레 폴레polepole 라고 한다고 들었다. 이 뜻은 '천천히 천천히'다. 몸이 적응할 수 있는 시간을 주면서 올라가면 고산증에도 안 걸리고 빨리 갈 수 있다고 한다. 단체 투어가 아니었기에 북유럽의 박물관, 역사관, 미술관의 유물들과 세기의 수많은 걸작, 거장들을 천천히 만나면서 충분히 즐겼다. 예술을 남기기 위해서 얼마나 희생했고 고뇌했던가? 지구라는 작은 행성 곳곳에 이렇게 많은 흔적과 이야기들이 있었나? 지금 내가 살아가고 있는 이 시대는 또 무엇을 남길 것인가? 몇백 년 후에 우리는 어떤 조상으로 남아 있을까?

오감을 작동하고 직관을 작동하는 경험들을 자주 접하는 것이 강사들에게 필요하다는 생각을 했다. 의식을 확장했다가 축소했다가 천천히 경계를 넘나들며 바라볼 수 있는 넉넉함도 필요하다. 그런 경험들을 정리하면 스토리텔링이 되고 삶을 풍요롭게도 스마트하게도 한다.

강의를 잘 마쳤기에 그 다음 일정을 마음 편하게 즐길 수 있었다. 이제 강의의 한류도 기대해본다. 아마도 곧 그런 상황이 올 것이라고 믿는다. 강의와 모든 일정을 세팅해주시고 동행해주신 이모님께 감사드리며 가족처럼 마음 써 주신 교민 여러분들께 진심으로 감사드린다. 매일 다양한 와인과 치즈로 행복했다. 벅찬 감동과 충전으로 나의 삶과 강의가 더욱 충만해지기를 기도한다. 탁소 미케! 스웨덴 말로 '감사'의 뜻

강의에서 항상 안타만 쳤던가?

강의에서 항상 안타만 쳤던가? 아니다. 부끄러운 순간도 많았다. 불가항력적인 순간도 있었다.

생각지도 못한 실수에 모든 걸 포기하고 싶었다. 열심히 외운 가사가 백지처럼 기억이 나지를 않았다. 엉뚱한 USB를 가져가서 하얗게 질렸으나 마음을 가다듬은 후에 솔직하게 말하고 격려의 박수를 요청한 적도 있다. 대상이 40~50대의 중년 여성들인 줄 알았는데 가보니까 70~80대의 노인분들이라서 당황한 적도 있다. USB를 데스크톱에 그냥 꽂아 놓고 나온 걸 강의장에 와서 알고는 급하게 키워드 메모만 해서 강의한 적도 있다. 강의장 시설의 미비로 중간에 컴퓨터가 다섯 번이나 다운돼서 강의의 리듬을 놓친 적도 있다. 졸다가 지하철역을 한참이나 지나서 허겁지겁 거꾸로 오는 바람에 강의시간을 못 지킨 적도 있다.

어떤 곳에서는 중요한 동영상이 안 돼서 난처했다. 포인터 전지가 다 닳아서 슬라이드를 넘길 수 없어서 마우스 클릭을 위해 왔다 갔다 하면서 좀 분주했다. 강의 시간 중에도 너무나 자유분방한 대학생들의 모습에 아무 말도 하지 못하고 당황한 채로 그대로 진행한 적이 있다. 6월 초 더운 날씨에 강당 에어컨이 안 돼서 땀이 비 오듯 쏟아지고 덥다고 아우성치는 중학생들을 집중시키지 못한 채 어수선하게 강의를 했다. 강의 전날 너무 불행한 얘기를 들어 강의 시간에 마음이 불안정해서 계획대로 진행을 못 했다.

옆 강의장에서 피로연을 한다고 노래방 기기를 틀어놓는 바람에 내 말이 안 들려서 악을 쓰고 강의한 적이 있다. 연세 지긋하신 분께서 3분 축사를 30분 동안 하는 바람에 나의 50분 강의를 20분으로 줄여서 하느라 말이 빨라지고 뛰어넘느라고 정신이 없었다. 처음으로 하는 30분간의 영어 강의에서 엄청 준비를 했건만 당황해서 갑자기 말문이 막히고 단어가 떠오르지 않아서 맥이 끊겼다. 준비가 많이 모자랐고 역량이 부족했음을 뼈저리게 인정했다. 이런 교훈을 얻었다.

1. 강의 파일을 복사한 USB는 두 개를 준비한다.실제 안 열려서 여분으로 가지고 간 것으로 강의를 한 적이 있다. 또 나의 이메일로 보내 놓는다.
2. 집을 나서기 직전에 USB와 도구들이 가방에 있는지 다시 확인한다.
3. 강의하러 가기 위해서 지하철 탈 때는 정신을 바짝 차린다.
3. 빔이 제대로 설치되어 있는지 일찍 가서 확인하고 여분의 건전지를 준비한다.
4. 대상을 정확하게 파악하고 주제도 정확하게 알린다.
5. 프레젠테이션의 슬라이드 수를 과도하게 준비하지 않는다.
6. 강의 전에는 심호흡으로 안정을 취하며 어둡고 불편한 대화는 피한다.
7. 내가 감당하기 힘든 대상은 처음부터 거절한다.
8. 동영상이 안 될 때를 대비해서 말로 할 수 있어야 한다.
9. 적어도 한 시간은 PPT 없이 강의할 수 있어야 한다. PPT가 있어도 강의 내용을 키워드로 준비한다.

10. 오전 강의가 있는 전날은 늦은 미팅을 피한다.

작년 가을에 있었던 일이다.

강의장 빔 프로젝터 가동을 몇 번이나 시도해 보았지만 안 되었다. 막막했지만 평정심을 잃지 않으려고 심호흡을 하고 청중을 향해서 "이 녀석이 가을을 타는가 봅니다. 자기도 가을 타는데 아무도 알아주지 않아서 심통이 난 것 같습니다. 우리 이 녀석을 이해해 주기로 할까요? 대신 제가 이 녀석 몫까지 할 테니 큰 박수로 격려해 주시기 바랍니다." 했더니 청중들이 "네!" 하고 큰 박수를 쳐주셨다.

그렇게 노트북의 첫 화면만 보고 두 시간 강의를 계속했는데 신기하게 막힘이 없이 줄줄 나오는 게 아닌가? 시야와 공간이 넓어지는 느낌이었다. 내 속에 있던 많은 콘텐츠들이 줄 서서 대기하고 있는 듯했다. 그것은 오랜 시간 준비했던 강의안 속의 내용이 아니라 그야말로 즉흥이었다. 그런데 그 즉흥이 스토리텔링이 되고 라이브 음악을 첨가하고 창조하고 웃고 울고 했다.

마치면서 나의 노래를 한 후에 앙코르를 받았다. 갑자기 PPT 없는 강의 두 시간을 한 것이다. 강사님들이라면 자기의 전문 분야를 PPT 없이 적어도 한 시간은 그냥 말할 수 있어야 한다고 평소 주장해 왔었는데 그날 제대로 경험했다. 그것도 두 시간을… 정말 좋은 경험을 했다. 날씨 덕택인 것 같았다.

강사의 길은 수많은 '경우의 수'에서 지혜를 찾는 시간이었고 많은 실수를 통해서 성장을 하는 시간이었다. 실수가 없었다면 성장도 없다. 실패는 있었고 눈물도 흘렸지만 결코 좌절은 안 했다. 배움과 나눔은 계속되며 그렇게 성장하고 성찰하고 성숙해 가는 하모니 코치로 기여하고 싶다.

"강사로서 가장 기억에 남는 실수에서 얻은 교훈은 무엇인가?"

평화의 삶을 사는
모든 사람을 상상해봐요
오늘을 위해 사는
모든 사람들을 상상해봐요
모든 세상을 나누는
모든 사람을 상상해봐요

Imagine all the people
Living life in peace
Imagine all the people
Living for today
Imagine all the people
Sharing all the world

- 존 레넌의 Imagine에서

제 4 장.

그래도 못다 한
이야기

눈을 감으면 곳곳의
소중한 흔적들이 떠오릅니다

눈물

어렸을 때도 지금도 눈물이 많다. 음악치료 활동을 시작하고 감성 코칭 강사에 이르기까지 나의 강사의 길에 눈물이 마르지 않아서 감사하다.

돌아보면 청중들을 울린 일도 많았다. 은퇴하신 분들 대상 강의에서 눈 감고 '메기의 추억', 'Yesterday'를 부르다가 눈을 떠 보니 여러 명의 눈시울이 젖어 있었다. 교도소 인성 강의에서 스스로에게 감사 편지를 쓰고 난 후 여러 명이 눈물 흘려주셨기에 감사하다. 학부모 감성 코칭에서 자녀에게 고맙고 미안한 것을 써보자고 하여 한 분이 일어나서 말할 때 여기저기서 눈물을 닦았다.

ADHD 아동과의 음악치료에서 점점 밝아지는 딸을 향해 큰북을 두들기며 큰 소리로 '우리 딸 최고' 하고 울먹이는 엄마의 모습이 아름다웠다. 강의 내내 힐링 되었다면서 눈물 속에서도 웃음을 보여주신 노래교실 선생님을 기억한다. 화장품 회사 셀프 리더십 강의에서 스스로를 사랑하는 노래를 부르면서 최고의 성과를 내는 리더들의 눈물을 보았다. 어느 포럼 강의를 마쳤는데 앞자리의 스님께서 돌아가는 길에도 눈물이 계속 날 거라면서 감사의 말씀을 하셨다. 여성대학 강의 후에 3자매가 함께 눈물 흘렸다. 대학교 신입생 꿈 찾기 강의를 마친 후 자기의 목표를 외치며 눈물 흘린 어린 신입생을 기억한다.

어르신들 대상 강의에서 어르신들이 열심히 살아온 자기의 몸 부분 부분을 어루만지며 감사의 메시지를 전했을 때 '그럼 그럼' 하며 눈물 흘리셨다. 유방암 치유단계에 있는 환자가 자기를 괴롭힌 암세포를 통해 삶이 얼마나 소중한지, 가족이 얼마나 소중한지 알게 되었다고 눈물 흘렸다. 머나먼 타국에서 어린 나이에 결혼을 하고 힘겹게 살아가는 다문화 가정의 엄마들이 "선생님!" 하며 흐느꼈다. 부하 직원에게 까칠한 상사였다고 스스로 인정하며 굵은 눈물을 흘린 상사님을 기억한다. 부부행복 강의에서 한 학부형이 남편에게 감사의 노래를 만들어서 부르는데 다른 분들이 눈물을 흘렸다. 27세의 아름다운 여인은 코칭 후 '산바람 강바람'을 부르면서 "코치님과의 시간이 시원한 바람이에요."라며 예쁜 눈물을 흘렸다.

'동행'을 부르면서 먼저 간 아들과 동행할 수 있어서 좋았다고 하시는 고 김창익 '산울림' 멤버의 어머님의 고운 눈물을 기억한다. 경제적 손실까지 겹쳐 막다른 길에서의 고통 극복기를 들려주며 굵은 눈물을 흘린 전직 대기업 임원님을 기억한다. 스킬보다 사람을 온전하게 볼 수 있는 마음의 힘을 먼저 키우자고 사례를 들었을 때 끝없는 눈물을 보였던 음악치료 선생님들을 기억한다.

일본 강의를 마치고 혼자 숙소에서 맥주 마시며 스스로를 대견해하며 눈물 흘리다 잠든 나를 기억한다. 스웨덴 교민 대상 강의 마지막에 "교민들끼리 이런 감동의 시간 처음이에요." 하며 눈물짓던 교민 여러분들께 감사를 드린다.

　강의를 하면서 나처럼 많은 눈물을 흘린 강사가 또 있을까?
　때론 창피하고 죄송하기도 하다. 그러나 박장대소만 하지 말고 눈물을 흘리자고 외치고 다닌다. 공감하는 능력과 눈물은 인간만이 지니고 있는 감정이며 강력한 치유효과도 가져온다. 그래서 울어야 한다. 박수치며 듣는 노래보다 눈물 흘리며 듣는 노래가 더 감동으로 남는다.
　중년의 남자 분들에게 이제부터는 눈물 좀 흘리자고 한다. 고답적인 자세를 풀고 남은 삶을 좀 더 Cool한 소통으로 살아가자고…. "남자가 무슨 눈물을 흘려!" 하며 남자는 울면 안 되는 존재로 살아왔기에 감동과 표현에도 인색하고 서툴다. 그래서 강의 중에 눈물 흘리는 중년의 남자들이 그렇게 고마울 수가 없다.
　벅찬 감동은 사람의 운명을 바꿀 수도 있다. 아인슈타인은 "감동 없는 삶이 무슨 인생인가?"라고 했다. 환갑을 바라보면서 지나온 삶의 곳곳이 자주 떠오른다. 때로는 내가 대견해서, 때로는 부끄러워서 눈물도 난다. 가끔은 깊은 밤 침묵 속에서 까닭 모를 눈물 샤워를 경험하고 싶다.

　나를 성장시켜준 눈물에 감사한다!

경계를
넘어서

'Sfumato'라는 단어를 좋아한다. 이태리 말 'Sfumare흐려지게 하다, 불확실하게 하다.'에서 온 '흐린, 불분명한, 경계가 없는, 희미한' 이란 의미다.

음악치료 활동을 하면서 생각지도 못한 곳에서 생각지도 못한 사람들과 함께했던 시간이 많았다. 음악은 보이지 않는 마음속 경계를 과감하게 넘어서게 했다. 다른 가족들도 바라보게 해 주었다. 한 곳에서만, 하나의 대상에게만 국한하지 않고 넘나들게 했다. 내가 'Sfumato'라는 단어를 좋아하는 이유가 그것이다.

세계적인 가죽 메이커 '몽블랑'에서 Sfumato 기법으로 만든 가방은 볼수록 마음에 든다. 레오나르도 다 빈치의 7가지 습관에서 5번째 습관이기도 한 Sfumato는 다 빈치의 최고 걸작 '모나리자'와 그 외의 작품에서도 Sfumato라는 기법으로 알려져 있다. 경계가 모호하다, 그렇다고 해서 어색하거나 불편하지도 않다. 오히려 아름답다. 자유롭다.

이쪽인 듯 보면 저쪽 같고 저쪽인 듯 보면 이쪽 같은 그 느낌이 좋다. 이 세상의 그 많은 음악들을 장르를 넘나들면서 즐길 수 있어서 행복하다. 다양한 분야의 사람들을 만나면서 인생 2막이 얼마나 다채로운지 모른다. 색깔이 다른 강사님들과 콜라보 강의도 몇 번 했다. 저 강사님과 내가 어떻게 하모니를 이룰 수 있을까 하는 의문이 눈 녹듯이 사라졌다. 서로의 강의를 빛나게 해줄 수 있었다.

점점 나이가 들면서 진솔함의 가치를 실감한다. 예전에 부끄러워서 못 한 얘기들을 하고 강의에서 과감한 퍼포먼스를 하는 나를 보며 여유와 넉넉함을 느낀다. 그랬을 때 더 진한 공감을 느낄 수 있었다. 칼 자르듯이 선명한 선을 긋지 않고 경계를 넘나들며 음악과 치유, 인문학과 코칭과 예술의 융합에서 오는 스토리텔링을 구상할 때 행복하다. 동요, 팝, 7080, 클래식, 크로스 오버 뮤직, 엔카, 트로트까지 경계를 넘어서 장르를 즐길 수 있음에 감사하다. 기타와 피아노, 오카리나, 때론 소고와 북 같은 타악기로 청중과 하모니를 이룰 수 있음에 감사하다.

이렇게 경계를 넘은 적이 있다. 개성 공단 우리 측 근로자들을 위한 강의를 위해 개성으로 들어갈 때 북한 측 여군이 나의 짐을 검사했다. 그리고 "감성이 뭡네까?"라는 강력한 톤의 질문에 나는 조금 당황했지만 적절하게 설명해주었다. 그러자 여군이 "그런 것도 교육합네까?"라고 했다. 나중에 알았는데 북에서는 '감성'이라는 단어를 쓰지 않는다고 했다. 그런데 일주일 후 다시 갔을 때 "감성 교육 선생님 오셨습네까?"라고 멀리서부터 반겨주는 여군을 보고 뭉클했다. 38선을 지날 때 내가 분단국가의 국민이구나 하는 생각이 강하게 들었다. 경계를 넘어 대동강가에서 기타 치며 고향의 봄을 부를 수 있는 날이 언제쯤 올까?

나만의
아지트가 있는가?

집 가까이 있는 우면산에 가끔 혼자서 간다. 우쿨렐레를 메고 가방 안에는 오카리나와 물통, 얇은 책 한 권을 넣어 간다. 조금 걷다 보면 사람들 흔적이 좀 뜸한 조용한 곳이 나오는데 거기서 우쿨렐레를 꺼내서 치곤 한다. 산속의 작은 음악회가 시작된다. 그곳이 바로 나의 '아지트'이다. 나뭇잎 사이로 햇살을 받으며 숲 내음에 빠져서 리듬 타는 아줌마로 잠시 변신을 한다. 도심 속에서 이렇게 즐길 수 있음에 무한히 감사하다. 여유로운 시간에서 창조가 나온다. 베토벤을 비롯한 많은 예술가와 철학자들도 그랬다. 거닐면서 '아하Aha' 하는 탄성이 나왔다.

뇌과학에서는 이 현상을 'FLASH', 'SPARK'라고 한다. 때론 책을 읽다가도 조그마한 탄성이 나온다. 그리고 속에 있던 예전의 탄성들이 나와서 저희들끼리 어울리면서 무엇이 창조되기도 한다. 창조는 이 세상에 없던 것이 아니라 어딘가에 있던 것이 발견되는 것이다.

혼자서 자연 속에 있다 보면 나의 참모습이 보일 때가 있다. 힐링과 감성 강의를 하는 나이기에 이런 시간을 확보하는 것은 아주 중요하다. 나의 셀프 힐링은 지금도 계속되고 있다. 나는 지인들에게 이렇게 말한다. "우면산에 가면 내가 도 닦는 곳이 있지요."라고. 가르쳐 달라고 하면 부정 타서 안 된다고 하고 또 한바탕 웃는다.

나만의 아지트에서 가만히 나를 들여다보면 내가 보인다. 나의 치부도 보인다. 많은 관계 속에서의 내가 보인다. 불과 며칠 전의 나의 행동과 말이 부끄러워지기도 하고 상대방 기분이 언짢았을지 모르겠구나 하는 반성도 한다. 이런 나만의 성찰의 시간이 나이 들어가면서 점점 더 필요한 것 같다.

때론 동네 커피숍도 아지트가 된다. 군중 속에서도 혼자만의 공간과 시간을 즐겨보자. 어디든 나만의 아지트를 확보해 두자.

혼자서도
잘 놀기

요즘은 여행이나 전시회, 음악회도 혼자 가는 사람들이 많다. 함께 갈 사람이 없으면 맥 빠져서 가기 싫다는 사람들이 있는데 그럴 필요가 없다. 함께도 즐겁지만 혼자서도 즐거울 수 있어야 한다.

나는 그림 그리는 재주는 없었는지 어렸을 때 미술시간은 즐겁지가 않았다. 그런데 나이가 들면서 미술 작품에 관심이 많아져 혼자서 미술 전시회를 자주 간다. 미술 작품을 보고 있노라면 나도 모르게 노래의 악상이 떠오를 때도 있고 작품의 제목을 유심히 보는 것도 흥미롭다. 몇 시간을 그림과 조각 앞에서 푹 빠져본다.

　최근에 갔던 미술 전시회에서 강한 인상을 받았다. 페미니스트의 우상이었던 멕시코 화가 프리다 칼로는 "나는 내 현실을 그린다. 죽음이 나를 이기지 못하도록, 나는 죽음을 놀리고 비웃는다."라고 할 만큼 강인했다. 처절하게 망가진 심신에서 죽음보다 더한 고통을 미술로 승화시킨 그녀를 떠올리며 잠시 사색에 잠긴다. 그녀의 눈물 떨어지는 소리를 들을 수 있게 만든 코너에서 '똑', '똑' 하는 소리를 들을 때 묘한 전율을 느꼈다.

　인체를 자기 예술의 화두로 삼고 자기의 철학적 개념을 회화로 승화시킨 프랜시스 베이컨의 작품을 보면 내가 철학자가 되는 것 같다. 얼마나 많은 얘기가 그림 속에 있는지, 인체의 부분 부분을 보며 고뇌에 찼던 그 얼굴을 떠올려 본다.

　틀에 박히지 않은 구도와 화려한 색의 조합으로 연인들의 꿈 같은 사랑과 감성을 표현한 샤갈의 그림은 아름다운 상상으로 이끌어 준다. 그는 "삶이 언젠가 끝나는 것이라면 삶을 사랑과 희망의 색으로 칠해야 한다."고 했다. 결국 모든 것은 사랑이며 남녀의 만남이 시작이고 우리는 사랑해야 할 권리와 의무가 있음을 보여준다.

　이런 작품들을 혼자 보면서 천천히 느낌을 적어두고 시간이 흐른 후에 보면 새롭다. 내가 모르는 또 다른 세상을 위하여 상상하고 고뇌하고 흔적을 남겨 준 예술가들에게 감사를 느낀다.

　먹 냄새를 좋아했다. 나이 들었을 때 혼자 수련하는 조용한 취미라고 생각하여 일찍 서예를 시작해서 한동안 계속한 적이 있다. 지금도 예술의 전당 서예전에 자주 가면서 흑백의 여백을 감상하고 고운 글말들을 메모한다. '오늘은 좋은 날'이라는 서예 작품에서 노랫말을 만들어서 강의에도 활용했다. 몇 년 전에 좀 파격적으로 와인 잔과 안주를 그렸고 부끄럽지만 예술의 전당에서 전시를 한 적이 있는데 사람들이 흥미로워했다. 작품 속의 글은 잔잔한 행복 기나긴 사랑, 나의 호는 松苑지금은 松花.

혼자 다니면서 머물고 싶은 곳에서 한참 머문다. 시간이 되면 혼자서 영화를 두 편 연달아 본다. 강의를 하게 되면서 생긴 좋은 습관이 서점 한쪽 귀퉁이에서 시간 가는 줄 모르고 독서에 빠지는 것이다. 지방강의를 갈 때는 일찍 가서 여기저기 기웃거리며 호기심을 채운다. 우리나라가 한없이 넓고 아름다웠다. 혼자서도 놀 줄 알아야 인생 2막이 즐겁다. 정말 중요하다.

혼자만의 마음의 스페이스를 무한히 느끼면서….

산바람
강바람

산 위에서 부는 바람 시원한 바람
그 바람은 좋은 바람 고마운 바람
여름에 나무꾼이 나무를 할 때
이마에 흐른 땀을 씻어 준대요.

"여러분, '산바람 강바람' 아시죠. 시원한 바람을 느끼면서 한
번 불러볼까요." 하고 노래를 부른다. 두 번째는 "이번에는 '이
마에 흐른 땀을 씻어 준대요.' 부분에서 옆에 있는 사람의 이마
에 흐른 땀을 닦아주는 동작을 하시는 겁니다."라고 부탁한다.
모두가 웃으면서 동작을 잘 해주었다. 그 다음에는 "여러분, 이
번에는 힘겨워하는 누구를 떠올리며 격려, 위로하는 느낌으로
옆에 있는 분이 그분이라고 가정하고 이마를 닦아주시는 겁니
다."라고 했다. 좀 전보다 훨씬 적극적으로 어떤 분은 손수건까
지 꺼내면서 멋진 퍼포먼스를 했다.

법원 공무원 연수원에서 강의를 할 때 80명 중 한 분만 여성
이었다. 과연 이 동작을 잘 따라해 주실까 했는데 웬걸 모두가
아주 적극적으로 해주시는 것이 아닌가! 어떤 분은 손수건까지 꺼
내서 연기를 해주셨다. 경직된 분위기가 순식간에 부드러워졌다.
은퇴자들을 위한 강의에서는 앞에 계신 선생님께서 "이 과정 수

강료의 절반은 오늘 이 동작으로 본전 뽑았습니다. 감사합니다."라고 하신 적이 있다.

그만큼 동작은 강력하다. 두 경우 모두 얼마나 감사했는지 모른다. 강의에서 '산바람 강바람'을 부르면서 이 동작을 하신 분들은 이 노래를 부를 때마다 자기가 옆 사람의 이마를 닦아주는 격려와 위로의 동작에 링크가 될 것이다. 동작은 강력하다.

작은아버지, 작은어머니
감사하고 죄송합니다

아버지께서 갑자기 떠나시고 몇 달 후, 예비고사를 보고 대학 진학을 해야 했다. 참으로 어수선한 상황이었거니와 무엇보다 엄마의 정서가 불안했고 나 역시 매일 불안했다. 합격은 했지만 정말 다시 한 번 기회를 갖고 싶어서 이불을 뒤집어쓰고 며칠을 울면서 재수하겠다고 우겼다. 하지만 그 와중에도 사실은 연년생인 동생이 이듬해에 또 진학을 해야 했기에 욕심이라는 것도 알고 있었다.

그렇게 안절부절못하고 있을 때 어느 날 셋째 작은아버지 내외분께서 오셨다. 입학을 축하한다는 메시지와 함께 격려의 말씀을 해주셨다. "미정아, 괜찮아. 아버지 갑자기 떠나신 상황에서 충분히 힘들었고 노력했다. 속상해하지 않아도 되고 대학 생활 재미있게 하거라." 하시면서 봉투를 주셨다. "삼촌이 첫 조카

대학 입학을 축하해 주고 싶구나. 등록금 내고 엄마랑 옷 한 벌씩 해 입고 책 사 보면 좋겠구나." 갑자기 어안이 벙벙했다. 어머니께서는 감사의 눈물을 계속 흘리셨다.

그 당시 등록금은 18만 원 안팎이었고 봉투 안에는 50만 원이 들어있었다. 작은어머니께서도 따뜻한 미소를 지으시며 내 손을 잡고 격려해 주셨다. 나는 작은아버지의 말씀을 받아들여 등록금도 내고 어머니랑 옷 한 벌씩 해 입고 입학식을 잘 했다.

작은 아버지께서는 돌아가신 아버지를 최고의 남자라며 항상 존경하셨다. "우리 8남매를 다 합해도 큰형님 하나만 못하다." 하면서 아버지의 주검 앞에서 통곡하시던 모습을 기억한다. 내가 결혼이 정해지고 약혼식을 생략한다고 했을 때 작은아버지께서 당신 집에서 작게라도 열어주시겠다고 하셨다. 그래서 시집과 친정의 어르신들을 초대해서 작지만 품격 있고 아름다운 약혼식을 했다. 준비를 위해 애쓰신 작은어머니께 얼마나 감사했는지 모른다. 평생 감사해야 할 일이다.

작은어머니가 떠나신 지 6년, 신장 투석으로 고생하시는 건 알았지만 그렇게 빨리 가실 줄 몰랐다. 친척들에게 크게 내색을 안 하셨기에 많이 아프실 때 찾아뵙지 못한 것이 정말 후회스럽다. 남에게도 음악으로 다가가는데 병상의 작은어머니께 노래 한 곡 불러드리지 못했다.

대학 4학년 때 진로를 앞두고 어머니와 의견이 맞지 않아서 작은어머니와 함께 자면서 밤새워 얘기한 적도 있다. 딸이 없고 아들만 하나 있는 작은어머니는 나를 어렸을 때부터 예뻐해 주셨고 대화 상대도 되어주셨고 옷도 신발도 많이 사주셨다.

고려대학교 원로 졸업생이신 작은아버지께서는 어느 날 내가 고려대에서 강의하는 것을 어찌 아셨는지 격려의 전화를 주셨다. 늦게 강사의 길을 가는 나에게 마치 아버지처럼 힘을 주신다. "우리 조카 정말 기특하다. 어렸을 때 피아노 치는 모습이 참 예뻤지." 하시면서….

작은아버지, 작은어머니 감사하고 죄송합니다.

감사의 표현은 그때그때 하기!

원초적인 소리를 질러보고 싶다

"선생님 우리 같이 가요!"

밀림에 가보고 싶다. 원주민들과 함께 옷도 훌렁 벗어던지고 그들의 북을 치면서 그들과 함께 인간의 원초적인 소리를 내면서 맘껏 부르짖고 싶다. 도레미파 같은 멜로디가 없이 그냥 그들의 비트beat와 리듬만으로 이루어진 자연의 소리를 질러내고 싶다. 내면에 있는 그 원초적인 소리를 하늘을 향해 내던지고 싶은 소망을 이룰 수 있을까!

할아버지께서 지어주신 예쁜 이름 美玎아름다운 옥소리 같은 소리이의 목소리가 아닌 자연의 거친 소리를 질러보고 싶다. 내 안에도 분명 자연의 거친 소리가 있을 것 같다. 그래서인가, 나도 북을 치며 외치는 수업을 할 때가 자주 있다. 청중들과 함께 북을 치면서 리듬 따라 생소리를 낼 때 아주 흥겹다. 무의식에 있는 것들이 올라오기도 하고 지금 당면해 있는 것들을 외치기도 하고….

맨발로 땅을 밟고 온몸으로 소리를 외치며 질서 있게 리듬을 타는 밀림 속 원주민들의 모습을 TV에서 보면 희열을 느낀다. 그렇게 아름다운 몸짓도 아니요, 그렇게 아름다운 소리가 아니다. 투박하면서도 소박한 그들 나름의 규칙과 질서와 즐거움이 있다. 그렇게 한참 보다 보면 아름답다는 느낌을 받는다. 내 몸도 움직인다. 아름다움이 무언가? 김홍신 작가님께서는 아름다움이란 안정감이 있고 주변과의 어울림이 있고 그것만의 독특함이 있는 것이라고 했다. 그들의 어울림이 그렇다. 언젠가 강의 시간에 이런 꿈을 말했더니 어떤 분이 "선생님 우리 같이 가요! 저도 그런 경험 정말 하고 싶어요." 하면서 함께 가자고 했다.
'내 안에는 어떤 원초적인 소리가 있을까?'

가슴 뛰는 얘기를
가슴 뛰게 말했던 그녀

"여러분들의 잠재력을 믿습니까?"

'강사의 성장을 위한 마음가짐과 스킬 향상'이라는 주제로 A 여성회관에서 1박 2일에 걸쳐 경력단절여성들을 위한 강사양성 과정에 참여했다. 20명의 여성 중에는 결혼 전 사내강사 경력이 있는 여성들도 있었다. 모두 목표의식을 가지고 있었기에 눈빛이 빛났다. 강의 실습에서 기억에 남는 여성이 있다.

열정을 다했던 경험을 10분 동안 자기만의 스토리로 만들어보자고 했다. 그때 P선생님의 강의를 잊지 못한다. 사내강사였던 P선생님의 첫날 강의는 텍스트가 많고 다소 경직되었다. 전직 사내 강사답게 설명식으로 논리적인 강의를 했지만 감동은 없었다. 강의 후에 본인도 맘에 들지 않는다고 했다. 그런데 점심식사를 하면서 35kg을 감량했던 얘기를 재미있게 했다. 나는 들으면서 '이거다.' 하는 확신이 들었고 "박 선생님, 그 얘기를 해봐요. 훌륭한 동기부여가 될 겁니다."라고 했다.

다음 날 박 선생님은 PPT 없이 시작했다. 몸이 어떻게 불어났고 자포자기했던 상황에서 다이어트와 운동으로 35kg 감량의 스토리를 열강 했고 모두가 숨죽이고 들었다. 질문까지 끌어내는 여유와 함께 큰 박수를 받았다.

나는 "여러분, 박 선생님의 강의를 들으며 어제와 다른 점이 무엇이지요?"라고 질문했다.

"본인의 가슴 뛰는 경험이었기에 자신감이 넘쳤어요."
"큰 동기부여가 되었고 체중감량은 누구나 관심이 있어요."
"그리고 지금 모습을 보면 도저히 믿을 수 없기에 더욱 빠져들었어요."

35kg이 더 나갔을 때의 모습을 도무지 상상하기 힘들 정도로 너무나 아름다운 그녀! 바로 그거였다. 동영상이 돌아가는 것처럼 가슴 뛰는 이야기를 가슴 뛰게 했다.

1박 2일간 유키 구라모토의 음악, 인디안 음악, 뮤직 플레이와 함께 새롭게 시작하는 스스로를 마음껏 상상했다. 서로의 행복을 빌어주는 행복 명상 시간을 끝으로 아쉬운 작별을 했다. 경력단절 여성들의 재출발을 위해 나름 최선을 다했고 그들이 긴 휴면을 깨고 자기의 강점을 발휘하기를 바란다. 며칠 후 박 선생님으로부터 문자가 왔다.
"경제 교육 강사에 지원해서 합격했어요. 선생님과 함께 했던 시간은 오감이 작동된 시간이었어요."

시애틀의
잠 못 이루는 밤

　5년 전 큰아들 졸업식에 갔다가 아들 녀석의 허름한 하숙집에서 졸업 노래를 불러주었다.

　'진추하'의 'Graduation tears'는 내가 처녀 때부터 좋아해서 외우고 있는 노래였다.

And now is the time to say good bye to the books

And the people who have guided me along

They showed me the way to joy and happiness my
friends,

How can I forget the fun we had before

I don't know how I would go on without you in a wicked
world

　아들 녀석의 졸업 가운을 입고 의자에 파묻혀서 노래를 부를 때 아들은 동영상을 찍었다.

　녀석은 미처 모를 것이다. 노래하면서 얼마나 울컥했는지….

　아들 녀석은 핑크빛 와인 잔을 준비했고 달콤한 와인으로 건배하며 추억을 남겼다. 그리고 늦은 밤 시애틀 해변가를 드라이브하고 산책하면서 못다 한 이야기를 나누었다. 그렇게 '시애틀의 잠 못 이루는 밤'을 조금이나마 흉내 낼 수 있었다. 행복한 모자의 추억이다.

"어머니, 정말 감사합니다."
"그래, 애썼다. 서로의 성장을 위하여 건배! 짱!

언젠가 저 별로 돌아가는
나를 위해

'웰다잉' 공부를 하면서 죽음을 상상해 보았다. 음악치료와 상담을 통해서 가족 간의 죽음에 얽힌 많은 상황들을 보고 웰다잉 교육의 절실함을 느꼈다. 애써서 번 돈을 노후에 오랜 기간 병원비로 허망하게 날리는 경우도 보았다. '나 같으면 저렇게 마무리하지 말아야지!' 하며 홀로 독백을 한 적도 많다. 아름답게 마무리하고 싶은 욕구가 날이 갈수록 절실하다.

이제 웰다잉이라는 말이 어색하지 않을 정도로 많은 사람들이 웰다잉에 관심을 갖게 된 것은 바람직한 현상이다. 잘 떠난다는 것은 이제 소중한 가치로 자리매김 되었다. 떠나는 사람도 남은 사람도 심신의 고통을 덜고 과도한 비용을 줄이는 것이 바람직하다. 나를 어떻게 남길 것이며 불필요한 흔적들을 어떻게 지울 것인가를 생각해본다. 그리고 언제부턴가 물건들을 줄이기 시작했다.

웰다잉 교육을 받으면서 나의 영정 사진을 보며 나와 가족에게 하고픈 말을 할 때 눈물을 펑펑 흘렸던 나를 떠올린다. 관 속에 누워서 죽음을 상상해보니 두려움이 아니라 용서 못 할 게 없었다. 죽음을 상상하니 온통 미안함과 아쉬움뿐이었다. 죽음 공부는 결국 잘 살기 위한 공부였다. 내가 지금 가고 있는 이 길도 결국은 웰다잉을 위한 길이려니! 그러니까 잘 살아야 잘 떠날 수 있는 것이다. 가고 오고 , 떠나고 맞이하고….

나의 목소리가 다할 때까지 웰빙과 웰다잉에 기여하는 하모니 코치로서 행복하게 마감하고 싶다. 나의 죽음 앞에서 쓸데없는 연명 치료는 사절한다. 평상시 내가 좋아했던 음악과 나의 자작곡을 들려주기 바라며 흰 국화보다 알록달록 꽃들 몇 송이면 족하다. 강물 따라 바람 따라 자유롭게 날고 싶기에 강가에 뿌려주기 바라며 기일 날 번거롭게 모이지 말고 어디서든 잠깐만 나를 기억해주기 바란다. 영원한 '하모니 코치'로 기억되기를 바란다.

웰다잉을 생각하며 10감사를….

1. 우주의 한 점에서 와서 우주의 한 점으로 돌아갈 수 있어서 감사.

2. 따뜻한 자궁에서 열 달 품어주고 세상에 나와 기운을 느낄 수 있게 해주신 부모님께 감사.

3. 남남으로 만나 가장 가까운 인연이 되어 행복과 불행을 함께 나눈 배우자에게 감사.

4. 나를 엄마로 만들어 주고 성숙한 삶을 살게 해준 두 아들에게 감사.

5. 삶의 곳곳에서 나를 기억해주고 맞이해주고 함께 웃고 울었던 소중한 인연들에게 감사.

6. 세상의 많은 음악을 감상하며 많은 노래를 불러 보고 창조할 수 있었기에 감사.

7. 이 세상의 많은 책들로부터 얻은 지식과 지혜로 성장할 수 있었기에 감사.

8. 자그마한 달란트로 누군가를 행복하게 해줄 수 있었기에 감사.

9. 평생 먹고 자고 걷고 마시고 호흡하고 배설하며 5감을 느낄 수 있었기에 감사.

10. 사랑할 수 있었기에 감사.

김미정의
33한 하모니 라이프

1. 돌아보면 감사할 것이 수두룩하다!
2. 리듬을 즐기면 뇌가 행복해진다!
3. 호기심을 잃으면 노화가 팍팍 진행된다!
4. 자주 내 몸을 허깅Hugging해 주자!
5. 즐길 줄 알면 갈등도 줄어든다!
6. 좋은 기운을 주고받는 소통을 향유하자!

7. 감탄을 잘하면 관계가 좋아진다!
8. 나는 지금 어떤 에너지 장에 있는가!
9. 고맙고 미안한 건 그때그때 표현하자!
10. 축하의 언어를 자주 사용하자!
11. 끊임없이 쓰자, 읽자, 느끼자!
12. 다양한 장르의 음악을 자주 듣자!

13. 늦은 공부는 충격 완화제가 된다!
14. 평생 교육은 평생 공부하라는 말이다!
15. 나이 들수록 물건 수를 줄이자!
16. 나만의 아지트가 있는가!
17. 스스로 회복할 수 있는 방법을 몇 가지 터득하자!
18. 대화를 독주하지 말라. 미움 받는다!

19. 싱크대 앞에서 흥얼거리자, 가족이 행복하다!

20. 김미정의 '삼성'이란 성장하고 성찰하며 성숙해지기!

21. 누군가로부터 그리운 대상이 되고 있는가!

22. 고독하지 않고 사색하지 않고 눈물 없이 어찌 성장하리요!

23. 상처 받기만 했을까, 상처 준 것도 떠올려보자!

24. 박장대소보다 엷은 미소를 생활화하자!

25. 60세부터는 말수를 조금씩 줄이자!

26. 나이 들면서 먹는 것에 집착하지 말자!

27. 나이가 많은 것이 벼슬은 아니다!

28. 며느리가 행복해야 내 아들이 행복하다!

29. 혼자서 잘 놀 줄 알아야 자식들이 행복하다!

30. 60이 넘으면 해마다 유서를 작성해 놓자!

31. 나이 들면서 BMW Bus, Metro, Walking을 즐기자!

32. 경청과 덕담의 습관은 존경받는 어른의 시작이다!

33. 지금까지 살아온 나에게 감사하자!

둥기 둥기 둥기 둥 둥기 둥기 둥기 둥
살만한 세상 이라네
둥기 둥기 둥기 둥 둥기 둥기 둥기 둥
살만한 세상 일세

제5장.

창작 MUSIC PLAY

수없이 많은 '아하'를 외쳤습니다.
'生show'의 향연!

음악치료수업을 하면서 다양한 뮤직 플레이를 만들었다. 휴식을 하다가, 산책을 하다가, 지하철에서 사람들의 표정을 보다가, 샤워를 하다가, 커피숍에서 누구를 기다리면서 툭툭 튀어나오는 무언가가 있었다. 동작, 추임새 놀이, 즉흥 노래, 랩 송, 시, 독백, Performance를 수업에 활용했다. 직접 만든 뮤직 플레이 몇 가지를 소개한다.

긍정의 단어
하모니

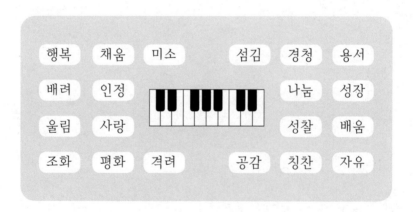

나열된 긍정 단어 중 4개를 선택해서 '도, 미, 솔, 도' 음정에 맞춰서 부른다 본인이 원하는 단어를 불러도 좋다. 단어를 달리해서 몇 번을 한 후 최종적으로 한 개를 선택해서 부른다.

단어 자체보다 단어와 내가 하나 되는 느낌으로.

물렀거라
부정적 단어 버리기

좌절감	무기력	욱
질투심	물렀거라	교만
주저하기	당황	사치
수치심	분노	명령하기
까칠함	미루기	혀 차기
배 아픔	말 끊기	짜증내기

　버리고 싶은 감정, 행동들을 떠올리며 강력하게 '물렀거라' 하고 외친다. 파트너끼리 서로 해준다. 타악기를 치거나 발을 구르기도 하고 테이블을 두들기면서 한다. 때로는 누구 한 사람을 위해서 집중적으로 해준다.

도형을
소리내기

　다양한 모양과 색을 사용하면 흥미가 생긴다. 청중들에게 어

떻게 하라는 지시가 없이도 청중은 강사가 짚어나가는 그림을
보면서 느낌대로 소리를 낸다. 동작도 함께 하면 재미있다.

좋-다!

가장 긍정적이며 짧은 단어! 소고 같은 타악기를 치면서 하면
역동적이다. 강사가 "가을이/왔네" 하고 리듬에 맞춰서 외치면
다른 사람들은 "좋-다" 하고 추임새를 외친다. 절대 긍정 놀이!

가을이/왔네/~~~좋-다.
옆에는/벗이 있고/~~~좋-다.
까탈 부리지/말고/~~~좋-다.

작은 것에/감사하고/~~~좋-다.

평생/공부하고/~~~좋-다.

맛난 음식/먹으니/~~~좋-다.

아침부터/활짝 웃고/~~~좋-다

김 대리의/의견도/~~~좋-다

성과가/올랐으니/~~~좋-다

랩 송

젊은 래퍼들을 흉내 내고 싶었다. 그만큼 빨리는 못 하더라도
리듬을 타고 악센트를 넣어서 외쳐본다. 연과 연 사이에 추임새
를 넣으면 흥겹다_{예 으샤 으샤 으샤라 으샤!}.

상처 하나/없는 사람/이 세상에/어딨어.

상처 한 번/안 준 사람/이 세상에/어딨어.

이제는/용서하고/화해하고/하모니_{예 으샤 으샤 으샤라 으샤!}.

100세까지/100세까지/싱싱하게/쿨하게

앓는 소리/푸념일랑/날려날려/버려버려.

끝까-지/걷자 걷자/끝까-지/웃자 웃자_{예 으샤 으샤 으샤라 으샤!}.

슈베르트 '송어'에
가사를 붙인 노래

크리스티안 슈바르트의 시에 슈베르트가 곡을 붙인 '송어', 그 곡에 나는 다시 가사를 만들어서 새해 아침에 불렀다. 핸드벨 두 개C음, F음를 가지고 '송어'를 부르면서 퍼포먼스를 했다. 없애고 싶은 부정적인 감정, 행동이 멀리 사라지라고 외쳤다.

희망의 정유년이 밝아왔어요.
그대와 나의 소망이 빛나고 있어요.
어제까지의 모든 걱정 멀리 사라져가라.
어제까지의 모든 아픔 멀리 사라져가라.
어제까지의 모든 갈등분노, 까칠함, 주저함, 게으름멀리 사라져가라.
~~땡땡땡

'좋으신 하나님'을 개사
-사랑해 ♡ ♡야

자기를 사랑하는 노래를 쉽고 짧게 만들고 싶었다. 늦은 밤 문득 복음성가 책을 보고 '좋으신 하나님'이라는 노래를 부르면서 이 거다 하는 확신이 들었다. 많은 사람들을 울린 노래이다.
원래 가사는 다음과 같다4/4박자.

좋-으신/하-나님/좋-으신/하-나님
참-좋으/신-나의/ 하-나-/님

도-도미/레-레레/레-레파/미-미미
미-미솔/파-파파-레파/미-레-/도-

이 가사를 이렇게 개사해서 부른다^{자기 이름을 넣어서}.

사랑해/동민아/사랑해/동민아/사랑해/동민아/정말/사랑해.
<small>사랑해 대신에 '괜찮아', '고마워' 로 바꿔서 불러본다. 또 누군가의 이름을 불러본다.</small>

어떤 선생님은 이 노래를 부르면서 싱크대 앞에서 일하고 있
는 짝꿍을 뒤에서 안아 주었더니 처음엔 깜짝 놀랐는데 가만히
있어서 얼굴을 보았더니 눈물을 흘리더라고 했다.

오늘은 참 좋은 날
기분 좋은 날

예술의 전당 서예전에서 작품 '오늘은 좋은 날'을 메모해 두었
다가 노래로 만들었다. 원래는 중간에 '참' 자가 없이 '오늘은 좋
은 날'이었는데 동우<small>자폐 아동, 가명</small>가 '참' 자를 넣어서 불러주었다.
"와우! 선생님이 동우한테 배웠네! "라고 고마워했다.

오늘은 참/좋은/날-/기분/좋은/날
도미솔라/솔미도-/파미레미/도

동우 운동화/색깔이-/아주 예뻐요.
선생님/목걸이가-/아주 예뻐/요.
일반 강의에서도 즉흥으로 가사를 넣어서 즐긴다.

가을하늘/바라보니-/상쾌해져/요.
내일 날씨/좋으면-/여행 떠나/요.
경청하는/모습이-/아름다워/요.
여러분의/눈빛이-/빛나고 있어/요.
도미솔라/솔미도-/파미레미/도

'진도아리랑'을
개사

온 천지가 울긋불긋/단풍이 들었네.
우리나라 좋은 나라/아름다운 나라

잠시뿐인 인생이다/사이좋게 사세
아침부터 활짝 웃고/어깨춤을 추세

한 번쯤 실패 안 한/사람이 있을까
자빠지고 넘어지고/또 일어난다.

잊을 건 잊어라/버릴 건 버려라.
이것저것 짊어지면/어깨가 무겁다.

평생을 공부해도/모르는 게 많구나.
이것이냐 저것이냐/정답이 없단다.

후렴: 아리아리랑 쓰리쓰리랑/아라리가 났네!
　　아리랑 으으음/아라리가 났네.

못다 한 사랑 하리라

음악 치료와 상담, 코칭과 내 삶을 돌아보며 만든 노래이다.

먼 길 달려 왔네 때론 돌아 왔네.
파인 주름만큼이나 깊어진 내 삶의 무게여.

인생을 차지게 했던 소중한 만남 만남들
흘린 땀방울만큼이나 깊어진 내 삶의 무게여.

한 잔 술에 웃어도 보았고
두 잔 술에 울어도 보았네.

한 고비 두 고비 넘어가며 기다렸던 수많은 봄
아름다운 무지개 그려보며 못다 한 사랑 하리라.
아름다운 무지개 그려보며 못다 한 노래 하리라.

나는야
행복한 코치

잠재력이 보여요 탁월함이 보여요
그대의 눈동자 속에
아무도 모르는 놀라운 능력을
이제부터 느껴 봐요.

호기심의 세계로 마법의 세계로
그대의 빛나는 별을 향해
그대와 함께 동행하는
나는야 행복한 코치! 코치!

감사송

상황에 따라서 가사를 다르게 노래한다.

파아란 하늘을 볼 수 있으니 감-사
맑은 공기를 마실 수 있으니 감-사
따뜻한 햇살을 받을 수 있으니 감-사 감사합니다.
반가운 얼굴들 한자리에 모이니 감-사
아름다운 하모니를 즐겁게 외치니 감-사
감사 노래를 부를 수 있으니 감-사 감사합니다.

돌아보면 감사한 게 너무 많아
그런데도 놓치는 게 너무 많아
작은 것에 감사하는 여러분이 되시기를 바랍니다.
감사합니다.

소통송

경청, 귀 기울여 그대 향해
공감, 그대 맘을 느껴봅니다.

칭찬, 자신감을 키워줘요.

인정, 살맛 나게 해줘요.

격려, 다시 일어서게 해줘요.

그 손 내가 잡아줄게요.

우리 행복한 소통을 위해

난 널– 넌 날–

경청합니다, 공감합니다.

칭찬합니다, 인정합니다.

난 널– 넌 날–

격려합니다. 격려합니다.~~~

엄마의
피아노 소리

봄 햇살에 아련하게 들려오는 그 소리

엄마의 피아노 소리 '즐거운 나의 집'

갈래머리 따주시던 바쁜 손길은

세월 속에 여위고 초라해졌지만

무탈하게 자라서 고맙다 하시며

지금도 등 언저리 쓰다듬어 주시네.

첫 딸내미 결혼 전날 눈물 삼키시면서

지혜로운 아내로 살아가라 하셨지.
구 남매의 맏며느리 힘겨운 나날
마흔넷에 사랑하는 님을 떠나보내고
망부가로 흐느끼며 지새웠던 밤들
이제는 웃으소서 환하게 웃으소서.

엄마 몰래 읽어버린 엄마의 일기
한 줄 두 줄 읽으며 눈물 삼키고
한 장 두 장 읽으며 그만 덮었지.
그 나이 되고서야 알았네. 그 외로움
지금도 포근하게 귓가에 맴도는
엄마의 피아노 소리 '즐거운 나의 집'

―어느 어버이날에 어머니를 생각하면서 큰딸 미정이가―

회색빛
사랑

그대의 마력에 정신을 잃었어요.
온 세상을 얻었다고 생각했어요.
찬란한 왕관은 사랑의 결실
따스한 입맞춤은 사랑의 확신
메데이아 당신은 구원의 여신

그러나 황금빛 약속은 흐려지고
그대의 온기는 냉기 품은 돌처럼…
이제는 서글픈 회색빛 사랑
전설이 되어버린 아르고호여
첫 키스의 순간으로 돌아갈 수 없나요.

–에우리피데스의 작품을 읽고 어느 클라이언트를 떠올리며–

'Like a wild flower'
퍼포먼스

이스라엘 최고의 가수 하바 알버스타인을 좋아한다. 유태 음
악을 토대로 포크와 샹송 등 서정성 짙고 몽환적인 분위기는 물

론 기타 치며 노래 부를 때의 진한 감성과 애잔함이 좋다. 그녀
의 'Like a wild flower'를 듣기 위해 사이트를 찾던 중 Young
Pops Orchestra가 연주한 또 다른 'Like a wild flower'를 알게
되었다. 행운이었다. 전혀 다른 곡이었는데 나도 모르게 빠져들
어 즉흥적으로 동작과 메시지를 첨가했다. 예쁜 폭발을 상상하
며 퍼포먼스를 했다.

나는 성장할 거야. 나는 변화할 거야.
조금씩 조금씩 조금씩 조금씩 폭발-
조금씩 조금씩 조금씩 조금씩 행복-

나는 나너를 사랑해. 나는 나너를 응원해.
조금씩 조금씩 조금씩 조금씩 폭발-
조금씩 조금씩 조금씩 조금씩 행복-

나는 그대 편이죠. 날 두려워 마세요.
조금씩 조금씩 조금씩 조금씩 폭발-
조금씩 조금씩 조금씩 조금씩 행복-

늦은 밤, 거실에서 혼자 흐린 조명 아래 조그만 소리로 외쳐본
다. "조금씩 조금씩 조금씩 조금씩 폭발!" 대학원 졸업을 앞두고
동기생들 앞에서 쭈뼛거리면서 이 퍼포먼스를 했을 때 젊은 선
생님들이 기립박수를 해주셨다. 어떤 동기생은 그 후에도 전화

해서 "요즘도 조금씩 폭발하시나요?" 하면서 짓궂은 질문도 했다. 어떤 분은 곡을 듣고 가사를 붙여보는 습관이 생겼노라고 했다. 2010년에 만들었고 쑥스러워서 몇 번만 오픈했는데 그 감동을 알기에 이제부터 더 오픈하고 싶다. 퍼포먼스의 마지막은 이렇게 끝이 난다. 두 팔을 하늘로 향해 뻗고

"I love You and Me!"

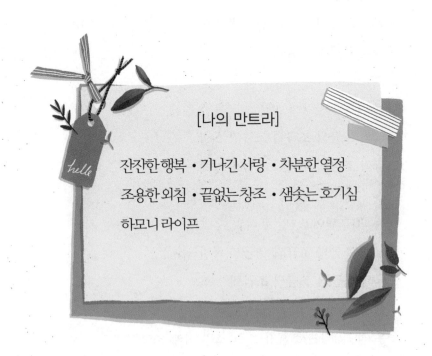

[나의 만트라]

잔잔한 행복 • 기나긴 사랑 • 차분한 열정
조용한 외침 • 끝없는 창조 • 샘솟는 호기심
하모니 라이프

[SELF — QUESTION 10]

1) 강의에서 외치는 대로 살고 있는가?

2) 히말라야 정상에서 강의를 한다면 어떻게 시작할 것인가?

3) 이제 내려놓고 싶은 것은 무엇인가?

4) 지난 삶에서의 부끄러움을 어떻게 성찰하고 있는가?

5) 50년 후 나의 자손들이 나를 어떻게 기억하기를 바라는가?

6) 다음 세상에 태어난다면 어떤 악기를 배우고 싶은가?

7) 엄마, 아내, 며느리, 딸의 역할을 벗어난다면 무얼 하고 싶은가?

8) 베토벤이 만약 살아 돌아온다면 어떤 메일을 보내고 싶은가?

9) 혼자서 한 달간 여행을 한다면 어디를, 왜 가고 싶은가?

10) 두 번째 책을 발간한다면 책 제목을 어떻게 정하고 싶은가?

책을 마치면서

글을 쓰는 시간은 마음의 캡슐이 조금씩 열리는 시간이었습니다. 지난 흔적들을 돌아보고 성찰하는 최고의 힐링 시간이었습니다. 일일이 글로 나열할 수 없는 부끄러움들이 떠올랐습니다. 평정심이 안 생기면 며칠씩, 몇 달씩 손을 놓기도 했습니다. 과감하게 지우기도 했습니다. 많이 버렸고 많이 채웠음에 감사합니다. 저만치 있는 내가 글 쓰고 있는 나에게 무어라고 하는지 들어보았습니다. 차분한 열정으로 조용하게 외치며 잔잔한 행복을 추구하고 싶습니다. 지난 10년을 성장의 동력으로 삼고 '늦게 핀 미로에서'의 발간을 계기로 더욱 진정성 있는 하모니 코치로 기여하겠습니다. 응원해주신 분들께 감사드립니다.

Happiness and success in life do not depend on our circumstances but on ourselves. −인생에서의 성공과 행복은 환경이 아니라 우리 스스로에게 달려있다.− 고등학교 때 정통 종합 영어를 보다가 이 문장이 마음에 와 닿았습니다. 그런데 살면서 아무리 성실하게 노력해도 우리의 삶은 환경의 영향을 받는 것을 많이 경험했습니다. 그럼에도 불구하고 아직도 이 문장이 툭툭 튀어나오는 것은 왜일까요?

샤갈의 스승인 레온 바크스트가 어느 날 샤갈의 그림을 보고 이렇게 말했습니다.

"Now your colors are singing!이제 자네의 색채가 춤을 추는군!"

'도 레 미 파 솔 파 미 레 도' 의 리듬에 맞춰서 불러볼까요?

"내 마음이 들리시나요.?"
"그대 맘을 들어봅니다."
"내려가는 연습합니다."

책을 마치면서 또 다른 시작을 합니다.
포레의 '꿈을 따라서'를 들으며…
고요한 마음으로…

감사합니다.

아름다운 하모니를 통해 소통과 치유의
가치를 만들어 나가는 인생 이막의 길에
끝없는 창조와 열정이 샘솟으시길 희망합니다!

권선복
도서출판 행복에너지 대표이사, 한국정책학회 운영이사

바야흐로 대한민국은 인생 100세 시대에 접어들었습니다. 평균
수명이 계속 증가하면서 60세, 70세를 넘어서도 충분히 일할 수
있는 나이라고 생각하고 있는 사람들이 많습니다. 하지만 젊은
시절에 '인생 이막'의 대책을 세워놓지 않아 노후에 경제적인 면
은 물론 정서적인 면에 있어서도 혼란스러워하며 고뇌에 빠지는
사람들도 갈수록 늘어나고 있는 현실입니다. 이런 현실 속에서
현재 당면한, 혹은 앞으로 오게 될 인생 이막을 어떻게 준비해야
할까요?

이 책『늦게 핀 미로에서』는 평범한 전업주부로 오랫동안 살아

왔으나 변화하고 싶다는 열망, 그리고 사회에 조금이라도 더 기여하고 싶다는 바람을 통해 성공적인 인생 이막을 살아가고 있는 저자의 이야기를 풀어내고 있습니다.

음악이 일상이었던 집안에서 태어나 음악과 함께했던 젊은 시절의 추억 속 에피소드들은 때로는 낭만적이고, 때로는 아릿한 인생의 굴곡을 보여줍니다. 하지만 우리의 가슴속에 더 깊이 다가오는 이야기는 늦은 나이에도 변화하고자 과감히 결심하여 음악치료사이자 하모니코치로 변신한 저자의 모습일 것입니다. 장애아동과 치매 노인, 폐쇄정신병동의 환자들 등 깊은 어려움에 빠진 사람들과 마주하여 음악을 통해 소통하고 치유하는 이야기들은 하나하나가 우리의 가슴속 깊은 곳을 어루만집니다.

중장년의 나이에 접어들게 되면 인생 이막을 꿈꾸면서도 너무 늦었다고 생각하는 분들이 많습니다. 하지만 뒤늦게 새로운 길에 도전하여 음악치료사이자 하모니코치로서 성공적인 인생을 만들고 있는 저자는 변화와 도전의 열망이 있다면 나이는 아무런 걸림돌이 되지 않는다고 힘주어 이야기합니다. 이 책을 읽는 모든 분들에게 진정한 자기 자신의 행복을 찾도록 도와주는 변화와 창조의 열정이 팡팡팡 샘솟아 오르시기를 진심으로 기원합니다.

끌리는 곳은 서비스가 다르다

박정순 지음 / 값 15,000원

책 『끌리는 곳은 서비스가 다르다』는 현재 11년 차 소상공인이며 서비스와 이미지 메이킹 전문가인 저자가 사업을 성공으로 이끄는 서비스 노하우를 알려준다. 모든 사업의 핵심 바탕이 되는 '서비스'에 대해 심도 있게 다루면서도 독자로 하여금 쉽게 이해할 수 있게 실제 사례를 들어 친절하게 설명한다. 모든 사업 성공의 바탕에는 '서비스'가 있다는, 잊기 쉽지만 가장 중요한 핵심을 잘 짚어내고 있다.

와인 한 잔에 담긴 세상

김윤우 지음 / 값 15,000원

책 『와인 한 잔에 담긴 세상』은 와인에 대해 절대 연구할 필요도 없고 고민할 필요도 없는 술이며 하나의 멋진 취미생활이자 직업이 될 수 있다고 한다. 저자는 "슬픈 사람을 기쁘게 만드는 신비의 힘, 그것이 바로 와인이다."라고 하며 "와인을 알게 되면서 경험했던, 그래서 풍요로운 인생을 경험했던 와인과 관련된 인생의 경험들을 여행으로, 파티로, 음식으로 풀어낸 일상의 이야기"라고 책에 대해 이야기한다.

아이디어맨이여! 강한 특허로 판을 뒤집어라

정경훈 지음 / 값 15,000원

책은 전문용어를 가능한 한 배제하고 쉬운 용어를 사용하여, 복잡한 특허문제들을 간단하게 풀어나간다. 비전문가들이 좀 더 편안하게 특허에 대해서 이해할 수 있도록 배려했으며, 경영자 또는 특허담당자들도 쉽게 특허를 이해하는 데 도움을 주고 있다. 반드시 알아야 할 특허상식, 그리고 출원 전후의 특허상식과 CEO가 알아야 할 특허상식 등을 다양한 예시와 도표를 통해 제시하여 독자의 이해를 돕는다.

행복을 부르는 마술피리

김필수 지음 / 값 16,000원

책 『행복을 부르는 마술피리』에는 성공을 거머쥐고 행복을 품에 안기 위해 우리가 반드시 깨달아야 할 소중한 가치들이 빼곡히 담겨 있다. 피상적인 미사여구와 관념적 지식으로 채워져 실천에 도움이 되지 않는 자기계발서와는 달리, 생명력과 위트 넘치는 실천적 메시지가 가득 담겨 있다.

생각의 중심
윤정대 지음 / 값 14,000원

책 『생각의 중심』은 동 시대를 살아가며 보고 듣고 느낄 수 있는 이야기들에 대해 저자의 시각과 생각을 모아 담은 것이다. 우리 사회에 주요 이슈로 다루어졌던 사건들에 대한 견해들이나 개인적인 경험담 등 다양한 소재들을 활용해 거침없이 글을 풀어내었다. 정치, 법률제도와 같은 사회문제는 물론 존재와 성찰이라는 철학적 사유까지 글쓰기의 깊은 내공으로 독자들에게 즐거움을 선사하고 있다.

일 잘하게 하는 리더는 따로 있다
조미옥 지음 / 값 15,000원

책 『일 잘하게 하는 리더는 따로 있다』는 신뢰를 바탕으로 구성원을 이끌며 일터를 더 좋은 환경으로 만드는 리더십의 모든 것을 담고 있다. 현재 'TE PLUS' 대표를 맡고 있는 저자는, 이미 엘테크리더십개발원 연구위원으로 있으면서 기업의 인재 육성에 획을 긋는 '자기 학습' 및 '학습 프로세스' 개념을 독창적으로 만들어 LG전자, 삼성반도체, 삼성인력개발원, 삼성코닝, KT&G, 수자원공사 등 국내 유수 기업에 적용시킨 바 있다.

아, 아름다운 알래스카!
김정구 지음 / 값 18,000원

책 『아, 아름다운 알래스카』는 저자가 우리에게 어렵고 먼 곳으로만 느껴지는 미지의 땅 알래스카에서 보낸 50일간의 여정을 소개하며, 알래스카라는 신비로운 영토에 대한 흥미를 불러일으킨다. 사람의 발길이 잘 닿지 않는 곳이나 숨겨진 곳 구석구석을 직접 걷고 느낀 바를 생생하게 전달하며 독자로 하여금 여행의 참 의미를 되새기게 한다.

나를 위한 도전! 내 삶의 특별한 1%
김기홍 지음 / 값 15,000원

책 『나를 위한 도전, 내 삶의 특별한 1%』는 꿈을 잃지 않고 늘 도전하는 삶이 왜 중요한지에 대해 이야기한다. 평범한 '땅꼬마' 소년이 어떻게 시련을 이겨내고 경찰 중간부의 자리에 올라, 다양한 사람들과 소통하고 행복한 세상을 만들어 가는지를 다양한 에피소드로 소개하고 있다.

하루 5분 나를 바꾸는 긍정훈련
행복에너지

'긍정훈련' 당신의 삶을
행복으로 인도할
최고의, 최후의 '멘토'

'행복에너지
권선복 대표이사'가 전하는
행복과 긍정의 에너지,
그 삶의 이야기!

★인터파크
자기계발 분야 주간
베스트 1위

권선복 지음 | 15,000원

권선복

도서출판 행복에너지 대표
지에스데이타(주) 대표이사
대통령직속 지역발전위원회
문화복지 전문위원
새마을문고 서울시 강서구 회장
전) 팔팔컴퓨터 전산학원장
전) 강서구의회(도시건설위원장)
아주대학교 공공정책대학원 졸업
충남 논산 출생

책 『하루 5분, 나를 바꾸는 긍정훈련 - 행복에너지』는 '긍정훈련' 과정을 통해 삶을
업그레이드하고 행복을 찾아 나설 것을 독자에게 독려한다.
긍정훈련 과정은[예행연습] [워밍업] [실전] [강화] [숨고르기] [마무리] 등
총 6단계로 나뉘어 각 단계별 사례를 바탕으로 독자 스스로가 느끼고 배운 것을
직접 실천할 수 있게 하는 데 그 목적을 두고 있다.
그동안 우리가 숱하게 '긍정하는 방법'에 대해 배워왔으면서도 정작 삶에 적용시키
지 못했던 것은, 머리로만 이해하고 실천으로는 옮기지 않았기 때문이다. 이제
삶을 행복하고 아름답게 가꿀 긍정과의 여정, 그 시작을 책과 함께해 보자.

『하루 5분, 나를 바꾸는 긍정훈련 - 행복에너지』